Lothar Franz

Mission Tod

©2019 Lothar Franz
Lektorat: Nadja Bobik

Verlag: tredition GmbH, Halenreie 40-44, 22359 Hamburg

Bibliografische Information der Deutschen Nationalbibliothek:
Die Deutsche Nationalbibliothek verzeichnet diese Publikation in der Deutschen Nationalbibliografie; detaillierte bibliografische Daten sind im Internet über http://dnb.d-nb.de abrufbar.

Inhaltsverzeichnis

Kapitel 1: Eric M. Smith

Große Männer kamen immer näher. Eine Hand holte aus und schlug auf ihn ein. Er wollte sich bücken, verzweifelt versuchte er einen Schlag zu parieren, aber es wollte ihm einfach nicht gelingen. Er sah alles wie in einem Film. Immer wieder flimmerten Bilder in seinem Kopf. Er schaute auf die Uhr und die Zeiger schienen sich sehr langsam zu bewegen.

Er wurde wach. Sein Schlafanzug war feucht. Eric wünschte sich so sehr, dass seine Alpträume endlich aufhörten. Er stieg aus dem Bett und kramte alle Klamotten aus dem alten Schrank, der schon lange nicht mehr stabil war. Schnell zog er den Schlafanzug aus und streifte seine alte, verwaschene Jeans, die schon überall gerissen war, und das raue Hemd mit den Rautenmustern über. Kurz schaute er in den Spiegel und rümpfte die Nase. Er hatte alles versucht, um die weit abstehenden Ohren ein wenig zu verändern. Doch er musste einsehen, dass die Aktionen nichts gebracht hatten. Und dann noch diese verdammten Sommersprossen. Es war einfach zum Verrücktwerden! Er wollte nicht mehr zur Schule gehen.

Missmutig holte er sein Fahrrad aus dem Schuppen und fuhr, so langsam er konnte, in Richtung der Lehranstalt. Das Gebäude brauchte schon lange einen neuen Anstrich, aber niemand kümmerte sich darum. Eine Handvoll Jungs glotzten in seine Richtung. Sein Herz schlug bis zum Hals und seine Handflächen wurden feucht. „Oh nein, jetzt bilden sich auch noch Schweißperlen auf meiner Stirn", murmelte er so leise es ihm möglich war.

Der älteste Junge kam auf ihn zu und rempelte ihn an. Die Gruppe stand im Kreis, und so wurde er von einem zum anderen weitergereicht. Doch er konnte der Schar nicht entkommen. Schallendes Gelächter dröhnte in seinen Ohren. Nun prasselten Schläge auf ihn nieder. Er versuchte den Schlägen auszuweichen, doch die Folge war, dass sie nur noch stärker auf ihn einschlugen.

„Brillenschlange, Brillenschlange", skandierten sie.

Tom war der Schlimmste von allen. Er riss ihm die Brille von der Nase. So lange Eric denken konnte, trug er diese Brille mit den besonders dicken Gläsern, ohne die er nichts sehen konnte. Tränen rannen über seine Wangen. Die Brille landete auf dem harten Steinboden, und Tom trat so lange auf die Gläser ein, bis sie platzten. Oh nein, was sollte er jetzt nur machen?

Endlich läutete die Schulglocke und die Bande ließ von Eric ab. Er dachte an seine Mum, die manchmal mit ihrem ganzen Körper zuckte. Warum wusste er nicht zu sagen. Dieser Zustand dauerte oft mehrere Minuten lang an. Eric hatte das Gefühl, dass er der Urheber dieser Krankheit war. Wenn sie irgendwie wütend oder enttäuscht war, rechnete er jeden Moment mit diesem schlimmen Zucken. Dann fühlte er sich schuldig und wurde sehr wütend.

In den Hosenaschen ballte er die Fäuste. Halb blind schob er sein Fahrrad den Weg entlang zum Haus seiner Großeltern. Es war ein altes Holzhaus, weit draußen am Waldrand. Hier konnte er unentdeckt spielen und die Gegend erkunden. Das Haus seiner Großeltern war mit einem sehr hellen, blauen Anstrich versehen. Zögernd klopfte Eric an die schwere Tür.

Red öffnete und betrachtete seinen Enkel von oben bis unten. „Mensch, Junge, wo hast du denn deine Brille gelassen?"

Eric trat von einem Fuß auf den anderen und fand einfach keine Worte.

Edie kam an die Tür und umarmte ihn. „Was haben die dir denn schon wieder angetan?"

Eric schluchzte heftig. Er umarmte beide und gab ihnen mehrere Küsse. „Ach, es war nichts. Ich bin mit meinem Fahrrad zu schnell in die Kurve gefahren. Dabei ist meine Brille auf den Boden gefallen." Er hatte ein schlechtes Gewissen, seine Großeltern so anzulügen.

Auf der anderen Seite war das gerade die einzige Möglichkeit, wieder einigermaßen aus dieser Situation herauszukommen. Als Eric Reds Gesichtsausdruck sah, war er sich allerdings nicht so sicher, dass der ihm die Geschichte abnahm. Aber was sollte er tun? Den Rest des Tages verbrachte Eric bei seinen Großeltern.

Die letzte Woche vor den großen Ferien war besonders schlimm für Eric verlaufen. An jedem einzelnen Tag hatten die Jugendlichen ihn beleidigt und bis aufs Äußerste gereizt. Dann kam der letzte Schultag. Er freute sich auf die Ferien.

Die Sonne brannte ohne Erbarmen auf den harten Boden. Es hatte schon wochenlang nicht mehr geregnet. Alles gierte nach Wasser.

Sein Fahrrad hatte sich in dem engen Schuppen verhakt. Er nahm all seine Kräfte zusammen, riss und zerrte, bis er es befreit hatte. Die Klingel fiel scheppernd auf den Boden. Eric war einfach alles egal. So fest er konnte, trat er in die Pedale. Zuerst fuhr er noch ziellos herum. Je schneller er fuhr, umso mehr powerte er sich aus. Er bog in den Weg ein, der in einen Park hineinführte, denn er hatte erfahren, dass dort ein Sommer-Camp stattfand. Kurz hatte er überlegt, sich anzumelden, hatte diesen Gedanken aber schnell wieder verworfen. Sicherlich würde er auch dort wieder nur gemobbt werden. Aber die Neugier hatte gesiegt, und so wollte er sich das Camp einmal aus der Nähe anschauen.

Eric näherte sich langsam und vorsichtig dem Lager. Er wollte auf keinen Fall gesehen werden. Als er dort ankam, konnte er niemanden entdecken. Er ging von Zelt zu Zelt, aber es schien keiner da zu sein. Wahrscheinlich waren sie an diesem sonnigen Tag unterwegs. In der Nähe war ein kleiner See, sicherlich wollten die Kinder dort baden.

Plötzlich entdeckte er einen kleinen Jungen. So freundlich, wie er nur konnte, fragte er ihn: „Hey du! Was machst du denn hier so allein?"

Der Junge antwortete nicht. Er glotzte ihn einfach nur unverhohlen an. Die Wut stieg in Eric nach oben, wie bittere Galle.

„Ich kenne im Wald eine ganz schöne Stelle, dort habe ich einen Schatz vergraben. Willst du ihn sehen?"

„Einen Schatz?", fragte der Junge.

„Ja, komm doch einfach mit, dann zeige ich ihn dir!"

Eric merkte, wie der Junge hin- und herüberlegte, ob er wirklich mitgehen sollte, doch offenbar siegte die Neugier. So machten sich die beiden auf den Weg. Eric kannte diesen Teil des Waldes sehr gut, er war hier schon oft unterwegs gewesen. Der Wald wurde immer dichter. Er warf sein Fahrrad in einen Strauch und fuhr blitzschnell zu dem Jungen herum. Eric erwischte ihn am T-Shirt, so dass er ihn von hinten fassen konnte. Seine Hände legten sich wie ein Schraubstock um den Hals des Kleinen. Er atmete schwer, sein Gesicht brannte und fühlte sich heiß an. Er hörte den Jungen röcheln, sein Griff verstärkte sich. Seine Wut überflutete Eric, ohne dass er etwas dagegen tun konnte. Er merkte noch nicht einmal, wie das Leben den Jungen verlies. Er beugte sich herunter und bemerkte, dass der Junge noch lebte. Er sah einen schweren Stein, den er gerade so hochheben konnte. Er hörte sein Blut in den Ohren rauschen. Immer wieder ließ er den Stein auf den Kopf des Jungen niederschmettern. Blut spritzte nach allen Seiten.

Eric ließ den Körper zu Boden sinken und zog ihm die Kleidung aus. Er hob einen Stock auf und zündete ihn mit seinem Feuerzeug an. Systematisch verbrannte er den Körper des Jungen. Erics Arme fühlten sich tonnenschwer an. Notdürftig bedeckte er den Körper mit Zweigen, schnappte sich sein Fahrrad und fuhr davon.

Doreen Robie hatte den Morgen mit Besorgungen verbracht. Sie hatte vor, ihren Sohn Derrick gegen 11 Uhr vom Sommercamp abzuholen. Eigentlich war sie der Meinung gewesen, dass Derrick mit seinen vier Jahren noch zu jung für das Camp war. Doch er hatte ihr so lange in den Ohren gelegen, bis sie nachgab. Sie seufzte und machte sich auf den Weg. 15 Minuten später erreichte sie das Camp. Sie suchte in den Zelten, aber sie konnte Derrick nirgendwo finden. Sie wusste nicht mehr weiter.

Doreen eilte zu Greg. Er war ein kräftiger Mann, der jedes Jahr während seines Urlaubs ein Sommercamp leitete. So auch diesmal.

„Hi Greg, wo ist denn Derrick? Ich habe ihn schon überall gesucht!"

Sofort machten sich Doreen, Greg und einige andere Helfer auf den Weg, um Derrick zu suchen. Doch sie fanden keine Spur von Derrick.

Einige Tage später gestand Eric Smith (14 Jahre alt) seiner Mutter, dass er Derrick (4 Jahre alt) ermordet hatte. Noch in der Nacht informierte die Familie Smith die Strafverfolgungsbehörden. In den Verhören gestand Eric das Verbrechen. Er erzählte, wie er in der Schule und auch durch seine ältere Schwester gemobbt worden war. Er gestand, dass er seine ganze Wut an Derrick ausgelassen hatte. Den Stock hätte er benutzt, weil er dachte, Derrick sei noch nicht tot.

Am 16. August 1994 wurde Eric Smith in einem aufsehenerregenden Prozess zu mindestens 9 Jahren Gefängnis verurteilt. Das war die Höchststrafe, die für jugendliche Mörder zur Verfügung stand. Während seiner Zeit im Gefängnis schrieb er einen Entschuldigungsbrief an Derricks Familie.

Diese Erklärung verlas er dann öffentlich im Fernsehen: „Ich weiß, dass meine Handlungen einen schrecklichen Verlust in der Robie-Familie verursacht haben, und dafür tut es mir wirklich leid. Ich habe versucht, so viel wie möglich darüber nachzudenken, was Derrick nie erfahren wird: Geburtstag, Weihnachten, jederzeit ein eigenes Haus zu besitzen, seinen Abschluss zu machen, zur Uni zu gehen, zu heiraten, sein erstes Kind. Wenn ich in der Zeit zurückgehen könnte, würde ich mit Derrick tauschen und all die Schmerzen ertragen. Ich wünschte, ich wäre überhaupt nicht zu diesem Camp gefahren. Aber ich kann es nicht mehr ändern. Ich kann die Wände, Stacheldraht und Stahl-Riegel nicht ertragen."

Im Laufe der Jahre erfolgten verschiedene Anhörungen zur Freilassung von Eric M. Smith. Die Bewährungsbehörde hatte Bedenken in Bezug auf die Sicherheit der Bevölkerung, und auch Robies Eltern sprachen sich gegen eine Freilassung aus. So scheiterte die Anhörung zuletzt im April 2016.

Es wurde bekannt, dass Eric seit dem 3. Mai 2016 in der „Collins Correctional Facility", einem Gefängnis im Erie County, New York, inhaftiert ist.

Kapitel 2: 44 Tage in der Hölle

Tag 22

Junko Furuta konnte nicht mehr laufen. Immer, wenn sie einen Versuch startete, knickten ihre Beine zur Seite. Sie hatte einfach nicht genug Kraft, um auf den Füßen zu bleiben. Langsam robbte sie vorwärts. In der anderen Ecke des Raums stand ein alter Blecheimer. Sie erkannte, dass die weiße Farbe an Wänden und der Decke nur noch schemenhaft vorhanden war. Hier konnte sie ihre Notdurft erledigen. Unter Aufbietung aller Kräfte erreichte sie wieder ihren Platz.

Sie erwachte aus einem Alptraum. Gekrümmt lag sie in einer Ecke. Ihr Körper schmerzte, ein bestialischer Gestank nach Urin, Kot, Blut und verbranntem Fleisch stachen in ihrer Nase.

Sie wusste nicht, wie lange sie geschlafen hatte. Sie sah, dass Ihre Arme und Beine übersät mit Brandwunden waren. Eine Zeitlang konnte sie nicht realisieren, wo sie war. Dann kam ihre Erinnerung zurück und überschwemmte sie Sintflutartig.

Schritte vor ihrer Tür. Sie hörte, wie sich der Schlüssel in dem schweren Eisenschloss drehte und sich der Ausgang unter lautem Knirschen öffnete. Sie schluchzte laut auf. Nein, das konnte nicht sein! Wie viele mochten sich dieses Mal wieder an ihr vergehen?

Zwei Jugendliche betraten den Raum. Sie versuchte, sich noch weiter in die Ecke zurückzuziehen. Sie krümmte sich so eng zusammen, wie sie nur konnte. Die Jungen näherten sich, ein breites Grinsen im Gesicht. Sie hatte Hunger. Sie erinnerte sich nicht mehr daran, wann sie das letzte Mal gegessen hatte. Die beiden Jungen reichten ihr eine Schüssel mit Kakerlaken. Tränen rollten ihre Wangen herunter. Sie würgte, schmeckte bittere Galle. Einer der Jungen hielt ihren ausgemergelten Körper fest, der andere öffnete ihren Mund und zwang sie, die Kakerlake zu sich zu nehmen. Ihre Kehle war staubtrocken. Sie spürte, wie Schleim aus ihrer Nase quoll und roch gleichzeitig Blut. Der größere der beiden Jungen öffnete seine Hose, während der andere sie weiter festhielt. Seine Stöße waren hart und erbarmungslos. Sie schrie, bis sie nicht mehr schreien konnte. Beide lachten und quälten sie über mehrere Stunden hinweg. Als sie endlich von ihr abließen, brach sie halb ohnmächtig zusammen. Schallendes Gelächter gellte durch den kahlen Raum. Sie wünschte sich, tot zu sein.

15. Mai

Junko Furuta stand in dem kleinen Bad und frisierte sich für diesen wunderbaren Tag. Heute war ihr 17. Geburtstag. Sie wusste, dass ihre Eltern keine großen Geschenke machen konnten. Ihr Vater hatte mit 57 Jahren gerade seinen Arbeitsplatz verloren und ihre Mutter trug mit Nähen und Ausbessern zum Unterhalt bei. Sie hatten wenig Zeit, waren ständig in Sorge, ob sie die Miete bezahlen könnten.

Mutter hatte einen Kranz mit 17 kleinen Kerzen auf dem wackeligen Küchentisch aufgestellt.

„Happy Birthday, Liebes", sagten beide Eltern im Chor.

Junko freute sich riesig, dass sich ihre Eltern Zeit für sie nahmen.

„Schau mal, Junko, wir haben dir etwas gekauft." Ihre Mutter zeigte auf ein kleines Päckchen, das auf dem Beistelltisch lag.

Überrascht blickte Junko abwechselnd in das Gesicht ihrer Mutter und dann in das ihres Vaters. Das war mehr, als sie erwartet hatte. Ihre Mutter hatte eine lila Schleife auf das Päckchen geklebt. Sie nahm es und öffnete es fein säuberlich. Wow, eine CD ihrer

Lieblingsband! Lange hatte sie danach Ausschau gehalten, ohne eine wirkliche Chance, sie ihr Eigen nennen zu dürfen.

„Oh, vielen Dank, ihr seid ja so lieb! Ich bin so froh, dass ich euch habe!"

Sie rannte in ihr Zimmer, nahm ihren Walkman und machte sich auf den Weg zur Schule. Während sie zur Schule ging, hörte sie die ersten Lieder auf der CD. Sie freute sich auf die Pausen und den Heimweg, weil sie dann weiterhören konnte.

Jo Kamisaku war gerade zwanzig Jahre alt geworden. Mit dreien seiner Freunde hatte er eine Gang gegründet und sie machten die Gegend unsicher. Jo lag seinen Verbündeten schon lange damit in den Ohren, dass er das ganz große Ding drehen wollte. Seinen Kumpanen erschien er als „crazy", wie sie sagten. Aber auch sie hatten Lust, etwas ganz Besonderes zu machen.

Nach der Schule lungerten sie noch auf dem Schulhof herum und wussten nichts mit sich anzufangen. Ausgerechnet heute, an ihrem Geburtstag, musste sie nach der letzten Stunde die Tafel und die Klasse reinigen. Endlich hatte sie es geschafft. Sie summte die Melodie vor sich hin und wollte sich gerade auf den Weg nach Hause machen. Als sie den Schulhof gerade zur Hälfte überquert hatte, stellte sich die Bande ihr in den Weg. Jo nickte seinen Freunden zu und sie bildeten einen Kreis um Junko herum. Junko hatte sie schon öfter gesehen, die 4 jedoch nicht groß beachtet. Sie hatte noch nie einen Freund gehabt und litt sehr darunter. Alle Mädchen aus ihrer Klasse prahlten mit ihren Eroberungen, nur Junko konnte zu diesen Gesprächen nichts beitragen.

„Hey Junko, wie geht es dir?" Die vier hatten Junko schon des Öfteren beobachtet und wussten, dass sie noch „Jungfrau" war.

„Lasst mich in Ruhe, ich will schnell nach Hause."

„Sei doch nicht so langweilig. Wenn du so weitermachst, bleibst du ewig Jungfrau."

Seine Freunde johlten und grölten.

Junko schluckte. Jetzt bloß nicht wieder weinen! „Ich will nach Hause. Schließlich ist heute ja mein Geburtstag."

Sie überlegte fieberhaft, ob sie das Angebot annehmen sollte. Sie hatte gehört, dass Jos Eltern wohl ganz in Ordnung seien. Und so entschloss sie sich, mit den Jugendlichen mitzugehen. Sie konnte ja von dort ihre Eltern anrufen, damit sie sich keine Sorgen machten.

18. Mai

Junkos Mutter war krank vor Sorge. Sie suchte die Telefonnummern aller Freunde ihrer Tochter und rief einen nach dem anderen an. Danach fuhr sie in die Schule und befragte Lehrer und Schüler, die ihr über den Weg liefen. Natürlich hatten ihre Klassenkameraden sie gesehen. Sie erinnerten sich auch daran, dass Junko an diesem Tag Ordnungsdienst gehabt hatte und deshalb länger in der Schule geblieben war. Doch dann verlor sich ihre Spur. Junkos Mutter ging nach Hause und hatte keine Ahnung, was sie nun tun sollte. Die Zeiger der Uhr tickten scheinbar immer langsamer, Stunde um Stunde fand den Weg in ihr Herz.

Junko Furuta war immer mehr bewusst geworden, dass sie einen sehr schweren Fehler begangen hatte. Was würden ihre Eltern jetzt denken? An ihren Geburtstag verschwendete sie keinen Gedanken mehr. Immer wieder kamen die vier Jungs zu ihr und einer oder mehrere hielten sie fest, während die anderen sich an ihr vergingen.

Die Tür ging auf. Dieses Mal war es nur Jo, der in den Raum trat. Er hatte sein Mobiltelefon in der einen sowie ein Jagdmesser in der anderen Hand. Er drückte ihr das Telefon in die Hand, während er ihr ein Messer an ihren Hals presste. „So, Junko, jetzt rufst du zuhause an und sagst deiner Mutter, dass du bei Freunden bist."

Mit zitternden Fingern wählte sie die Telefonnummer. Nach kurzem Klingeln kam ihre Mutter ans Telefon.

„Hallo Mama, ich bin's, Junko."

Sie hörte ihre Mutter schluchzen und fast unverständlich stammeln: „Hallo, Junko. Ich habe dich schon überall gesucht. Ich bin sehr verzweifelt. Wo um alles in der Welt bist du?"

„Keine Sorge, Mutter, ich bin bei Freunden. Es geht mir gut. Wir haben hier meinen Geburtstag gefeiert."

„Aber warum kommst du dann nicht nach Hause?", fragte die Mutter.

Jo drückte das Messer noch fester an Junkos Hals. Feine Blutstropfen bildeten sich und fanden den Weg auf den Boden. Ihr T-Shirt färbte sich am oberen Rand rot ein.

„Ach Mama, es ist so schön hier. Ich bleibe noch einige Zeit."

Jo nahm das Handy und schaltete es aus. Er grinste. „Das hast du sehr gut gemacht, Junko. Vielleicht missbrauche ich dich heute mal nicht."

Junko wollte weinen, aber sie schluckte die heißen Tränen hinunter.

5. Juni

Es war einer dieser Tage, an denen sie besonders schlimme Erniedrigungen ertragen musste. Inzwischen war es Winter geworden und Schnee und Kälte hatten die ganze Region in ihrer Hand.

In den vergangenen Tagen hatte Junko immer wieder mal die Hoffnung gehegt, dass Jos Eltern doch merken mussten, was da in ihrem Haus passierte. Dann waren auch Besucher ins Haus gekommen, und wieder hatte sie gehofft, dass irgendjemand sie hören würde. Immer wieder versuchte sie, sich bemerkbar zu machen. Die Folgen waren umso härtere Misshandlungen.

Einmal hatte sie das Handy von Jo in die Finger bekommen. Doch kaum hatte sie gewählt, riss er es ihr aus der Hand.

„Habe ich dich erwischt!", rief er lauthals.

Voller Angst schaute sie ihn an. Was würde jetzt folgen?

Der Raum, in dem sie eingesperrt war, hatte eine Lampe mit einer einzigen Glühbirne. Da es keine Fenster gab, war das Licht den ganzen Tag an. Jo kramte ein Taschentuch aus seiner Hose, schraubte die Glühbirne aus der Fassung und holte eine Taschenlampe aus seiner Jacke. Er zerrte Junko an ihren Haaren, riss ihr die Hose vom Leib und hielt die glühend heiße Birne an ihre Scheide.

Junko schrie und schrie, wie sie in ihrem Leben noch nicht geschrien hatte. Das Fleisch verbrannte und bald lag ein beißender Gestank in der Luft. Junko fiel in eine tiefe Ohnmacht, aus der sie am liebsten nie wieder aufwachen wollte.

Ein langgestrecktes Lagerhaus hatte die Bande für ihre Treffen ausgesucht. Die Halle war mit verschiedenen Räumen versehen. Sie hatten ihre Gefangene in einem Zimmer untergebracht.

Junko war inzwischen in einen Dämmerschlaf gefallen. Am Rand ihres Bewusstseins war ihr, als ob sie Schritte hörte. Sie erreichten das Lager und zwei hielten sie fest. Einer der Jugendlichen nahm sein Feuerzeug und zündete Junko an. Langsam kokelte sie vor sich hin, und dann stand ihre Kleidung plötzlich in Flammen.

„Scheiße, Mann, was habt ihr mit ihr gemacht?" Jos Augen leuchteten wie Sterne in der Nacht. Wieder griff er zu seinem Feuerzeug und steckte auch noch die letzten Stoffreste an. Die Flammen loderten an Junkos Körper entlang.

Letzter Tag

Junko nahm ihre Umgebung nicht mehr wahr. Sie hatte keine Kraft mehr, etwas zu essen oder zu trinken. Sie war nur noch Haut und Knochen. Da war kein Gramm Fett mehr, sie konnte auch nicht mehr kriechen. Leise stöhnte sie. Sie hatte nur noch einen Gedanken: Sie wollte sterben, und zwar jetzt, gerade in diesem Moment.

Jo und seine Kumpane zündeten Junko ein drittes Mal an. Und dieses Mal starb Junko an den Folgen der Folter und ihren Verbrennungen. Am nächsten Tag „entsorgten" die vier Jungs Junko in einem Fass.

Kommentar:

Junko Furuta wurden in den 44 Tagen ihrer Gefangenschaft mehr als 400 Mal vergewaltigt.[1] Sie wurde mehrmals gezwungen, ihre Eltern anzurufen und zu sagen, sie sei mit einem Freund unterwegs. Jeden Tag wurde sie von ihren Peinigern geschlagen, und die Bande zündete Böller in ihren Ohren, Geschlechtsteilen und ihrem Mund. Man warf schwere Gegenstände auf sie und drückte brennende Zigaretten auf ihrem Körper aus.

Als Junkos Mutter mehrere Wochen später über die Nachrichten erfuhr, was passiert war, fiel sie in Ohnmacht. Sie wurde zur Alkoholikerin und war gezwungen, an verschiedenen Therapien teilzunehmen.

Alle vier Täter wurden nach dem Jugendstrafrecht verurteilt. Jo wurde 1999 verurteilt und im Jahre 2004 wieder entlassen. Nach seiner Entlassung geriet er erneut auf die schiefe Bahn. Er verbrachte weitere sieben Jahre in Gefangenschaft, für ein Verbrechen, das vergleichsweise geringfügig war.

Das Schlimmste zum Schluss: Sehr viele Leute hatten von der Anwesenheit Junkos in diesem Haus gewusst. Wenn sie zu Besuch waren, schlugen auch sie die junge Frau und missbrauchten sie. Auch Jos Eltern wussten von ihrer Anwesenheit, wagten es aber aus Angst vor ihrem Sohn nicht, aktiv zu werden.

---

[1] www.horrorfakten.com

Kapitel 3: Ed Gein

Plainsfield in Wisconsin war ein kleines Nest mit 642 Einwohnern. Hier kannte jeder jeden. Doch hinter der Fassade frommer Scheinwelt existierte das Grauen. Edward Theodore Gein, genannt Ed Gein, war einer von zwei Brüdern. Sein Vater, George Philip Gein, und dessen Frau, Augusta Wilhelmine, hatten noch einen älteren Sohn mit dem Namen Henry Goerge Gein.

George war ständig arbeitslos. Immer dann, wenn er gerade eine Arbeitsstelle gefunden hatte, wurde er wegen seines exzessiven Alkoholkonsums wieder gefeuert. Wenn er getrunken hatte, wurde er sehr brutal und schlug die beiden Kinder. Seine Frau hatte den einzigen Lebensmittelladen im Dorf und hielt die Familie mehr schlecht als recht finanziell über Wasser.

Ed litt schon als ganz kleines Kind unter der Alkoholsucht seines Vaters auf der einen und dem fromm verbrämten Erziehungsstil seiner Mutter auf der anderen Seite. Zwischen Augusta Wilhelmine und ihm entstand so im Laufe der Jahre eine symbiotische Bindung. Jeden Tag musste er eine Andacht seiner Mutter über sich ergehen lassen. Diese suchte sich bestimmte Stellen aus dem Alten Testament aus, in denen Gott als rächender, mordender Gott dargestellt wurde. Sie verfolgte eine Erziehung durch Separation. Ed durfte zwar zur Schule gehen, daneben waren ihm aber Kontakte zu anderen Kindern strengstens untersagt. Immer wieder predigte Augusta Wilhelmine ihren Söhnen die Sündhaftigkeit menschlicher Sexualität. Sie behauptete, Sexualität dürfe nur zur Fortpflanzung ausgeübt werden. Nachdem sie etwas Geld gespart hatte, kaufte sie eine Farm in einer verlassenen Gegend.[2] So sollten beide Jungs vor „schlechten äußeren Einflüssen" geschützt werden.

1944: Der Brand

Es war ein schöner Herbsttag. Nachdem sich der Nebel gelichtet hatte, schien die Sonne wunderschön und erwärmte Wald und Feld.

Ed war schon länger wach. Er fixierte einen imaginären Punkt an der Wand. Heute war der große Tag. Er hatte alles im Schuppen parat gelegt, was er brauchte: Benzin als Brandbeschleuniger, eine Kordel und ein Sturmfeuerzeug.

Eine nie gekannte Erregung erfasste seinen ganzen Körper. Ein Kribbeln lief ihm den Rücken herunter, bis in seine Beine und Füße.

Die Zeit zwischen Sonnenuntergang und Mondaufgang hatte er als Zeitpunkt gewählt. Er wusste, dass dann nur sein Bruder im Haus war. Henry war ihm schon immer vorgezogen worden. Er war fünf Jahre älter als Ed. Er hing mit seinen Freunden ab, trank und schlug die Zeit tot. So war im Laufe der Jahre eine Wut in Henry entstanden, die er nicht mehr unter Kontrolle hatte.

Er ging in den Schuppen und holte die Utensilien, die er für die Tat benötigte. Henry war wohl gerade in seinem Zimmer. So leise er konnte, ging Ed in die Küche. Er nahm die Kordel, den Benzinkanister und sein Sturmfeuerzeug. Dann tauchte er die Kordel in den Benzinkanister und verteilte das Benzin überall auf die Möbel. Die Küche hatte einen Hinterausgang, der in den Garten führte. Er ging bis an die Tür und entzündete das Benzin mit Hilfe der Kordel. So schnell er konnte warf er die Tür auf und stürmte nach draußen.

Eine gewaltige Explosion erschütterte das Haus bis in seine Grundfesten. Blitzschnell verbreitete sich der Brand. Ed fand eine Stelle, an der er geschützt war. Er wusste, dass in

---

[2] www.de.wikipedia.org/wiki/Ed_Gein

der Nähe eine Telefonzelle stand. Er wartete noch ein wenig und lief dann zur Telefonzelle, um den Sheriff und die örtliche Feuerwehr zu benachrichtigen. Solch eine Brandkatstrophe hatte es in Plainsfield noch nie gegeben. Trotzdem gelang es der Feuerwehr, den Brand unter Kontrolle zu bekommen. Für Henry kam jedoch jede Hilfe zu spät. Er konnte nur noch tot geborgen werden.

Während der Befragung durch die Polizei gab Ed an, dass er seinen Bruder in dem starken Qualm nicht mehr gefunden hätte. „Ich habe ihn echt aus den Augen verloren", teilte er den Beamten mit. Dabei machte er pflichtbewusst eine traurige Miene.

Als das Feuer endlich gelöscht war und keine Gefahr mehr bestand, betrat Ed mit den Polizisten das Haus. Zielstrebig ging er in das Zimmer seines Bruders. Dort lag der Leichnam von Henry Gein. In der Obduktion wurde bei Henry ein Schädeltrauma gefunden. Trotzdem wurde als Todesursache „Erstickungstod" in die Sterbeurkunde eingetragen. Seine Mutter verstarb im darauffolgenden Jahr und Ed lebte von diesem Zeitpunkt an allein auf dem elterlichen Grundstück.

8. Dezember 1954: Ed Gein und seine Verbrechen

An diesem Tag, es war ein Freitag, fuhr Ed Gein mal wieder mit seinem Pickup durch die Umgebung. In letzter Zeit kam das öfter vor, ohne dass er wusste, warum er es tat. Seine Waffen – ein scharfes Jagdmesser, seine Pistole und sein Gewehr – hatte er auf der Rückbank deponiert.

Im angrenzenden Wald ging er auf die Jagd, um Wild zu erlegen, das er in den Dörfern zum Verkauf anbieten wollte. Es war schon spät am Abend, als er schließlich Pine Grove erreichte. Er hatte kein Wild erlegen können so sehr er sich auch anstrengte. „Wieder nichts geschossen", murmelte er vor sich hin.

Er wusste, dass sich in der Nähe ein Pub befand und steuerte seinen Wagen auf den Parkplatz. Kein anderes Auto stand dort. Er öffnete die Tür und ging zum Tresen. „Niemand da?", schrie er.

Nichts rührte sich. Ed erklomm die Treppe und inspizierte die Räume. Rechts war ein kleines Badezimmer und links kam er ins Schlafzimmer. Von einem kleinen Bügelzimmer führte eine Treppe auf den Dachboden. Ed rannte mehr als dass er ging die Treppe hinunter. Er spuckte in eine Ecke, und ging in die angrenzende Küche. Die 51-jährige Gastwirtin Mary Hogen stand am Herd, Eier brutzelten in der Pfanne. Sie hatte Ed schlicht nicht gehört. Dies sollte sie mit ihrem Leben bezahlen.

Ed trat unbemerkt hinter sie, holte sein Jagdmesser aus der Hose und schnitt ihr in den Hals. Das Blut spritzte und Mary sank zusammen. Ihr Blick wurde glasig.

Nachdem Ed sich versichert hatte, dass sie tot war, verließ er den Tatort.

16. November 1957

Am 16. November 1957 wurde die 58-jährige Ladenbesitzerin Bernice Worden aus ihrem Geschäft in Plainfield entführt und ermordet.[3]

Sheriff Tod Baker und seine Mitarbeiter nahmen die Ermittlungen noch am Tag des Verschwindens von Bernice Worden auf. Baker wurmte immer noch, dass der Tod von Mary Hogan nie aufgeklärt werden konnte. Ja, es gab einige Verdächtige. Aber niemandem konnte wirklich nachgewiesen werden, dass er die Tat begangen hatte.

---

[3] www.wikipedia.org/wiki/Ed_Gein zuletzt aufgerufen am 08.11.17

Als Baker sich den Modus Operandi der neuerlichen Tat anschaute, war er wie elektrisiert. Er ging in einer Nachtschicht noch einmal alle Verdächtigen im Fall Mary Hogan durch. Nach der fünften Tasse Kaffee fiel ihm eine Akte in die Hände, die ihn ganz besonders interessierte. Er blätterte die Unterlagen konzentriert von vorne bis hinten durch, verglich die Umstände und Tatwaffe. Er wollte die Schilderungen bereits zur Seite legen, als sein Blick an einer Stelle hängen blieb.

„Na, sieh mal einer an. Ed Gein, das gibt's doch überhaupt nicht!" Es war inzwischen sechs Uhr früh.

Er riss das Telefon an sich und alarmierte alle seine Mitarbeiter, um ihnen die Neuigkeiten mitzuteilen. Keiner von ihnen hatte in dieser Nacht gut geschlafen. Sie verständigten sich und machten so wenig Aufhebens um die Sache, wie es nur möglich war. Eine gute Stunde später drangen sie in das Farmhaus von Ed Gein ein. Ein bestialischer Gestank schlug ihnen entgegen. Was sie dort sahen, sollten sie ihr Leben lang nicht vergessen.

Die Leiche von Bernice Worden war ausgeweidet worden. Sie hing mit den Füßen nach oben an einem Fleischerhaken. Auf dem Boden unter der Leiche hatte sich eine große Blutlache gebildet, die zum Teil schon getrocknet war. Tod war so einiges gewohnt, doch auch sein Gesicht hatte eine grünliche Färbung angenommen. Je weiter sie in das Haus vordrangen, desto mehr unterschiedliche Teile von anderen Leichen fanden sie. Es war eine Sammlung aus Nasen, weiblichen Geschlechtsorganen und Masken aus menschlicher Gesichtshaut. Die Köpfe seiner Opfer hatte Ed Gein abgetrennt und benutzte sie als Schüsseln, um seine Hunde und Katzen zu füttern.

Die beiden Morde konnten ihm nachgewiesen werden. Alle übrigen Leichen hatte Gein auf Friedhöfen ausgegraben und verstümmelt. Außerdem fanden die Ermittler in der Küche ein menschliches Herz. *Ob Gein tatsächlich auch ein Kannibale war, blieb unklar.*

Am 26. Juli 1984 verstarb Gein im Central State Hospital an einer Krebserkrankung.

Kapitel 4: Michael Schmeide – Ein Verbrechen, das nie gesühnt wurde

10. Oktober 1969

Es war ein typischer Tag im Oktober. Schon morgens waberte der Nebel über die Felder. Aber entgegen der vergangenen Tage wollte er sich einfach nicht auflösen. Ab und zu nieselte es, und das Thermometer zeigte 6 Grad Celsius an.

Michael trug einen Trenchcoat, der eigentlich zu groß für ihn war. Er war eher schmächtig und damit wesentlich kleiner als seine Freunde. Außerdem trug er einen weißen Pulli mit Stehkragen, eine helle Cordhose und braun-rote Schuhe. Sein Mofa war sein ganzer Stolz. Nachdem er die Schularbeiten erledigt hatte, fuhr er los, um seine Freunde zu treffen.

Seine Klassenkameraden vom Konrad-Heresbach- Gymnasium in Mettmann erinnern sich später, ihn an diesem frühen Abend noch dort angetroffen zu haben.

Klaus: „Ja, wir haben ihn gegen Abend noch gesehen. Er sagte, er wollte zur Disco fahren, aber nicht lange dortbleiben."

An diesem Abend verschwand Michael Schmeide spurlos. Seine Mutter war sehr besorgt. Sie konnte sich einfach nicht erklären, wo Michael gelandet sein sollte. Noch am gleichen Abend informierte sie die Polizei.

Am nächsten Morgen wurde das Mofa von Michael an der Straße zwischen Mettmann und Erkrath am Straßenrand gefunden.[4] Der Rückspiegel war abgebrochen, vom Fahrer fehlte jede Spur. Es gab Schleifspuren in der Nähe des Mofas weswegen die Beamten mutmaßten, Michael könnte gestürzt sein.

In den folgenden Tagen meldete sich ein Zeuge bei der Polizei. „Hallo, ich möchte eine Aussage im Fall Michael Schmeide machen."

Gottfried Berns stand kurz vor seiner Pensionierung. Verzweifelt hatte er mit seinem Team alle möglichen Spuren verfolgt, ohne einen Durchbruch zu erzielen.

Gottfried geriet sofort in Aufruhr. „Wer sind Sie und was ist Ihnen aufgefallen?", fragte er.

„Mir ist ein LKW aufgefallen, dessen Fahrer in halsbrecherischer Fahrt aus der Straße ‚Am Wiesengrund' am Goldberg auf die Hauptstraße einbog. Mehrfach produzierte er Beinahe- Verkehrsunfälle, und dann hat er seine Fahrt in Richtung Neandertal fortgesetzt."

Die Analyse der Lackspuren am Mofa von Michael hatte ergeben, dass es sich um einen capriblauen Hanomag-Laster mit „Plattschnauze" des Typs F45, F65 oder „Matador" mit Plane gehandelt haben könnte.

---

[4] www.rp-online.de/staedte/ratingen/mord-an-michael-sch...

5

Drei Wochen blieb die Suche nach Michael ohne Erfolg. Dann kam der 1. November 1969. Um vier Uhr nachmittags klingelte das Telefon im Büro der Kalkwerke Oertelshofen. Ein Mitarbeiter aus dem Steinbruch erzählte: „Ich habe gerade im Steinbruch eine Leiche entdeckt."

Seniorchef Hermann Iseke erinnerte sich genau an diesen 1. November. An diesem Tag sollte die Suche nach dem vermissten Schüler aus Erkrath eine äußerst spektakuläre Wendung nehmen. Tatsächlich stand schnell fest, dass es sich bei dem Toten um Michael Schmeide handelte.

Gottfried Berns war in seiner Stimmung innerlich zerrissen. Auf der einen Seite war er dankbar, dass Michael gefunden worden war. Auf der anderen Seite wurmte es ihn, dass der Fall trotzdem noch nicht geklärt war.

Der damalige Betriebsleiter der Kalkwerke Oetelshofen, Rüdiger Peil, sagte zu Gottfried: „In der Nähe des Fundortes gab es an diesem Tag eine Sprengung."

Die Düsseldorfer Mordkommission wird die Geschehnisse später so rekonstruieren:[6]
Vermutlich wurde der 16-Jährige auf dem Heimweg von Mettmann nach Erkrath im Neandertal von einem Lastwagen angefahren und schwer verletzt. Der unbekannte Fahrer zog den Jungen aus und legte ihn im Gebüsch des Steinbruchs ab, wo er später starb.

Durch die Erschütterungen der Explosion war das Opfer über den Abhang auf die Straße gerutscht. Die Suche nach der Kleidung des Jungen blieb jedoch erfolglos.

---

[5] www.pixabay.com

[6] www.rp-online.de/nrw/staedte/ratingen/mord-an-michael-sch... Wörtliche Zitate sind *kursiv gedruckt.*

Alle Anstrengungen, den Täter zu finden, blieben ohne Erfolg. Immer wieder wurden Zeugen befragt und *mehr als 250 Fahrzeuge überprüft.* Es gab sogar einen Film über den Fall Michael Schmeide. Aus 450 Metern Filmmaterial mit Zeugenaussagen und Kommentaren der Kriminalpolizei wurde ein 50-minütiger WDR-Beitrag. Außerdem hatten die verzweifelten Eltern einen Privatdetektiv eingeschaltet.

Der Täter konnte dennoch nie ermittelt werden.

Kapitel 5: Easter Sunday Massacre – Die Grausame Hinrichtung einer ganzen Familie[7]

Es war Ostersonntag, der 30. März 1971. James Urban Ruppert erschoss elf Familienmitglieder im Haus seiner Mutter. Unter den Opfern waren acht Kinder. *Diese Tat wurde als das „Easter Sunday Massacre" bekannt.* Es handelt sich um die größte Schießerei in einem Privathaushalt, die je in den USA stattgefunden hat.

James Ruppert wurde am 29. März 1934 geboren. Er lebte bis zu dieser Tat bei seiner Mutter. James hatte bereits in seiner Kindheit große Probleme. Seine Mutter hätte lieber ein Mädchen gehabt, das ihr im Haushalt zur Hand ging. Sein Vater war äußerst jähzornig; er starb, als James zwölf Jahre alt war. Sein Bruder Leonhard Jr. war zu diesem Zeitpunkt erst vierzehn Jahre alt. Daraufhin übernahm Leonhard Jr. die vakante Vaterrolle. Doch er hänselte James, wo er nur konnte.

Als James sechzehn Jahre alt war, konnte er mit dem Leben nichts mehr anfangen. Er lief von zuhause weg und wollte Suizid begehen, indem er sich mit einem Bettlaken aufhängte. Der Versuch misslang jedoch, und so kehrte er nach Hause zurück. *Als Erwachsener wurde er als ein hilfsbereiter und bescheidener Mann beschrieben, der auch keine Vorstrafen hatte.* Allerdings musste er das College nach 2 Jahren verlassen, während sein Bruder den Abschluss in Elektrotechnik machte. Außerdem gewann dieser Wettkämpfe als Leichtathlet. Das alles wurmte James.

Der Tropfen, der das Fass zum Überlaufen brachte, war der Tag, an dem Leonhard Jr. die Ex-Freundin von James heiratete. Aus dieser Verbindung gingen acht Kinder hervor. Leonhard Jr. bekam einen guten Job bei General Electric und war dort durchaus erfolgreich, während James mit seinen 41 Jahren immer noch arbeitslos bei seiner Mutter hockte und sich regelmäßig bis zur Besinnungslosigkeit betrank. James fühlte sich zurückgesetzt und verraten. Diese Situation war der tägliche Gesprächsstoff in Hamilton, Ohio. Seine Mutter war wütend und frustriert, weil James keinen Job behielt. Er betrank sich weiter, wie er wollte. Eines Tages drohte die Mutter sogar, ihn aus dem Haus zu werfen. Er schuldete seinem Bruder und seiner Mutter zudem Geld, und es war nicht abzusehen, wann sie es zurückbekamen.

Einen Monat vor dem Massaker erkundigte sich James bei der Beschaffung von Munition über Schalldämpfer für seine Waffen. Sein Verhalten wurde immer ungewöhnlicher umso näher die Tat kam und er kämpfte gegen schwere Depressionen.

Am 29. März 1975, seinem 41. Geburtstag, wurde er von mehreren Zeugen beobachtet, während er Schießübungen auf Blechdosen machte. In der Nacht vor den Morden besuchte er die „Hole Cocktail Lounge" und unterhielt sich dort mit der Angestellten Wanda Bishop, einer 28 Jahre alten Mutter von fünf Kindern. Als der Sheriff sie später befragte, erzählte sie, wie frustriert James über die Forderungen seiner Mutter und seinen drohenden Rausschmiss war. James habe ihr gesagt, er müsse dieses Problem lösen.

Gegen 23 Uhr an diesem Abend verließ er die Bar, kam aber später noch einmal zurück. Als Wanda Bishop ihn fragte, ob er das Problem gelöst habe, antwortete er: „Nein, bisher nicht." Er blieb in der Bar, bis diese gegen 2:30 Uhr geschlossen wurde.

Am Ostersonntag, dem 30. März 1975 besuchten sein Bruder Leonhard und dessen Frau Alma mit ihren acht Kindern die Großmutter, um gemeinsam Ostern zu feiern. James lag in seinem Zimmer und schlief seinen Rausch aus. Zu dieser Zeit suchten die Kinder im Garten Ostereier. Gemeinsam bereiteten sie das Mittagessen vor; die meisten Kinder

---

[7] Dieser Abschnitt beruht weitgehend auf einem Artikel von folgender Homepage: www.horrorfakten.com . Wörtliche Passagen sind *kursiv* gedruckt und die nun folgende Skizze wurde ebenfalls aus dieser Homepage entnommen.

spielten im Wohnzimmer. Gegen 16 Uhr wachte James auf und lud mehrere Waffen, dann ging er nach unten. *Als er die Küche betrat, erschoss er seinen Bruder Leonard, dann seine Schwägerin und seine Mutter. Als nächstes nahm er das Leben seines Neffen David (11) und seiner Nichten Teresa (9) und Carol (13), die sich auch in der Küche aufhielten. Danach ging er ins Wohnzimmer, wo er seine Nichte Ann (12) und seine verbleibenden Neffen, Leonard III (17), Michael (16), Thomas (15) und John (4) tötete.*

Das Massaker war innerhalb von fünf Minuten beendet. Nach dieser grausamen Tat saß James im Wohnzimmer, umgeben von den Leichen seiner Familie. Fast der gesamte erste Stock des Hauses war voller Blut. Es war so viel Blut, dass es in den Keller sickerte. Nachdem er drei Stunden lang regungslos dort gesessen hatte, rief er die Polizei um Hilfe. Daraufhin wurde er festgenommen und von mehreren Psychologen befragt. Es wurde eine paranoide Persönlichkeitsstörung diagnostiziert. Er glaubte, dass seine Familie, die Polizei und das FBI Teil einer Verschwörung wären, um sein Leben zu ruinieren. Seine Mutter und sein Bruder hinterließen ihm eine Erbschaft von insgesamt etwa 300.000 Dollar.

James plädierte vor Gericht auf Unzurechnungsfähigkeit. Er plante, ein paar Jahre in der Psychiatrie zu verbringen, um dann als geheilt entlassen zu werden. Stattdessen wurde er zunächst aller elf Morde schuldig gesprochen und zu einer Gefängnisstrafe verurteilt. In einer Berufungsverhandlung wurde er jedoch nur noch für den Mord an seinem Bruder und seiner Schwägerin als schuldig befunden, was die restlichen neun Morde betraf, galt er nun als schuldunfähig.

Ein Jahr nach den Morden wurde das Haus für die Öffentlichkeit freigegeben. Man konnte immer noch Spuren von Blut im Keller sehen. Einige der Familien, die später in das Haus einzogen, blieben dort nicht lange. Sie behaupteten, in dem Haus würde es spuken.

Exkurs: Narzissmus

Eine narzisstische Persönlichkeitsstörung ist eine tiefgreifende Störung, bei der mangelndes Selbstwertgefühl und eine äußerst starke Empfindlichkeit gegenüber Kritik besteht. Weitere Merkmale sind: Selbstbewunderung, übersteigerte Eitelkeit und übertriebenes Selbstbewusstsein. Mit diesem übertriebenen Selbstbewusstsein versuchen narzisstische Menschen, ihr geringes Selbstwertgefühl zu übertünchen. Außerdem können sie kaum Empathie empfinden. Die Betroffenen betonen ihre beruflichen Leistungen, treten äußerst statusbewusst auf oder haben eine Neigung zu exklusiven Aktivitäten. Dabei überschätzen sie sich sehr oft, stellen sich in ein besseres Licht, als es in Wirklichkeit der Fall ist. Sie neigen dazu, zu lügen, um Anerkennung und Zuwendung zu bekommen. Durch das geringe Einfühlungsvermögen verhalten sie sich anderen gegenüber oft so, wie sie selbst nicht behandelt werden wollen. Andere Menschen werden ausgebeutet, ihre Leistungen aus Neid zerstört.

Fallbeispiel: Nennen wir ihn Michael. Michael ist davon überzeugt, dass er ein besonderer Mensch ist. Er hält sich für äußerst intelligent und gutaussehend. Er ist der Meinung, beruflich herausragende Leistungen zu erzielen. Er hat einen großen Freundes- und Bekanntenkreis und führt eine intensive Beziehung zu einer attraktiven Frau. Schon in seiner Kindheit hat er geglaubt, dass ihm eigentlich mehr zustünde, als er tatsächlich bekam.

Michael bewirbt sich auf eine Stelle als Herausgeber einer Zeitung. Er schreibt: *„Ich bin außerordentlich begabt. Ich bin sicher, dass ich in dieser Position Großes leisten werde und in Kürze einen neuen Standard in dieser Region schaffen werde."* Er bringt dann auch gute Leistungen an seiner neuen Stelle, allerdings nicht diese herausragenden, wie er ja selbst geglaubt hat. Bei seinen Kollegen und Mitarbeitern ist er bereits nach kurzer Zeit verhasst. Sie halten ihn für arrogant und egoistisch. Er erzählt von grandiosen Plänen, manipuliert andere und hat geradezu cholerische Gefühlsausbrüche. Er weigert sich, Verantwortung zu übernehmen, und wenn ihn jemand nur leicht kritisiert, wird er wütend und ausfällig. Seine Beziehungen sind oberflächlich, er trennt sich nach kurzer Zeit von seinen Partnerinnen, indem er einfach gefühllos Schluss macht.

Wie häufig kommt eine narzisstische Persönlichkeitsstörung vor? Welche Erkrankungen treten häufig gleichzeitig auf? Vermutlich ist weniger als ein Prozent der Bevölkerung von der Störung betroffen. Diese betrifft zu 75 % Männer und zu 25 % Frauen. *Die Störung beginnt in der Jugend oder im frühen Erwachsenenalter. Es müssen mindestens fünf der folgenden Kriterien erfüllt sein:*

1. Die Patienten haben ein grandioses Verständnis von der eigenen Wichtigkeit. Sie erwarten, auch ohne entsprechende Leistungen von anderen als überlegen anerkannt zu werden.
2. Sie fantasieren über grenzenlosen Erfolg, Macht, Schönheit oder die ideale Liebe.
3. Die Klienten glauben, besonders und einzigartig zu sein. Deshalb glauben sie, auch nur von besonders „hochgestellten" Menschen verstanden zu werden.
4. *Sie benötigen exzessive Bewunderung.*
5. Sie haben die Erwartung, dass sozusagen automatisch auf sie eingegangen wird.
6. In zwischenmenschlichen Beziehungen verhalten sie sich ausbeuterisch.
7. Die Gefühle und Bedürfnisse anderer werden nicht anerkannt oder akzeptiert.
8. *Sie sind häufig neidisch auf andere oder glauben, andere seien neidisch auf sie.*
9. *Sie zeigen arrogante, hochmütige Verhaltensweisen und Ansichten.*

Welche Ursachen gibt es für die narzisstische Persönlichkeitsstörung?

Bei den meisten Störungen handelt es sich um ein Zusammenwirken von biologischen und umweltbezogenen Faktoren. Auf der sozialen Ebene bringen die Eltern ihrem Kind gegenüber nur wenig Anerkennung zum Ausdruck. Sie sind kaum empathisch und überfordern ihr Kind. So buhlen diese Kinder um Aufmerksamkeit, betonen ständig ihre Fähigkeiten und versuchen, sich nach außen hin besonders gut darzustellen. Die andere Seite der Medaille ist, dass die Eltern ihr Kind und dessen Wünsche in den Mittelpunkt gestellt haben. Sie bewundern dann übermäßig die Talente des Kindes. Dadurch pendeln die Patienten ständig zwischen einem übertriebenen Selbstbild und der Angst, den an sie gesetzten Ansprüchen nicht gerecht werden zu können. Sie meinen, nur dann geliebt zu werden, wenn sie viel dafür tun und immer ihre Talente und Besonderheiten zeigen. Die Neigung, andere auszunutzen, führt dazu, dass sie keine befriedigenden Beziehungen entwickeln können. Hinter all diesem Erleben steht eine kaschierte, ja verbotene Wut. Ein anderer Versuch, die Ursachen zu erklären, geht davon aus, dass die Betroffenen in den ersten Lebensjahren zu abgöttisch geliebt, bewundert oder idealisiert wurden. Ihnen wurden keine gesunden Grenzen gesteckt. So überschätzen sich die Patienten und ihre Fähigkeiten.

Die Therapie dieser Störung ist nicht einfach, weil narzisstische Menschen überhaupt nicht einsehen, dass sie „krank" sind. Deshalb halte ich den Schritt in eine Therapie für eine wichtige Entscheidung hin zur Heilung. Dies betrifft jedoch nicht nur diese, sondern auch ganz klar andere psychische Störungen. Schwierig für den Therapeuten ist, dass sie einerseits bewundert und idealisiert werden, auf der anderen Seite aber auch mit Neidgefühlen und Abwertung konfrontiert werden. Dies kenne ich auch von Borderline-Patienten. Wichtig ist, die zentralen Bedürfnisse der Klienten zu erkennen und auf sie einzugehen – aber auch klare Regeln aufzustellen und Grenzen zu setzen.

Dieser Abschnitt beruht weitgehend auf folgender Homepage:
www.therapie.de/psyche/info/index/diagnose/persoenlichkeitsstoerung/narzissmus/
Wörtliche Zitate werden *kursiv* gedruckt

Kapitel 6: Anatoly Onoprienko – Der Terminator

Es war der Weihnachtsabend 1995 im Umland von Kiew in der Ukraine. Das Thermometer zeigte -40 Grad Celsius. Seit Tagen waren die Fahrzeuge eingefroren und der Versuch, einen Wagen zu starten, blieb ohne Erfolg. Ein Bauernhof stand einsam in der Landschaft. Eiszapfen hingen vom Dach und die Fenster waren voller Eisblumen. Ein Mann in den Dreißigern stand ganz in der Nähe und betrachtete den Hof.

Die Familie – Vater, Mutter und ein Kind – hatte den Weihnachtsabend gemeinsam verbracht. Jonny hatte sich schon ganz lange ein neues Fahrrad gewünscht. Tage- und wochenlang lag er seinen Eltern in den Ohren.

„Alle Kinder haben ein Fahrrad, nur ich nicht", jammerte er immer wieder.

„Du weißt, dass wir nicht so viel Geld haben", antwortete Maria. „Was meinst du, Ed?" Sie wandte sich an ihren Mann.

„Lass uns jeden Monat etwas Geld zurücklegen", sagte er.

So hatten sie jeden Monat etwas Geld gespart. Ab und an studierten sie die Anzeigen in der Tageszeitung, um ein günstiges Angebot zu finden. Eines Tages war es dann endlich soweit. Sie hatten ein gut erhaltenes, gebrauchtes Fahrrad gefunden.

Als dann der Weihnachtsabend kam, wurde Jonny in sein Zimmer geschickt. Er konnte es überhaupt nicht abwarten. Dann läutete seine Mutter mit der Glocke. Jonny raste so schnell er konnte ins Wohnzimmer. Sogar einen kleinen Weihnachtsbaum hatten sie gekauft. Die Kerzen strahlten und die selbst gebastelten Sterne waren wunderbar. Doch noch war es nicht soweit. Jonny wusste, was jetzt geschehen würde.

„Komm, setz dich hier auf den Sessel", sagte sein Vater.

Gehorsam setzte sich Jonny und zappelte ganz unruhig.

„Sitz still!", raunte Maria.

Ed nahm die alte Familienbibel, schlug sie auf und las die Weihnachtsgeschichte vor. Danach nahm er seine Gitarre aus der Ecke und sie sangen zusammen „O du Fröhliche". Dann war es endlich soweit. Maria hatte das Fahrrad mit einer Decke abgedeckt.

Jonny zog die Decke herunter und jubelte: „Jaaaaa, ein Fahrrad!" Er konnte sich kaum mehr zurückhalten. Am liebsten wäre er sofort nach draußen gegangen. Doch die eisigen Temperaturen hielten ihn dann doch davon ab.

Nach der Bescherung saßen sie dann noch zusammen. Mutter hatte einen wundervollen Gänsebraten gezaubert. Nach dem Essen sangen sie gemeinsam noch ein paar Lieder, dann verschwand Jonny in sein Zimmer. Die Eltern verbrachten noch eine Zeit zusammen, bis sie dann auch schlafen gingen.

Anatoly hatte im Schuppen eine Leiter gefunden. Sie sah nicht mehr stabil aus, da er aber keine andere Möglichkeit fand, musste er damit Vorlieb nehmen. Er legte sie an die Hauswand und stieg Stufe für Stufe nach oben. Tage vorher, als die Familie zum Einkaufen in die Stadt gefahren war, hatte er das Haus genau inspiziert. Deshalb wusste er auch, wo sich das Eltern-Schlafzimmer befand. Er nahm seine Schrotflinte aus dem Rucksack, den er immer dabeihatte, legte an, zielte und schoss. Das Projektil drang durch die Scheibe und traf Ed tödlich.

Er kletterte die Leiter nach unten und drang durch die Haustür ins Haus ein. Er hatte zuvor schon als Dieb über einen längeren Zeitraum hinweg die verschiedensten Schlösser geöffnet, deshalb hatte er hier auch keine Schwierigkeiten. Anatoly ging von Raum zu Raum, auf der Suche nach brauchbarem Diebesgut. Zielstrebig ging er zum Schlafzimmer. Maria schlief unruhig. Sie warf sich von einer Seite zur anderen. Anatoly zog seine Pistole, die er mit einem Schalldämpfer versehen hatte. Er zielte, und ein leises „Plop" war zu hören. Die Kugel drang durch die Stirn in Marias Kopf ein. Sie war sofort tot.

Jonny hatte als Baby Schwierigkeiten mit dem Schlafen gehabt. Damals wurde er des Öfteren wach und sie hatte ihn ungewöhnlich lange gestillt. Deshalb hatte er einige Jahre mit im Elternschlafzimmer geschlafen. Es war noch nicht lange her, seit Maria angefangen hatte, ihn in seinem eigenen Zimmer schlafen zu legen. Und das hatte nur deswegen funktioniert, weil es direkt an das Elternschlafzimmer angrenzte.

Anatoly riss die Zimmertür auf und stürmte in Jonnys Zimmer. Er zog die Bettdecke weg und erwürgte Jonny mit seinen bloßen Händen. Danach platzierte er mehrere in Benzin getränkte Lappen und Schnüre im Haus. Bevor er das Gebäude verließ, sammelte er noch alle Wertsachen ein, warf ein angezündetes langes Streichholz ins Haus und verschwand. Als die Feuerwehr das Feuer gelöscht hatte und die Ruinen untersuchte, fanden sie die verbrannten Leichen von Maria, Ed und Jonny.

Drei Monate später:

Der „Terminator" war der brutalste Serienmörder der Ukraine. In diesen Monaten sammelte er eine unglaubliche Anzahl von vierzig weiteren Opfern an. Meist waren es Bauernhöfe, die er heimsuchte.

So fand er dann neue Ziele. Anatoly hatte das Gehöft schon länger im Blick gehabt. Er wusste aus seinen verschiedenen „Besuchen", wo die einzelnen Räume waren.

Tod hatte einen schweren Tag hinter sich gebracht. Das Feld musste gepflügt werden, und es hatte seit Wochen nicht mehr geregnet. Er war todmüde, und seit Emma unerwartet an Krebs gestorben war, wurde ihm die Arbeit auf dem Hof einfach zu viel. Und da war ja auch noch Maggi. Sie war erst zehn Jahre alt gewesen, als Emma starb.

An diesem Abend war ein Sturm über sein Haus gebraust. Die Kühe im Stall waren besonders unruhig. Plötzlich hörte er draußen ein lautes Geräusch: Irgendetwas schabte an der Stalltür. Er vergewisserte sich, dass Maggi schlief, nahm die Laterne und trat nach draußen. Der Wind fegte ihm seine Mütze vom Kopf. Plötzlich macht es „plop" und eine Kugel durchschlug seinen Schädel. Es blieb ihm noch ein letzter Moment, in dem er dachte: ‚Und was wird jetzt aus Maggi und der Farm?'

Anatoly lief, so schnell er bei dem Sturm konnte, in den Schuppen. Dort hatte er am Tag zuvor eine Axt deponiert. Er nahm sie, rannte ins Haus und schlug Maggi mit der stumpfen Seite ins Gesicht. Das Blut spritzte in alle Richtungen. Seine Kleidung war von oben bis unten besudelt. Er würde sie entsorgen müssen. „Scheiße", murmelte er vor sich hin, und so schnell er nur konnte, verließ er den Tatort.

Wir schreiben das Jahr 1996. In den vergangenen Monaten und Jahren hat der „Terminator" insgesamt 52 Menschen getötet. Sie wurden erstochen und erwürgt, ihnen wurde mit der Schaufel der Kopf eingeschlagen. Panik hat die Menschen in den Landesteilen, in denen er die Taten begangen hatte, fest im Griff. Die Bevölkerung geht abends nicht mehr aus dem Haus. Die Kinder werden zur Schule gefahren und wieder abgeholt. Einige Schulen werden sogar ganz geschlossen. Die Armee wird zu Hilfe gerufen. Sämtliche kleinen Auffälligkeiten werden dem Sheriff und der Streitmacht geschildert. Dann wird Anatoly gesehen, wie er seine Schrotflinte aus dem Rucksack holt. In der Wohnung seiner Freundin wird er aufgegriffen.

In der Verhandlung kommen Einzelheiten aus seinem Leben zur Sprache. Im Alter von vier Jahren ist er von seinem Vater und seinem Bruder ins Waisenhaus gebracht worden. Er galt als schüchterner Außenseiter. Dann begann er mit einem Kumpan, Bauernhöfe nach Wertsachen zu durchsuchen. Doch irgendwann reichte dies nicht mehr aus. Er hielt Autos auf offener Landstraße an, um diese anzuzünden oder die Insassen mit anderen

Methoden zu töten. In seiner Befragung gibt er an, dass er Angst verbreiten wollte, was ihm ja auch gelungen ist. Er sagt, er habe 360 Menschen töten wollen. Ein Psychiater diagnostiziert eine narzisstische Persönlichkeitsstörung. Vor seiner Hinrichtung verlangt Anatoly ein Kilogramm Süßigkeiten, Würstchen und Cracker.

Kapitel 7: Dennis „BTK" Rader

Es ist früh am Morgen, als ich erwache. Ich habe schlecht geschlafen. In der letzten Zeit hatte ich öfter Alpträume. Mein Kissen ist nass vom Schweiß. Langsam stehe ich auf, mein Rücken schmerzt und die Beine wollen nicht in Bewegung kommen. Ich habe starke Kopfschmerzen; der vierte Brandy gestern Abend war dann wohl doch einer zu viel. Schon lange trage ich mich mit dem Gedanken, bei der nächsten Wahl nicht mehr als Sheriff zu kandidieren.

Ich schlurfe in die Küche, zünde das Feuer an und setze den Tee auf. „Nur noch ein Jahr", seufze ich. Ich schaue auf den Kalender an der Wand. Montag, der 13. Januar 1974. Ich überlege, was heute so auf dem Programm steht.

„Es wird hoffentlich ein ruhiger Tag", sage ich zu meinem Spiegelbild.

Und tatsächlich, der Tag plätschert so vor sich hin. Mein Feierabend ist um 18 Uhr. Um 16 Uhr 30 klingelt das Telefon.

Dennis „BTK" Rader steht vor einem einstöckigen, gepflegten Wohnhaus. Das Gebäude befindet sich auf einem etwa 5 Hektar großen Hof, etwas abseits der Straße. Es ist 14 Uhr nachmittags. Den ganzen Tag über hat es geschneit. Im Haus wohnt eine Großfamilie: Vater, Mutter und fünf Kinder. Rader hat eine kleine Tasche mit seiner Ausrüstung dabei.

Ich nehme den Telefonhörer entgegen und lausche. Mein Atem stockt, es läuft mir eiskalt den Rücken herunter, ich habe schweißnasse Hände und meine Beine zittern. Mein Herz hämmert in meinem Brustkorb. „Ja, ich komme sofort, bin gleich da."

Ich stürme auf den Parkplatz und verfluche mich, weil ich nicht darauf bestanden habe, einen neuen Jeep zu kaufen. Ich drücke den Startknopf und röchelnd springt der Motor an. So schnell ich kann fahre ich zu dem beschriebenen Hof. Schon von weitem sehe ich das Blaulicht des Notarztes. Ich trete das Gaspedal bis zum Anschlag durch. Der Wagen schleudert mehr, als dass er fährt.

Der Notarzt ist ebenfalls schon in den Sechzigern und trägt einen weißen Bart.

„Hi, Don, was ist denn hier passiert?"

„Das willst du nicht wirklich wissen", sagt Don.

Er geht mit mir ins Haus. Der leicht metallische Geruch von Blut steigt mir in die Nase. Das habe ich schon immer gehasst. Ich bin perplex, mein Gehirn weigert sich, die Tatsachen zu begreifen. Don führt mich zum Elternschlafzimmer. Ich öffne die leicht angelehnte Tür und es überkommt mich wie ein Boxhieb. Galle steigt von meinem Magen in den Mund, ich muss würgen. Die Eltern liegen mit dem Kopf nach unten auf dem Boden, jeder eine Plastiktüte über dem Kopf. Ich sehe Don an und kann es nicht begreifen.

„Offenbar hat der Täter den beiden in den Bauch geschossen. Das erklärt, warum überall Blut ist. Danach hat er ihnen die Plastiktüten über den Kopf gezogen und sie beide erstickt."

Wie von weitem höre ich mich fragen: „Wären die beiden auch ohne die Plastiktüten gestorben?"

„Schwer zu sagen. Ich kann das leider im Moment nicht endgültig feststellen."

Ich merke, wie mir schwindelig wird. Doch das ist noch nicht alles. Don führt mich geradezu sanft in den Nebenraum. Dort finde ich Tom, den neun Jahre alten Sohn der Familie. Ich nehme sein blaues Gesicht wahr, die blutleeren Lippen.

„Er wurde erdrosselt; ich habe diese Kordel gefunden", erklärt Don.

Ich will hier raus, nur noch weg, und bin doch bewegungsunfähig. Meine Beine wollen nicht mehr und trotzdem gehe ich weiter, wie ein Roboter. Don will mich stützen.

„Lass mich los!", schnauze ich ihn an.

Wir gehen in den Flur. Dort, in einer Ecke auf einem Schränkchen, steht das Telefon. Ich sehe, dass das Kabel durchtrennt wurde.

„Wer hat dich angerufen?", frage ich Don.

„Das wüsste ich auch gerne. Es gab einen anonymen Anruf. Ich habe dich dann sofort informiert."

Am Ende des Flures befindet sich eine Tür. Dahinter führt eine Treppe hinunter in den Keller. Don steigt vor mir nach unten. Ich muss mich am Geländer festhalten und zwinge mich ihm zu folgen. Jede Faser meines Körpers ist angespannt.

„Hier habe ich Mary gefunden. Sie wurde nur elf Jahre alt", sagt Don.

Vor meinen Augen flimmert es, Sterne tanzen auf und ab.

„Der Täter muss Mary mit einem Seil an diesem Abflussrohr festgebunden haben. Offenbar hat sie sich verzweifelt gewehrt. Dies hat aber dazu geführt, dass sie sich selbst stranguliert hat. Der Tod ist erst später eingetreten." Don vermeidet jede Emotion und spricht, wie er früher im Hörsaal seine Anweisungen an seine Studenten weitergegeben hat. Ich wage nicht, ihn anzusehen.

„Sonst noch Spuren?", frage ich, ebenfalls um Sachlichkeit bemüht.

„Ja, aber ich glaube nicht, dass du das wissen willst." Schon wieder dieser Unterton.

„Wurde sie ..." Ich breche ab, weil ich das Undenkbare nicht sagen will.

„Hm, wir haben Sperma gefunden. Auf der Leiche", ergänzt Don.

„Was soll das heißen, Don?"

„Nun, offenbar hat der Täter ihr bei ihrem Todeskampf zugeschaut und dann auf die Leiche onaniert."

Ich weiß tatsächlich nicht mehr, wie ich aus diesem Haus herausgekommen bin. Ich melde mich krank und fahre zum Wald. Frische Luft strömt in meine Lungen. Die letzten Sonnenstrahlen verschwinden am Horizont.

Zwei Tage später meldet sich Don bei mir, um mir mitzuteilen, dass der Täter die Blutgruppe Null hat.

„Weißt du überhaupt, wie viele Männer hier in der Gegend diese Blutgruppe haben?" Ich bin stocksauer. „Verdammt, haben wir nicht mehr?"

Leider kann mir Don nicht weiterhelfen. In der nächsten Zeit melden sich drei Männer, die behaupten, die Tat begangen zu haben.

Einige Wochen später leere ich wie jeden Tag den Briefkasten und nehme einen Brief mit in mein Büro. Der Absender lautet „Dennis – BTK – Rader". Ich denke noch, dass ich niemanden kenne, der diesen Absender hat. Ich öffne den Brief, und zwei Fotos fallen mir entgegen. Ich muss mich setzen. Auf dem einen Foto ist das Ehepaar zu sehen. Beide liegen mit dem Gesicht nach oben, die Plastiktüte über dem Kopf. Beide Augenpaare sind glasig, die Münder sind weit geöffnet, in dem verzweifelten Versuch Luft zu bekommen. Ich übergebe mich; die Galle läuft über den Schreibtisch.

Auf dem zweiten Foto liegen die Opfer mit dem Gesicht nach unten – so, wie wir sie aufgefunden haben. Ein kleiner Zettel fällt aus dem Umschlag. Darauf steht „Dennis BTK Rader" und wie zur Erklärung: „B = Bind, T = Torture, K = Kill" (zu Deutsch etwa: „Fesseln, Quälen, Töten").

In den nächsten Tagen erhalte ich noch mehr solcher oder ähnlicher Briefe. Wegen des Insiderwissens bin ich mir sicher, dass dies mein Mann ist. Trotzdem komme ich mit meinen Ermittlungen nicht weiter. Ich bin verzweifelt.

Nach drei Wochen entscheide ich mich, einen Profiler zu befragen. Ben Hope ist ein Mann, der schon einige Erfahrungen gesammelt hat. Ich erzähle ihm die ganze Geschichte. In der Zwischenzeit hat Ben sich eine Zigarette nach der anderen angezündet. Als ich am

Ende meiner Erzählung angekommen bin, zieht er die Augenbrauen hoch und füllt seine Tasse erneut mit dampfendem Kaffee. In meinem Büro ist bestimmt kein Gramm Sauerstoff mehr. Ich öffne das Fenster und sauge die Frische wie ein Erstickender.

Ben wählt seine Worte bedächtig und legt immer wieder eine kurze Pause ein: „Also, ich denke, wir haben es hier mit einem Mann zu tun, der etwa 30 bis 35 Jahre alt ist. Die Taten und die bewusst gestreuten Beweise weisen darauf hin, dass er sich mächtig und unfehlbar fühlt. Er spielt mit uns Katz und Maus. Alles in allem ein Mann mit einer narzisstischen Persönlichkeitsstörung."

Etwa drei Jahre später

Seit zwei Jahren bin ich nun in Rente. Ich kümmere mich um mein Haus und genieße die Zeit mit meinen Enkeln. Bis heute wurmt es mich, dass ich den sogenannten „BTK-Mörder" nicht fassen konnte.

Nach einem langen und äußerst strengen Winter kündigt sich endlich der Frühling an. Ich gehe in den Garten und atme die laue Luft tief ein. Die Sonne hat den Nebel vertrieben, der vorhin noch über den Feldern hing. Das Telefon klingelt und ich fahre zusammen. Seit jenem Ereignis passiert mir das regelmäßig. Ich schlafe schlecht, habe oft starke Kopfschmerzen und Panikattacken. Mein Hausarzt hat mir Medikamente verschrieben, die ich aber nicht nehme. Nach außen gebe ich mich stark und unverletzbar. Tief in mir drin jedoch ist mein Ich zerbrechlich wie eine Eierschale.

Ich hebe das Telefon ab. Am anderen Ende meldet sich Alan Jackson. Er wurde zu meinem Nachfolger gewählt und ich vertraue ihm.

„Hi Sheriff! Erinnerst du dich noch an den Fall „BTK" Rader?" Er nennt mich immer noch Sherriff. Ich habe vergeblich versucht, ihm das abzugewöhnen.

„Oh Mann, was ist das denn für eine Frage?", schnauze ich ihn an.

„Kannst du bitte mal in mein Büro kommen? Ich glaube, du wirst dich für meinen Bericht interessieren."

Sofort bin ich wie elektrisiert. „Ich bin gleich da."

Nach wenigen Minuten bin ich in meinem alten Büro angekommen. Seit damals bin ich nicht mehr hier gewesen, und es überrascht mich nur mäßig, dass sich nichts verändert hat. Alan bietet mir eine Tasse Kaffee an, aber ich lehne angeekelt ab. Der Kaffee ist bestimmt auch nicht besser geworden.

„Also, schieß los!"

Alan Jackson erzählt von einem Anruf, den er einige Stunden vorher erhalten hat. „Amelia hat einen Überfall geschildert. Du weißt doch, sie wohnt ziemlich weit abseits der Stadt mit ihrer Freundin Olivia zusammen."

Beide Frauen waren zum Zeitpunkt des Einbruchs glücklicherweise zum Einkaufen in der Stadt.

„Doch als sie dann nach Hause kamen, sahen sie, dass die Haustür aufgebrochen war", fuhr Alan fort. „Im Haus waren überall Schmierereien. Sie haben an mehreren Wänden drei Buchstaben entdeckt: ‚BTK'. Sie erinnerten sich an die Geschichte von damals, und Amelia hat sich gleich hier gemeldet. Aber das ist noch nicht alles. ‚BTK' Rader ging zum Nachbarhaus. Dort hat er wieder eine Familie überfallen. Der Ehemann war zum Zeitpunkt des Überfalls nicht zu Hause. Emily, seine Ehefrau, hat angerufen. Sie berichtete, dass Rader versucht hat, die Kinder ins Badezimmer einzusperren. Offenbar plante er, sie dort zu erdrosseln. Sie fand mehrere Schnüre, und die weißen Fliesen waren mit seinen ‚Initialen' versehen. Allerdings hat er vergessen, die Telefonleitung durchzuschneiden.

Das Telefon klingelte und Rader geriet in Panik. Deshalb hat er von seinem Vorhaben Abstand genommen." Erschöpft hält Alan Jackson inne.

„Habt ihr verwertbare Spuren gefunden?" Ehrlich gesagt, habe ich keine große Hoffnung.

„Nein, leider nichts Verwertbares."

Einige Wochen später

Es ist Sonntagmorgen und ich schlage die Zeitung auf. Ich sitze auf der Veranda und gönne mir gerade den zweiten Kaffee. Ich traue meinen Augen nicht. Der Aufmacher auf Seite 1 lautet: DER „BTK-KILLER" SCHLÄGT WIEDER ZU! Die Buchstaben verschwimmen vor meinen Augen. Ich schlage den Innenteil der Zeitung auf.

„Gestern in den späten Abendstunden tötete der als ‚BTK-Killer' bekannt gewordene Massenmörder sieben Menschen, darunter eine erst 21-jährige Frau. Wie das Sheriff-Büro mitteilte, ist die Identifikation eindeutig. Auch hier hat der Mörder seine inzwischen gewohnten Initialen ‚BTK' hinterlassen. Nach übereinstimmenden Berichten konnte der Mörder leider noch nicht gefasst werden."

Ich rufe Alan an. Bereits nach dem ersten Klingeln nimmt er das Gespräch an.

„Alan, warum hast du mich noch nicht angerufen?"

„Weißt du überhaupt, wie spät es da war?"

Ich bin sauer. „Nein, aber das ist mir auch egal! Wie habt ihr dieses Mal von der Tat erfahren?"

„Du wirst es nicht glauben. Rader hat uns selbst angerufen und von seiner Tat erzählt – in allen Einzelheiten."

„Konntet ihr ihn fassen?"

„Nein leider nicht."

„Das gibt es doch nicht."

„Doch. Als wir am Tatort eintrafen, war ‚BTK' längst über alle Berge."

Ich bin fassungslos, die Realität erreicht mein Gehirn erst nach einiger Zeit.

1978: In einer kleinen TV-Station

Charlie betritt das kleine Funkhaus früher als gewohnt. Er öffnet den Briefkasten und entnimmt ihm die Eingangspost. Charlie geht in sein Büro und schaut sich jeden Brief ganz genau an. Einer erregt seine Aufmerksamkeit. Auf der Rückseite ist mit drei großen Lettern der Absender zu lesen: „BTK".

Charlie öffnet den Brief und entnimmt ihm drei Zettel. Auf einem davon steht ein Gedicht, das Rader selbst verfasst hat. Ein Zettel dient als Anschreiben. Der dritte enthält Namen, wie der Massenmörder genannt werden will: „Der Ersticker", „Der Würger" und „Der Killer". Sofort ruft Charlie beim Sheriff an und schildert ihm den Inhalt des Briefes.

Alan informiert mich. Gemeinsam fahren wir zum Studio. Charlie empfängt uns in seinem kleinen und vom vielen Rauchen vernebelten Büro. Die Einrichtung hat auch schon bessere Tage gesehen. Sein Schreibtisch ist mit Papieren übersät. Ich gehe zum einzigen Fenster und versuche es zu öffnen.

„Geht schon lange nicht mehr auf", sagt er.

Ich bin gespannt, was er uns zu sagen hat.

„Ihr werdet es nicht glauben, aber Rader hat tatsächlich hier angerufen und gefragt, ob ich ein Interview mit ihm mache. Ich habe den Aufnahme-Knopf gedrückt. Hier, ich spiele euch die Aufnahme vor." Er nimmt einen Kassettenrekorder zur Hand und legt eine Kassette ein.

„Hallo, hier ist BTK, mit wem spreche ich?"

„Ich bin Charlie, der Chef-Redakteur. Ich habe schon einige Briefe von Ihnen erhalten. Wie kann ich sicher sein, dass Sie wirklich der gesuchte Mörder sind?"

BTK lacht.

Ich habe das Gefühl, ich muss hier raus. Ich zwinge mich weiter zuzuhören.

„Nun, es ist noch nicht lange her, da habe ich sieben Menschen getötet. Ich weiß einfach, ihr bekommt mich nie. Und ich werde weiter morden. Das ist jedes Mal ein ganz besonderes Fest für mich."

In der Aufnahme ist ein Knacken zu hören. Rader hat aufgelegt.

„War das der einzige Anruf?", fragt Alan.

„Nein, es gab noch einen, kurz bevor ihr gekommen seid. Der Inhalt unterscheidet sich aber nicht grundsätzlich von dem Anruf, den ihr gerade gehört habt."

„Wir sollten Ben Hope einschalten", überlege ich laut.

Stunden später können wir Ben endlich erreichen.

„Ich habe da eine Idee. Seit zwei Jahren experimentiert das FBI mit einer Methode, die ‚Priming' genannt wird. Man versteckt Hinweisreize in den Botschaften. Diese Hinweisreize werden dann vom Unterbewusstsein gespeichert. Dadurch wird das Gehirn getriggert und der Proband sagt mehr, als er eigentlich wollte."

Ich bin skeptisch. „Klappt das denn auch?"

„Bisher sind wir nicht über den Versuch hinausgekommen. Aber ich bin dafür, es zu wagen."

Im Lauf der nächsten Wochen gibt es immer wieder Anrufe von Rader und wir versuchen mit der „Priming-Methode", Botschaften in seinem Unterbewusstsein mit Triggern zu hinterlassen. Leider ohne Erfolg.

1985: Der nächste Mord

Alan Jackson ist ganz auf sich gestellt. Sein Vorgänger im Amt war im vergangenen Jahr verstorben. Lange hat Alan um ihn getrauert. Doch irgendwann hatte er keine Tränen mehr. Am Grab seines Freundes schwor er, nicht eher zu ruhen, bis Rader gefasst wäre.

Alan fährt mit seinem Jeep durch die Stadt, ohne dass er von der Zentrale angerufen wird. Er steuert auf die Kirche zu. Er weiß, dass hinter der Kirche der örtliche Friedhof ist. Dort hält er immer wieder einmal an, um zum Grab seines Freundes zu gehen. Er parkt vor der Kirchentür und wundert sich, dass der Notarztwagen von Don vor der Kirche steht.

Noah ist seit zwei Jahren Pfarrer in dieser Kirche. Aschfahl kommen er und Don ihm entgegen. „Draußen auf dem Feld wurde die Leiche einer jungen Frau gefunden."

Alan ist perplex.

„Es kommt noch besser: Es ist unser Mann!", fügt Don hinzu.

„Wie kommst du darauf?", fragt Alan, obwohl er die Antwort schon kennt.

„Der Killer hat mit einer Spraydose seine Visitenkarte abgegeben. Komm mit uns nach draußen."

Es ist schon Abend geworden. Sie treten vor die Kirchentür und die Sonne zeichnet glutrote Strahlen an den Himmel. Noch ist die Luft frisch und angenehm kühl. Doch die Bäume beginnen ihre Blätter zu verlieren und die Tage werden kürzer.

Nach wenigen Schritten erreichen sie den Tatort. Die junge Frau liegt seltsam verdreht im Gras. Eine Blutlache ist an der rechten Seite ihres Kopfes zu sehen.

„Todesursache?"

Don sieht Alan in die Augen. „Der Killer hat mit einem Messer ihre Halsschlagader verletzt. Außerdem muss er mehrmals in sinnloser Wut auf ihren Körper eingestochen haben."

Alan überlegt. „Bist du ganz sicher, dass es unser Mann war? Schließlich unterscheidet sich der Modus Operandi etwas von den anderen Taten."

„Nun, er hat ein Foto am Tatort hinterlassen. Schau mal."

Alan nimmt das Foto entgegen, seine Finger sind taub. Auf dem Foto ist der Dodge von Rader vor der Kirche zu sehen. Daneben die junge Frau, geknebelt und gefesselt.

„Gibt es außer dem Blut und den Buchstaben noch andere Spuren?" Alan kennt die Antwort nur zu gut.

1991: Mord an einer Rentnerin

Alan hat einen ruhigen Vormittag verbracht. Nach der achten Tasse Kaffee ist er bereit, den Tag in Angriff zu nehmen. Das Telefon klingelt. Die Verbindung ist katastrophal. Er muss mehrmals schreien, doch die Antwort ist nur ein einziges Krachen. Er legt auf, aber wenige Sekunden später klingelte es erneut. Er hört genau hin. Der Anrufer erzählt, er habe eine Leiche unter einer Autobahnbrücke entdeckt. Alan lässt sich die Stelle genau beschreiben. Er geht zu der Landkarte, die an der Wand hängt. Mit dem Stift zeichnet er einen Kreis an die beschriebene Stelle, damit er weiß, wohin er jetzt fahren muss. Der Ort des Leichenfundes ist etwa fünfzehn Kilometer von seinem Büro entfernt. Sofort macht er sich auf den Weg.

Don ist inzwischen auch in die Jahre gekommen, aber er ist immer noch der beste Arzt, den Alan kennt. Als er an der Autobahnbrücke ankommt, ist Don bereits da. Alan fragt sich zum wiederholten Mal, wie er das schafft, immer vor ihm am Ort des Geschehens zu sein. Es fängt an zu regnen. Innerlich flucht Alan, weil der Regen die Spuren verwischen könnte.

„Hi Alter", begrüßt er den Arzt. „Wie machst du das immer, vor mir am Tatort zu sein?"

Don lacht und meint: „Woher weißt du denn, dass das hier der Tatort ist?"

„Ist es denn nicht so?"

„Nein, alle Spuren deuten darauf hin, dass der Leichnam hierhergebracht wurde."

„Todesursache?"

„Ich glaube, sie ist erdrosselt worden. Ich habe eindeutige Spuren an ihrem Hals gefunden. Und schau mal hier: Diese Strumpfhose wurde dort an dem Strauch gefunden."

„Sonst noch etwas?"

„Ja, als ich die Leiche umgedreht habe, lag dort ein Brief. Absender: ‚BTK'. Es war eindeutig unser Mann."

Alan schreit. Er schreit und flucht so lange, bis seine Stimme versagt.

Am gleichen Tag telefoniert er mit Ben Hope. „Ich verstehe einfach nicht, dass relativ lange Zeit vergeht, bis er wieder tötet", meint Alan.

„Ja, das ist ein Stein, der nicht ins Mosaik passt. Es deutet alles darauf hin, dass er sich in der Zwischenzeit gut im Griff hat."

DNA-Untersuchungen im Jahr 2004

Endlich hat Alan das Werkzeug, um mit seinen Proben eine DNA-Untersuchung anzuordnen. Doch auch diese Untersuchung ergibt keine verwertbare Spur. Er kann sich nicht erinnern, wie oft er schon mit Ben Hope gesprochen hat. Dieses Mal hat er eine Idee, wie sie Rader vielleicht ködern könnten.

Sie schalten eine Anzeige in beiden heimischen Zeitungen: „Dennis ‚BTK' Rader, verstorben am 30.05.2004. Er nahm seine Geheimnisse mit ins Grab." Und endlich: Der Plan geht auf! In den nächsten Wochen erhalten wir regelmäßig Briefe von ihm. Verpackt sind die Briefe in alten Cornflakes-Packungen. Dann kommt folgender Brief: „Ich habe eine Frau ausgesucht, die allein lebt. Ich muss noch die Details ausarbeiten, ich bin jetzt aber viel älter und vorsichtiger geworden als früher. Es passiert dieses oder nächstes Jahr. Die Zeit läuft mir davon. BTK."

Inzwischen hat Alan angeordnet, dass öffentliche Parkplätze mit einer Videoüberwachung versehen werden. Meine Mitarbeiter haben die undankbare Aufgabe, die Videos zu sichten. Das ist eine lange und nervenraubende Aufgabe. Doch an einem Donnerstag haben wir einen Treffer. Das Video zeigt Rader, wie er von seinem Fahrzeug zu einem Pickup geht und einen Zettel an der Windschutzscheibe anbringt. Jetzt geht es anscheinend schneller, als Alan es überhaupt zu hoffen gewagt hätte. Aber noch einmal spielt Rader mit uns „Katz und Maus". In einem neuen Brief kündigt er an, dass er auf einem bestimmten Parkplatz eine Diskette in einem Mülleimer deponiert. Wenn wir die Diskette hätten, sollten wir ihm eine Nachricht hinterlassen. Als Alan mit Ben Hope darüber diskutiert, erinnert er ihn daran, dass er schon mal über das Machtgefühl gesprochen hat, das Rader immer aufs Neue dazu bringt, mit ihnen zu spielen. Doch mit der Zeit hat er immer gefährlichere Begegnungen „gebraucht", damit sein Machthunger auch wirklich gestillt ist. Aber dieses Mal ist es anders. Auf dem Video können wir seinen Wagen eindeutig erfassen. Es ist ein schwarzer Jeep Cherokee. Sie geben das Kennzeichen in die allgemeine Fahndungsdatei ein. Doch noch haben sie lediglich Indizien.

Am nächsten Tag erhalten sie einen Brief, indem „BTK" einen Treffpunkt angibt, wo er die Diskette hinterlassen will. Alan fährt alles auf, was an Polizei- Einsatzwagen nur möglich ist. Er postiert die Wagen an allen Abfahrten und Kreuzungen. Um „BTK"s Aufmerksamkeit nicht zu sehr zu reizen, wechselt sich Alan mit seinen Kollegen in der Verfolgung ab.

Am 25. Februar 2005 wird Rader gefasst. Alan ruft Ben Hope an und es folgen unendlich erscheinende Stunden des Verhörs. Sie konfrontieren ihn mit den nun vorliegenden Fakten. Nach insgesamt 30 Stunden Verhör kapituliert Rader. Das ganze Team ist mit den Nerven fertig und alle brauchen eine heiße Dusche und ein weiches Bett. Hope berichtet Alan später, dass „BTK" tatsächlich ein Doppelleben geführt hat. Er ist verheiratet, hat zwei Kinder und ist bei einem Sicherheitsdienst beschäftigt. Damit haben sie das letzte Teil in ihrem Puzzle.

Rader wird zu zehnmal Lebenslänglich verurteilt. Das entspricht nach amerikanischem Recht einer Haftzeit von 175 Jahren. Rader wird das Gefängnis nie mehr verlassen.

Exkurs: Borderline-Persönlichkeitsstörung[9]

Was ist eine Borderline-Persönlichkeitsstörung (BPS)?

Die Betroffenen haben heftige Stimmungs- und Gefühlsschwankungen, was zu extremen inneren Anspannungen führen kann. Um dies überhaupt aushalten zu können, setzen viele selbstschädigende Verhaltensweisen ein. Dabei wird die Empfindlichkeit für Schmerzen extrem gemindert. Unter dieser Prämisse ist auch zu verstehen, warum sie z. B. das Ritzen einsetzen, um sich selbst zu spüren. Doch diese Reize müssen quasi ständig gesteigert werden, um die innere Leere zu mildern.

Man weiß heute, dass, wie bei vielen Persönlichkeitsstörungen, sowohl genetische Faktoren als auch sehr frühe Traumata bei ihrer Entstehung eine Rolle spielen. Die Betroffenen berichten über schwerwiegenden Missbrauch, emotionale Vernachlässigung und ein soziales Umfeld, in dem sie sich als fremd, gefährdet und gedemütigt erlebt haben. Mehr als die Hälfte der Klienten haben mindestens einen Suizidversuch hinter sich.

Als ich vor vielen Jahren mit einem Borderliner Kontakt hatte, kannte ich diese Krankheit noch nicht. Ich bemerkte aber, dass die Wut und die Aggression der Person auch auf mich „abfärbte". Ich wusste nicht, wie ich mit den extremen Stimmungsschwankungen umgehen sollte. Auf der einen Seite der Wunsch nach grenzenloser Liebe und auf der anderen Seite der nach Separation. Es fällt mir auch heute noch schwer, diese Verletzlichkeit zu verstehen und adäquat darauf zu reagieren.

Ich fragte damals einen mir bekannten Therapeuten, was denn die Borderline-Persönlichkeitsstörung ist. Eine Antwort bekam ich nicht. Immer dann, wenn ich einzelne Mosaiksteinchen zusammengefügt hatte, kamen neue hinzu. Begriffen habe ich, dass die Betroffenen mehr sind, als die Diagnose an sich. Und die Borderline-Störung ist eine lebensgefährliche Erkrankung. Die Flucht aus der Verzweiflung oder um Beziehungen auf ihre Tragfähigkeit hin zu überprüfen können in einem Suizid enden. Die Narben sind nicht nur äußerlich, wie nach Schnitten mit der Rasierklinge, sondern vor allem die Seele leidet höllische Schmerzen. Die Klienten kennen Schwarz und Weiß, können aber kaum Grautöne wahrnehmen.

„Ich halte mich selbst für die Symptomträgerin eines ‚verrückten' Familiensystems. Mein Vater hat die Flucht in die Arbeit gesucht, meine Mutter ist ständig krank und mein Bruder hat sich dem direkten Zugriff der Familie entzogen."[10]

„Borderlinerin zu sein bedeutet für mich Zuschauerin zu sein und mein ‚Doppelleben' so zu organisieren, dass ich auf der Grenze zwischen meiner Innenwelt und der Außenwelt stehen kann, ohne dass Vergangenheit und Gegenwart durcheinandergeraten."[11]

Die Borderline-Persönlichkeit sieht nur ein ganz schwaches Ichgefühl und eine leere Reflexion: *„Das Alleinsein wiederholt die Panik, die sie als Kind erfahren hat, wenn sie mit der Möglichkeit, von den Eltern verlassen zu werden, konfrontiert wurde: Wer wird sich dann um mich kümmern? Der Schmerz der Einsamkeit kann nur durch einen Phantasieliebhaber erleichtert werden, wie es im Text unzähliger Liebeslieder ausgedrückt wird."[12]*

Dialektisch Behaviorale Therapie (DBT)

---

[9] www.neurologen-und-psychiater-im-netz.org
[10] „Leben auf der Grenze – Erfahrungen mit Borderline". Andreas Knuf (Hg.), Psychiatrie-Verlag 2002. Wörtliche Zitate drucke ich *kursiv*.
[11] Ebd.
[12] „Ich hasse dich – verlass mich nicht". Die schwarzweiße Welt der Borderline-Persönlichkeit. Kösel-Verlag GmbH & Co., München

Die US-amerikanische Therapeutin Marsha Linehan schaffte den Durchbruch in der Borderline-Behandlung. Sie entwickelte die Dialektisch Behaviorale Therapie (DBT). Diese Intervention ist eine besondere Form der kognitiven Verhaltenstherapie.

In der ersten Phase werden die Klienten zunächst stabilisiert. Im Mittelpunkt stehen Strategien, die verhindern, dass die Patienten sich weiter selbst schädigen oder die Sitzungen vorzeitig abbrechen. Die Gruppentherapie ist dabei eine große Hilfe, da hier neue Verhaltens- und Denkweisen trainiert werden. Dies fördert die Wahrnehmung der eigenen Person und anderer Menschen. Die Klienten üben Maßnahmen zur Selbstkontrolle und zum Umgang mit Krisen. Das extreme Schwarz-Weiß-Denken wird nach und nach verringert.

In der zweiten Therapiephase explorieren die Patienten belastende Lebensereignisse, welche die Störung gefördert haben.

Die dritte Stufe ist darauf fokussiert, das Erlernte im Alltag anzuwenden, das Selbstwertgefühl zu steigern sowie Lebensziele zu entwickeln und in die Praxis umzusetzen.[13]

---

[13] www.netdoktor.de zuletzt besucht am 05.12.17

Kapitel 8: Edmund Kemper

Wir schreiben den 07.05.1972. Es ist die Hoch-Zeit der Hippiebewegung. Die beiden Freundinnen Jessica und Isabella waren gerade auf einem Musikfestival. Es ist spät geworden, und nun wissen sie nicht, wie sie nach Hause kommen sollen. Sie haben einige Freunde gefragt, aber es war nirgendwo mehr Platz für sie im Auto. Also entschließen sich die beiden zu Trampen. Sie haben sich ein Schild gebastelt, auf dem sie ihren Zielort aufgeschrieben haben.

„Was sollen wir denn bloß machen, wenn niemand anhält?" Jessica ist immer etwas mutiger als ihre Freundin.

„Was sagen wir denn zu Hause, wenn wir gefragt werden, wie wir es geschafft haben, vom Festival wegzukommen?"

Jessica überlegt und meint dann: „Ach, uns wird schon etwas einfallen."

Sechzig Minuten später hat immer noch kein Auto angehalten. Dann endlich: Ein Ford älteren Baujahres hält an. Die beiden schauen sich an.

„Komm, uns wird schon nichts passieren. Wir sind doch zu zweit", meint Jessica.

Am Steuer des Wagens sitzt ein etwa 24 Jahre alter Mann. Die beiden steigen ein und die Fahrt beginnt.

Der nächste Morgen

Der Wecker klingelt. Mia dreht sich noch einmal auf die andere Seite. „Nur noch fünf Minuten", murmelt sie und drückt den Wecker aus.

Sie schläft noch einmal ein und wacht erst zehn Minuten später wieder auf. „Na jetzt aber raus, ich muss ja noch Jessica wecken." Sie geht in die Küche und setzt das Wasser für den Kaffee auf. „Jessica, komm, aufstehen!", ruft sie. Doch nichts bewegt sich. Sie ruft noch einmal, auch dieses Mal ohne Erfolg. Sie geht nach oben und öffnet die Tür zu Jessicas Zimmer. „Jessica, aufstehen! Es ist Zeit, zur Schule zu gehen." Sie bemerkt aus den Augenwinkeln, dass der Rollladen offen ist. Und auch das Bett ist leer. „Na ja, vielleicht hat Jessica ja bei ihrer Freundin Isabella übernachtet."

Mia geht in den Flur, kramt das Telefonbuch heraus und wählt die Nummer von Isabella. Bereits nach dem ersten Klingeln hebt Grace, Isabellas Mutter, ab.

„Hallo Grace, hat Jessica heute bei euch übernachtet?"

„Nein, ich wollte dich auch gerade anrufen. Isabella ist nicht nach Hause gekommen."

„Oh nein. Jessica auch nicht. Ich dachte, sie hätte vielleicht bei euch übernachtet."

„Wollen wir uns treffen, um zu überlegen, was wir tun können?", schlägt Grace vor.

Fünf Minuten später treffen sich beide vor der Schule. Voller Sorge betreten sie das alte, schon baufällige Gebäude der „Martin-Luther-King-Schule". Zielstrebig betreten sie das Sekretariat.

„Hi Matilda, hast du heute Morgen Jessica und Isabella schon gesehen?" Mia überlegt fieberhaft, der Schweiß steht ihr in feinen Perlen auf der Stirn.

„Nein, und ich war überrascht, da beide ja immer zusammen zur Schule kommen."

Mia und Grace schauen sich an.

„Kommt, wir fragen in ihrer Klasse nach", meint Matilda. Doch auch in der Klasse sind die beiden an diesem Tag nicht aufgetaucht.

Nun ist auch Grace in heller Aufregung. „Was sollen wir jetzt machen?", fragt sie mit zitternder Stimme. Zu dritt fahren sie zum Sheriff-Büro.

Dylan hat gerade seine morgendliche Runde durch den Ort beendet, als Matilda, Mia und Grace eintreffen. Hastig erzählen Mia und Grace, was vorgefallen ist. Ab und zu schaltet sich auch Matilda ein. Dylan hört sich die ganze Geschichte an, bevor er das Wort ergreift.

„Habt ihr denn auch wirklich alle Möglichkeiten ausgeschöpft, wo die beiden sein könnten?"

Doch beide Frauen verneinen. Dylan verspricht, sich genau umzusehen und sich zu melden, wenn er etwas findet.

Edmund („Big Ed") Kemper

Schon lange hat Kemper nach Mädchen Ausschau gehalten. Und die beiden passen haargenau in sein Beuteschema. Nachdem er ungefähr drei Kilometer gefahren ist, biegt er in ein abgelegenes Waldgebiet ab. Mit einem hörbaren Klacken verschließt er die Türen, so dass die beiden keine Chance haben, den Wagen zu verlassen. Er öffnet die Beifahrertür und sprüht sofort eine Ladung Betäubungsspray in den Innenraum. Jessica sackt zusammen, während Isabella schreit. Kemper benutzt noch einmal sein Betäubungsspray, um den Schrei zu ersticken.

Ächzend nimmt er Jessica auf seine Schultern, öffnet den Kofferraum und legt sie hinein. Er nimmt sein Messer und eine Plastiktüte, die er mitgebracht hat. Er sticht auf Jessica ein wie im Blutrausch, immer wieder und wieder. Dann nimmt er die Plastiktüte, zieht sie ihr über den Kopf, macht einen fachmännischen Knoten und schließt die Öffnung mit einem mitgebrachten Seil. Danach nimmt er Isabella aus dem Wagen und ersticht auch sie. Er legt sie zu Jessicas Leiche in den Kofferraum und fährt nach Hause. Unterwegs pfeift er ein fröhliches Lied.

Inzwischen ist es spät am Abend. Er fährt mit seinem Ford auf sein Grundstück, schließt das schwere eiserne Tor und parkt den Wagen in der Nähe des Eingangs. Zuerst trägt er Isabella, dann Jessica in sein Haus und dann ins Schlafzimmer. Er zieht die beiden Mädchen aus und legt sie nebeneinander auf sein Bett. Für diese Fälle hat er einen Fotoapparat auf einem Ständer im Schlafzimmer montiert. Als nächstes macht er fein säuberlich Fotos von den Leichen. Danach geht er in den Keller und holt eine scharfe Axt aus seinem Werkzeugschrank. Er geht zurück ins Schlafzimmer, zerstückelt die Leichen und verteilt sie auf verschiedene Plastiksäcke. Dann fährt er zurück zum Waldstück und legt die Säcke unter einige dichte Büsche.

Dienstagmorgen

Das Telefon klingelt. Richard steht bereits nach dem ersten Klingeln auf. Er hebt den Hörer ab und hört genau hin. Sein Gesicht wird aschfahl. „Ich komme sofort."

Schnell sucht er seine Arzttasche, zieht seine Gummistiefel an und läuft zu seinem Auto. Sein alter Wagen hat vor einer Woche den Geist aufgegeben, deshalb hat er sich einen neuen gegönnt. Sein ganzes Leben lang hat er auf einen Jeep gespart und jetzt kann er ihn sich leisten.

Schon von weitem sieht er das Blaulicht des Wagens von Sheriff Bob Gerner. Er fährt seinen Jeep bis an das rot-weiße Flatterband, steigt aus und zieht sich seinen weißen Overall an. Dann schlüpft er in die grünen Überzieher für die Gummistiefel. Inzwischen regnet es und ein kalter, unangenehmer Wind weht um seine Nase.

Richard ist schon seit einer kleinen Ewigkeit der einzige Arzt in der Gegend. Normalerweise erfreut er sich eines ruhigen Lebens: hier eine Erkältung, dort eine Grippe oder ein gebrochener Arm. Da es keinen Gerichtsmediziner gibt, hat er eine Fortbildung in Forensischer Medizin absolviert. Als er später an diesen Tag zurückdenkt, wird ihm klar: den wird er zeit seines Lebens nie vergessen.

Bob begrüßt ihn und folgt ihm zu den Toten. Richard hebt die weißen Leichentücher an und schreckt zurück.

„Ja, so ging es mir auch", meint Bob.

Richard holt tief Luft und schaut dann noch einmal genauer in den Leichensack. Er registriert alle Einzelheiten: die jungen Körper der beiden Frauen, die seltsam gekrümmte Stellung – und die abgetrennten Köpfe. Er nimmt sein Thermometer, um die Temperatur zu bestimmen.

„Was meinst du, kannst du schon etwas zum Todeszeitpunkt sagen, Richy?" Bob ist der Einzige, der ihn so nennen darf.

„Hm, wenn ich alles bedenke, schätze ich, so gegen 23 Uhr gestern Abend." Die Spaziergänger hatten die Leichen heute gegen 17 Uhr entdeckt. „Alles Weitere erfährst du nach der Obduktion."

Mehr möchte Richard in diesem Moment nicht mehr sagen.

Die Leichen werden zur Praxis von Richard transportiert. Dort hat er einen Raum, wo er kleinere Operationen durchführt.

Mittwoch

Richard ist immer noch geschockt. Bei der Obduktion stellt er fest, dass der Täter die beiden Köpfe auch für Oralsex missbraucht hat. Er informiert Bob.

„Hast du sonst noch irgendwelche Spuren gefunden?" Richard würde sehr gerne mehr sagen, um ihm einen Anhaltspunkt zu liefern.

„Nein, ich muss dich enttäuschen. Leider nicht. Du weißt ja, dass die Forensik noch nicht so weit ist. Wären wir zehn Jahre weiter ..."

„Sind wir aber nicht – leider."

Edmund „Big Ed" Kemper

Edmund „Big Ed" Kemper wird im Jahr 1948 geboren. Von Anfang an ist er ein „Problemkind". Als er neun Jahre alt ist, lassen die Eltern sich scheiden. Offenbar überwindet „Big Ed" diese Scheidung nie. Er beginnt Tiere zu quälen; unter anderem begräbt er eine Katze, obwohl sie noch lebt.

Die späteren Ermittlungen ergeben, dass seine Mutter eine Borderline-Persönlichkeitsstörung hatte. Ständig ist die Beziehung der beiden starken Konflikten ausgesetzt. Es ist eine symbiotische Beziehung. Keiner kann ohne den anderen sein, obwohl sie sich nichts so sehr wünschen, wie eine Separation zu erleben. Seine Mutter erniedrigt Edmund. Er wird nächtelang in einen Keller eingesperrt. Immer wieder versucht er von ihr loszukommen, jedoch ohne Erfolg. Dann schafft er es, seinen Vater in Los Angeles zu besuchen. Einen Monat bleibt er dort, bevor er wieder bei seiner Mutter landet. Als Ed fünfzehn Jahre alt ist, hat seine Mutter offenbar genug von ihm. Seine Großeltern nehmen ihn auf. Doch dies erweist sich als fataler Fehler.

Zwei Monate später

Großvater Frank und seine Frau Emma sitzen im Wohnzimmer. Der Fernseher flimmert schon den ganzen Tag. Eine Talkshow nach der anderen sendet ihre krude Botschaft in die vier Wände der Großeltern. Beide haben sich schon länger nichts mehr zu sagen. Gestern gab es einen großen Streit mit Ed.

Frank erinnert sich, dass Ed wutentbrannt das Haus verließ. „Emma, hast du noch auf dem Schirm, um was es bei dem großen Streit mit Ed gestern Abend ging?"

Emma hat auch schon länger überlegt, kann sich aber nicht mehr erinnern. Daher meint sie nur: „Hoffentlich rastet Ed nicht wieder so aus wie beim letzten Streit."

Beiden wird unwohl, als sie an diesen Tag zurückdenken. Ed ist vollkommen ausgerastet. Voller Wut hat er Porzellan zertrümmert.

Etwa zwei Stunden später hören sie das Motorrad von „Big Ed" aufheulen. Keine Frage: Ed kommt nach Hause.

An diesem Abend erschießt „Big Ed" seine Großeltern.

„Big Ed"

Ed ist der Polizei schon länger bekannt, weil er sich oft in der Polizei-Kneipe aufhält. Dort ist er Stammgast.

Ed bekommt seinen Spitznamen, weil er 2,06 Meter groß ist und 130 Kilogramm wiegt. Er wird gefasst und von einem Psychiater untersucht. Dieser stellt die Verdachtsdiagnose einer paranoiden Schizophrenie. Menschen sind für ihn Gegenstände, die Gefühlsebene ist gestört, er leidet unter Gefühlskälte. Ed wird in die Psychiatrie eingewiesen, wo er bleibt, bis er 20 Jahre alt ist. Er hat einen hohen IQ und steigt bis zum Assistenten des Psychologen auf. Wegen guter Führung wird er entlassen. Entgegen dem dringenden Rat seines Psychologen zieht er wieder zu seiner Mutter.

Montag, 05.02.1973

Saskia und Sophie lernen sich an der Universität kennen. Die Studentinnen, 23 und 24 Jahre alt, gründen eine Wohngemeinschaft. Sie lernen zusammen, gehen ins Kino oder in den angrenzenden Wald, um sich zu entspannen. Beide studieren Musik und Mathematik auf Lehramt.

An diesem Tag gehen sie nach ihrer letzten Vorlesung über den Campus. Es ist ein schöner Tag, zwar kalt, aber die Sonne scheint aus einem wolkenlosen, azurblauen Himmel. Beide freuen sich auf den gemeinsamen Abend. Das Wochenende war anstrengend und deshalb wollen sie an diesem Abend einfach mal chillen. Der Weg vom Campus zu ihrer Wohnung führt durch ein dichtes Waldstück. Hier stehen Laub- und Nadelbäume in trauter Gemeinschaft.

„Hey Saskia, wollen wir noch kurz in die Sportbar gehen und einen Cocktail trinken?"

„Ehrlich gesagt habe ich nach unserem Wochenende die Nase voll von weiterem Alkoholgebrauch."

„Wir können ja auch einen alkoholfreien Cocktail trinken", meint Sophie.

„Du willst doch nur nachsehen, ob der Boy vom Wochenende wieder da ist."

Damit hat Saskia eine wunde Stelle von Sophie angesprochen. Es ist schon sechs Monate her, seit sie sich von Bob getrennt hat. So langsam wächst in ihr die Überzeugung, sich nach einem neuen Partner umzusehen.

Ed sieht die beiden Studentinnen schon von weitem auf sich zukommen. Er holt seine Waffe aus seinem dicken Parka und schraubt den Schalldämpfer auf die Mündung. Er zielt, schießt einmal, schießt ein zweites Mal. Zu hören ist nur jeweils ein schwaches „Plop". Tödlich getroffen sinken Saskia und Sophie zu Boden.

Eine spätere polizeiliche Untersuchung ergibt, dass „Big Ed" die Waffe zunächst legal gekauft hat. Als die Bestandslisten überprüft werden, entdecken die Behörden jedoch, dass Ed diese Waffe eigentlich nicht besitzen durfte. Sie sollte eingezogen werden.

3 Wochen später

„Big Ed" geistert durch die Gegend wie ein ferngesteuerter Zombie. Ihm wird klar, dass unbedingt etwas geschehen muss. „Ich will Mum unbedingt die Schmach ersparen, wenn ich gefasst werde", murmelt er vor sich hin.

Ed rast in den Keller und holt sich einen Zimmermannshammer aus dem Werkzeugkoffer. Er weiß, dass seine Mutter um diese Uhrzeit einen Mittagsschlaf macht. Ganz friedlich liegt sie auf der Couch, den Mund offen, und schnarcht. Ed nimmt den Zimmermannshammer und schlägt auf seine Mutter ein. Das Blut spritzt an die Wände, auf den Boden und an die Fensterscheiben. Überall ist Blut.

Erneut läuft Ed in den Keller und holt sich das schärfste Messer. Fein säuberlich trennt er den Kopf vom Rumpf und reißt die Stimmbänder heraus. Sein Plan ist es, seine Mutter kurz und klein zu schlagen. Doch davon nimmt er dann doch Abstand. Dafür verwendet er den Kopf als Dartscheibe und für Oralsex.

Zwei Tage später tötet er die Freundin seiner Mutter. Sie wird nur 59 Jahre alt. Danach flieht „Big Ed".

Einige Tage später

„Big Ed" ruft bei der Polizei an, um sich zu stellen.

„Hallo, hier ist ‚Big Ed', ich habe meine Mutter und eine Freundin meiner Mutter umgebracht. Ich stelle mich."

Doch das Unfassbare geschieht: Der Polizist antwortet: „Rufen Sie bitte später noch einmal an."

Im Oktober 1973 wird „Big Ed" dann in seinem Wagen verhaftet. Im Wandschrank, in dem er seine Mutter und deren Freundin gelagert hatte, klebt ein Zettel mit den Worten: „Sorry fort the mess, but I didn't have the time to clean up."

Das Urteil im Prozess gegen „Big Ed" lautet „Lebenslange Haft".

Kapitel 9: Aileen Wuornos

Wir befinden uns in Daytona Beach, Florida. Bob, ein etwa fünfzig Jahre alter Mann, hält am Straßenrand an, um eine verlottert aussehende junge Frau mitzunehmen. Eileen steht schon länger an dieser Weggabelung. Sie schaut in alle Himmelsrichtungen und sucht mit ihrem Blick den Horizont ab. Manchmal kommt ein Fahrzeug und fährt an ihr vorbei. Dann endlich nach endlos scheinender Zeit hält ein Wagen an. „Wo willst du hin?", fragt Bob, als sie in seinen alten Ford einsteigt. Aileen schwitzt, ihre Knie sind weich. Sie hasst es, mit Du angesprochen zu werden. Die zierlich wirkende Frau ist schließlich schon 33 Jahre alt. Doch niemand will das so richtig glauben. Sie nennt ihr Ziel und Bob fährt los. Der Weg führt in Gebiete, in denen die Besiedlung immer weniger wird. Aileen fühlt ihre Pistole Kaliber 22 unter ihrer alten Jacke.

„Dort vorne ist es, da kannst du stehen bleiben", sagt sie.

Nach etwa 500 Metern hält Bob an und meint: „Also, dann, mach's gut."

Aileen öffnet die Beifahrertür, zieht den Revolver, zielt und drückt ab. Tödlich getroffen sinkt Bob in sich zusammen.

Die Geschichte von Aileen mutet unglaublich an. Als sie zehn Jahre alt ist, prostituiert sie sich in der Schule, damit sie sich zu Essen und Trinken kaufen kann. Sie wird ständig ausgenutzt; so schließt man sie beispielsweise von einer Party aus, die sie selbst veranstaltet, um Freundinnen zu gewinnen. Mit vierzehn wird sie schwanger, nachdem ein Freund ihres Großvaters sie sexuell missbraucht hat. Sie wird von der Schule verwiesen, gibt das Baby weg und arbeitet weiter als Prostituierte. Aileen behandelt ihre Freier schlecht und richtet den ersten mit sechs Schüssen hin, angeblich aus Notwehr.

Aileen lebt als Einsiedlerin in den Wäldern, nachdem sie im Alter von sechzehn Jahren obdachlos geworden ist. Ihre geliebte Großmutter stirbt. Mit achtzehn ballert sie mit einer Pistole aus einem Wagen heraus ziellos herum. Sie konsumiert in den Bars der Umgebung exzessiv Alkohol und Drogen und kommt mit zwanzig Jahren nach Florida. Dort heiratet sie einen 69 Jahre alten Yachtclub-Besitzer. Die Ehe wird nach nur neun Wochen wieder aufgelöst.

Nachdem ihr Vater wegen sexuellen Missbrauchs verurteilt wird, flieht ihre Mutter aus der Ehe in ein neues Leben. Ihr Vater erhängt sich in seiner Zelle, und Aileen kommt zu ihren Großeltern. Sie erträgt Prügel und Missbrauch durch ihren Opa und seine Freunde.

1986 lernt sie eine Frau in einer Schwulen- und Lesben-Bar kennen, die als Zimmermädchen in einem Motel arbeitet. Beide ziehen zusammen, aber es kommt immer wieder zu Streit und Schlägereien. Sie führt einen nicht organisierten Lebensstil und hat ständig Angst verlassen zu werden. Später wird bei ihr eine Borderline-Persönlichkeitsstörung diagnostiziert.

Im Jahr 1989 wird sie wegen Überfalls und Betrugs verurteilt und erhält eine dreizehnmonatige Haftstrafe, wird jedoch wegen guter Führung früher entlassen. In den Jahren 1989/1990 verübt sie in Florida sieben Morde, wobei ihr nur sechs davon nachgewiesen werden können, weil die siebente Leiche fehlt. Im Juni 1990 wird sie wegen sechsfachen Mordes aus Habgier zum Tode verurteilt. Am 9. Oktober 2002 wird sie durch eine Giftspritze hingerichtet.

Kapitel 10: Paul Ogorzow

Es fasziniert mich, wie Täter – gerade auch Serientäter – es vermögen, ein unbescholtenes Leben zu führen. Sie haben Familie und einen angesehenen Beruf. Sie meistern es quasi, eine zweite Identität zu erschaffen, sind die netten Nachbarn von nebenan. Keiner ahnt etwas von ihrem Doppelleben.

Als Paul Ogorzow zum ersten Mal in den Mittelpunkt der Ermittlungen gerät, ist er gerade einmal 29 Jahre alt. Er gilt als strebsam und pflichtbewusst, führt eine gute Ehe und ist Vater zweier Kinder. Das Dilemma der Kripo beginnt im Spätsommer des Jahres 1940.

Die Geschichte von Paul Ogorzow spielt im Berlin in der Kriegszeit. Nazi-Deutschland versucht mit aller Macht, den Schein einer Ideologie der geordneten Verhältnisse aufrechtzuerhalten. In Berlin gilt seit dem 3. Mai 1940 die totale Verdunkelung von Sonnenunter- bis Sonnenaufgang, um es dem Feind so schwer wie möglich zu machen. Wir befinden uns in der S-Bahn auf dem Streckenabschnitt Rummelsburg – Rahnsdorf. An der Strecke stehen idyllische Laubenkolonien. Doch die Idylle täuscht. In den letzten Jahren wurden hier 32 Sittlichkeitsdelikte angezeigt. Begonnen hatte alles damit, dass Frauen allein in der Dunkelheit unterwegs waren. Ganz plötzlich wurden sie vom Schein einer starken Taschenlampe erfasst. Zu dieser Zeit ahnte noch niemand, dass hier ein Mann diese Methode ausprobierte. Schnell wurden aus dem Anleuchten Handgreiflichkeiten, versuchte und tatsächlich ausgeübte sexuelle Handlungen. Die Frauen wurden gewürgt und mit einem schweren, stumpfen Gegenstand traktiert. In den polizeilichen Befragungen gaben einige Frauen an, der Mann habe eine Uniform getragen.

Gertrud Ditter schläft in diesen Tagen schlecht, träumt viel, wird dann wach und kann lange nicht mehr einschlafen. Ihr Mann ist wie alle wehrfähigen Männer an der Front. Manchmal erhält sie einen Brief von ihm, der sie aber nicht wirklich beruhigt. An diesem Freitag, dem 4. Oktober 1940 hat sie die Nase gestrichen voll. Obwohl das Thermometer nur 10 Grad Celsius anzeigt und die Sonne nicht zu sehen ist, geht sie mit ihren beiden Kindern zur Laubenkolonie, um mal etwas anderes zu sehen und abzuschalten. Die Kinder schlafen im Nebenraum, und auch Gertrud nickt immer mal wieder ein. Sie befindet sich in einem Zwischenstadium von Wachen und Schlafen.

Gertrud Ditter wird an diesem Abend mit einem schweren und dicken Kabel ermordet. Ab diesem Zeitpunkt geht die Angst um in den Laubenkolonien. Der Täter genießt das Geschehen und sucht sich einige Tage später ein neues Opfer. Doch dieses Mal soll die Tat nicht gelingen. Einige Meter hinter der jungen Frau gehen zwei Männer. Als Paul die Frau anfällt, schreit sie, und die beiden Männer verprügeln ihn. Aber er kann fliehen.

Am Freitag, dem 20. September 1940, wird gegen 23.35 Uhr zwischen den Bahnhöfen Wuhlheide und Karlshorst eine Frau aus dem fahrenden Zug gestoßen. Wie durch ein Wunder überlebt sie den Sturz und berichtet später in der polizeilichen Befragung, der Täter habe eine Eisenbahneruniform getragen.

Anfang Oktober dann ein neuer Fall. Eine Frau liegt vernehmungsunfähig im Krankenhaus, aber ihre Kopfverletzungen können nicht nur von dem Sturz aus dem Zug herrühren. Dann, am Montag, dem 4. November 1940, erwischt es eine junge Angestellte zwischen den Bahnhöfen Hirschgarten und Köpenick. Sie sitzt allein im Abteil, als sie von Ogorzow angefallen wird. Er verletzt sie schwer am Kopf und wirft sie dann in das Gleisbett der Bahn. Auch sie überlebt.

Als Tatwaffe identifiziert man ein Stück schweres Bleikabel, 50 Zentimeter lang und dick wie eine grüne Gurke. Solche Telefonkabel waren im Mai 1939 entlang der S-Bahn-Strecke vom Ostkreuz nach Wuhlheide verlegt worden.

Dann kommt Montag, der 3. Dezember 1940. Der Himmel ist bedeckt, es fällt leichter Nieselregen bei 2 Grad Celsius. Gegen 24 Uhr wird die 26 Jahre alte Krankenschwester Elfriede Franke zwischen den Bahngleisen in der Nähe von Karlshorst mit schweren Kopfverletzungen tot aufgefunden. Die Mordkommission arbeitet unter Hochdruck, da sie einen Zusammenhang zwischen den Überfällen im Bereich der S-Bahnlinie Rummelsburg-Erkner und den Übergriffen in der Laubenkolonie am Betriebswerk Rummelsburg vermutet. Nun dringen die Ereignisse bis in höchste Regierungskreise, bis hin zu Minister Goebbels, der ein striktes Verbot erlässt, die Presse in die Ermittlungen einzubeziehen.

Noch in der gleichen Nacht wird eine zweite Tote gefunden. Passanten entdecken die neunzehn Jahre alte Irmgard Freese in den Morgenstunden des 4. Dezember 1940 in einer Seitenstraße am S-Bahnhof Rummelsburg. Sie wird ins Krankenhaus Köpenick gebracht, erliegt jedoch kurz darauf ihren schweren Verletzungen. Der Gerichtsmediziner entdeckt bei ihr dasselbe Verletzungsmuster am Kopf. Damit wird spätestens hier klar, dass es sich um einen Serientäter handelt. Die Kripo beginnt die Bahnhöfe zwischen Rummelsburg und Erkner zu überwachen und Beamte in Zivil fahren abends in den Zügen mit.

22. Dezember 1940, es ist der 4. Advent. Zwischen den Stromschienen der S-Bahnstrecke von Friedrichshagen nach Rahnsdorf wird die Leiche einer Frau gefunden. Es besteht kein Zweifel: Der S-Bahnmörder hat wieder zugeschlagen. Die NSDAP ist geschockt und schickt weibliche Lockvögel in die Züge. Doch auch dies nützt nichts. Der Mörder schlägt am 29. Dezember 1940 und am 5. Januar 1941 wieder zu. Erneut findet man getötete Frauen am Bahndamm.

Am späten Abend des 11. Februar 1941 spricht die verheiratete Johanna Voigt am Bahnhof Rummelsburg den SA-Oberscharführer und Parteigenossen Paul Ogorzow an. Sie fragt ihn nichtsahnend, ober er sie zum S-Bahnhof nach Karlshorst begleite. Am nächsten Tag, es ist ein Mittwoch, wird die Leiche der 39-Jährigen mit eingeschlagenem Schädel neben dem Bahndamm gefunden.

Nun bieten die Nazis alles auf, was sie haben: In den Bahnhöfen patrouillieren Polizeistreifen, man kontrolliert mehr als 5000 Arbeiter der Reichsbahn und aus dem Betriebswerk Rummelsburg. Weitere Kriminalbeamte sind in Eisenbahneruniformen unterwegs. Doch der Täter ist nicht dabei. Die Beamten sind zunächst ratlos. Dann lassen sie das Gerücht streuen, alle Maßnahmen zur Ergreifung des Täters seien ohne Erfolg verlaufen und deshalb würden sie jetzt eingestellt. Der Mörder schlägt beinahe umgehend wieder zu.

Am 3. Juli 1941 wird in der Laubenkolonie Gut Land 1 die 35-jährige Frida Korziol ermordet. Noch einmal überprüft die Kripo alle Nachtschichtlisten. Dann erhält sie tatsächlich einen vagen Hinweis von einem Bahnarbeiter des Reinigungsdienstes. Er habe gesehen, wie ein Weichensteller während seiner Beschäftigung des Öfteren seinen Arbeitsplatz verlassen hatte und über den Zaun des Bahndamms geklettert war. Der Name des Mannes: Paul Ogorzow.

Ogorzow kommt als uneheliches Kind einer Landarbeiterin in Ostpreußen zur Welt. Sein Großvater, ein Hirte, meldet ihn mit dem Namen Paul Saga auf dem Standesamt an. Weil er nicht lesen und schreiben kann, benutzt er drei Kreuze als Unterschrift. Dann wird Paul von dem Gutsarbeiter Ogorzow adoptiert.

Nachdem die Familie Ogorzow in das Dorf Wachow gezogen ist, nimmt Paul Jobs als Landarbeiter und Mitarbeiter am Hochofen des Stahlwerks Brandenburg an. Im Jahr 1934 wird er dann von der Reichsbahn als Gleisbauarbeiter eingestellt. Bereits seit 1931 ist er

Mitglied der SA und steigt bis zum Rang eines Oberscharführers auf. Zu dieser Zeit war dieser Rang mit dem eines Unterfeldwebels der Wehrmacht vergleichbar.[14]

Paul Ogorzow heiratet. Aus der Ehe gehen zwei Kinder hervor. Die Nachbarn geben später an, sie hätten Paul oft im Vorgarten gesehen, während er Gemüse anbaute, und wie er hinter dem Haus die Kirschen pflückte. Der Fleischermeister Schumann hängt das Fahndungsplakat auf und meint, dass der Gesuchte vielleicht in der Nachbarschaft wohnte. Daraufhin sagt Paul ganz frech: *„Da könnten Sie recht haben."* *Ein netter Nachbar von nebenan.*[15]

Bei der Vernehmung durch die Polizei gibt er an, er habe einen Tripper gehabt und dieser sei von einem jüdischen Arzt nicht richtig behandelt worden. Die Krankheit habe seinen Geisteszustand beeinflusst und deshalb können man ihn für seine Taten nicht zur Rechenschaft ziehen. Außerdem sei er ja auch Parteigenosse.

Am 24. Juli 1941 wird er in Plötzensee als „Volksschädling" hingerichtet.

---

[14] www.de.wikipedia.org zuletzt besucht am 09.01.18

[15] www.maulbeerblatt.com/zeitreisen/im-zug-zugeschlagen Stand 09.01.18. Wörtliches Zitat. Dieses Kapitel bezieht sich auf die genannte Homepage und auf: www.wikipedia.org/wiki/Paul_Ogorzow

Kapitel 11: Das Horrorhaus von Höxter-Bosseborn

In diesem Kapitel möchte ich die Geschichte des Horrorhauses von Höxter-Bosseborn erzählen. Und ich wage ein Experiment: Ich erzähle diese Geschichte nicht chronologisch, sondern wie durch verschiedene Spotlights ausgeleuchtet.

Höxter ist eine Stadt mit rund 30.000 Einwohnern in Nordrhein-Westfalen. Sie gehört zum Regierungsbezirk Detmold. In Höxter liegt das Kloster Corvey, das im Jahr 2014 von der UNESCO zum Weltkulturerbe ernannt wurde.

Eine Kleinstadt, wie es sie in Deutschland zu Tausenden gibt. Niemand ahnte, was sich hier in einem Einfamilienhaus über einen Zeitraum von ungefähr sechs Jahren hinweg abspielte.

Das Haus macht schon von außen einen heruntergekommenen Eindruck. Die Farbe Grau, die Fenster und die Haustür sind alles andere als einladend. Eine Bild-Reporterin hat die Möglichkeit, in das Gebäude zu gelangen.[16] Zu sehen ist ein Teppich Boden. An diesem Tag wird Wilfried W. und seine Ex-Frau Angelika B. verhaftet.

Die Kamera zeigt ein anderes Zimmer. Die Wände sind zum Teil nur verputzt, überall liegt Unrat herum. Kaputte Möbel und Müll befinden sich auf dem Boden.

Im Badezimmer steht eine verrostete Badewanne. Hier starb das erste Opfer, Annika W.

Eine andere Szene zeigt Angelika B. mit ihrem Verteidiger, der offensichtlich unbeteiligt lächelt.

Das Haus hat fünf Zimmer und zwei Bäder, hinter dem Gebäude befindet sich ein Stall. Alles ist sehr eng und schmal geschnitten. Man sieht Spinnweben und einen absolut verdreckten Kellerraum; ein anderer Raum erinnert an Messies: überall Gerümpel, der Boden ist nicht mehr zu sehen.

Der Fall Anika W. ist grausam, die Szenen gleichen einem Horrorfilm.

Die Täter Wilfried W. und Angelika B. locken Frauen mit unschuldig anmutenden Anzeigen in ihr Haus. Da ist zum Beispiel von „Bauer sucht Frau" die Rede, sie geben sich als Geschwister aus. Doch die Umstände haben so gar keinen Zusammenhang mit der gleichnamigen Sendung, in der sich Bauern Frauen auf ihren Hof einladen. Unglaubliche Misshandlungen bis hin zur Folter sind hier an der Tagesordnung. Zwei Frauen sterben, andere sind für ihr restliches Leben traumatisiert. Und wieder stellt sich die Frage: Wie konnte das geschehen?

Bild.de konnte mit dem 88-jährigen Nachbarn Fritz Kirchhoff sprechen: *„Es waren komische Leute. Es hatten alle Angst vor ihnen in Bosseborn. Einer sagt, es ist seine Frau, einer sagt, es ist die Schwester. Wer genau das war, weiß ich nicht. Voriges Jahr hatte er wieder was mit Frauen. Ich dachte, er hat mit Frauen gehandelt. Aber jetzt war nichts. Und jetzt war vorige Woche noch eine Frau hier – eine Fremde. Die habe ich zufällig gesehen. Die hatte er im Auto mit. Da hat meine Frau gesagt, er hat wieder eine Neue. Die Frau hatte zwei Hunde. Eine schicke Frau war das. Er war auch immer schick angezogen. Aber sie nicht. Sie kam mir auch vor, als wenn sie behindert war. Obs rechts oder links – ich meine rechts – sie hätte nur mit links etwas gemacht. Ich meine, sie hatte etwas an der Hand. Aber da habe ich ja nichts mit zu tun. Leute lachen alle über das kleine Bosseborn – lachen über uns alle. Dass*

---

[16] www.YouTube.com – Höxter: So sieht das Folter-Haus von innen aus. Zuletzt angesehen am 10.01.18

sowas passiert ... Was hatte ich für eine Nacht. Ich dachte, ich kriege einen Herzinfarkt.
Hoffentlich kommen sie nicht wieder. Das erlebe ich nicht mehr.[17]

Anika erwacht früh am Morgen. In der letzten Nacht hat sie kaum geschlafen. Sie ist nur noch Haut und Knochen. In den letzten Tagen ist sie immer schwächer geworden. Sie kann sich kaum noch regen, die Augen sind von Schmutz und Tränen verklebt.

Langsam kommt sie zu sich, schaut aus den Augenwinkeln, so gut es eben geht, in ihre Umgebung. Sie liegt in einer Badewanne, deren Abfluss vor sich hin rostet. Das Badezimmer befindet sich im Keller, im Raum ist es eiskalt. Anika kann sich nicht mehr erinnern, warum sie hier vollkommen nackt in der Badewanne liegt. Ihre Finger sind taub, auch die Füße spürt sie nicht mehr. Sie hört ihre Peinigerin wie durch Watte. Diese keift mit hoher, durchdringender Stimme, sodass Anika die Ohren schmerzen: *„Du dumme Kuh"* *– „dumme Sau", „War ein Griff ins Klo, die Alte" – „Wie so ein Penner hängt sie rum, hat sie heute ihre Dosis nicht gekriegt".*

Anika grübelt, wie es so weit kommen konnte. Schließlich war sie ja mal mit Wilfried verheiratet. Deshalb hat sie sich auch keine Gedanken gemacht, als sie in das Haus einzog. Ja, natürlich hätte sie stutzig werden müssen. Doch nun ist es zu spät, zu spät, für immer.

Auch Wilfried ist an den ständigen Erniedrigungen beteiligt. *„Du machst es nicht, du bist zu allem zu faul. Was willst du überhaupt hier",* meckert er vor sich hin. Er spricht leiser, schnell und ist fast nicht zu verstehen. Immer wieder filmt Angelika B. Szenen mit ihrem Smartphone.

Anika fällt in Ohnmacht. Sie kann sich einfach nicht mehr halten. Wie von fern hört sie weitere Demütigungen: *„Eine Frau, zu blöd, einigermaßen auf ihren Mann zu hören. Wahrscheinlich zu viel Dinkel gegessen." – „Sie scheint mir einen Hüftschaden zu haben. Mann, Mann, Mann. Haste die Alte nicht im Hellen gesehen, damals? Völlig entstellt, hast doch sonst einigermaßen Geschmack gehabt."*

Wilfried lacht im Hintergrund höhnisch. Anscheinend bereitet ihm die Situation einen diebischen Spaß.

Anika erwacht kurz aus ihrem Halbschlaf. Sie ist verwirrt, kann die Realität nicht mehr vom Traum unterscheiden. Sie versucht sich zu konzentrieren. Wie aus Kilometern hört sie Gesprächsfetzen: *„Spielt mit ihrem Leben und merkt es nicht." – „Wilfried, kannst du dir vorstellen, sie zu quälen?" – „Du hast ihr doch die Stellen gezeigt, an denen es besonders wehtut!"*

Anika kann die Stimmen nicht mehr unterscheiden, sie treibt dahin wie ein führungsloses Flugzeug.

„Komm, sie ist doch nur ein faules Ei. Lass sie uns entsorgen, dann ist es gut."

Einige Tage später stirbt Anika. Angelika B. zerstückelt die Leiche und verbrennt sie im Kamin. Ihre Asche wird mit Streugranulat vermischt und im Winter auf den Straßen um Basseborn verstreut.[18]

Die Mutter von Anika, Sigrid Kamisch, reist als Nebenklägerin jede Woche mit ihrem Anwalt aus Berlin an, um dabei zu sein, wenn das Gericht über die Taten berät. So auch an diesem Morgen. Sigrid ist von dem Prozess gezeichnet, ihre Haut ist aschfahl, dunkle Augenringe zeugen von durchwachten Nächten. Sie kann es fast nicht mehr ertragen, dass die beiden Angeklagten lächeln, als wäre nichts geschehen. Angelika B. hat ihre Tochter

---

[17] www.youtube.com – „Horror Haus Höxter – Nachbar spricht über das Mord-Paar. Zuletzt angesehen am 11.01.18.

[18] www.welt.de/vermischtes/article169509426/Drehen-wir-den-Spiess-um-lassen-sie-verhungern.html Wörtliche Zitate sind aus diesem Artikel entnommen.

gewürgt, getreten und geschlagen, bis zur Bewusstlosigkeit. Sie sieht in die Augen ihres Schwiegersohnes und fragt sich zum hundertsten Mal, wie es dazu kommen konnte, dass ihre Tochter sich diesem Paar anvertraut hat.

Sigrid erfährt, dass ihr Schwiegersohn wohl bereits kurz nach der Heirat mit Anika angefangen hat, sie zu demütigen und zu misshandeln. Manchmal ist sie wütend, entsetzt und kann die Schilderungen nicht mehr hören. Dann verlässt sie den Gerichtssaal. Es geht einfach nicht mehr. Doch die 76-Jährige findet, dass sie es ihrer Tochter einfach schuldig ist, zu erfahren, was in diesem Haus passiert ist.

Wenn Sigrid nachts nicht schlafen kann, grübelt sie darüber nach, wie es dazu kommen konnte, dass ihre Tochter sich ausgerechnet in Wilfried verliebt hat.[19] Die Ermittler finden bei einer Hausdurchsuchung über 12.000 Aufnahmen.

In der Gerichtsverhandlung werden weitere Tonaufnahmen und auch Videos abgespielt, die Angelika B. mit ihrem Smartphone aufgezeichnet hat. Angelika ist wohl die tonangebende Person, Wilfried ist meist kaum zu verstehen. Er verschluckt Worte und bringt Sätze nicht zu Ende. Aber auch er kann aggressiv werden. Einige Gesprächsfetzen klingen durch den alt wirkenden Gerichtssaal 205 des Landgerichts in Paderborn: *„Bist dreckig, schmutzig, hast Haare an der Zahnbürste, schläfst im schmutzigen Bett"*, Angelika B. beschimpft ihr Opfer als „Trotzkopf", und weiter ist in der Aufnahme zu hören: *„Sie verspricht dir immer einen Haufen Scheiße, Wilfried, und am nächsten Tag hat sie alles vergessen. Sie ist zu blöd um zu hören!"*

Auf einer Aufnahme sagt Angelika zu Anika: *„Damals haben du und Wilfried dicke Ringe gekauft und geheiratet. Und heut ist alles Scheiße. Jetzt hast du dich als faules Ei entpuppt, Anika! Da werden wir dich eben entsorgen, dann ist es auch gut. Du brauchst Wilfried gar nicht anzuschauen, Anika, der hilft dir auch nicht."* Ihr Ton wird immer lauter, sie schreit: *„Wollte sich deine Ehefrau nicht auch noch körperlich betätigen, Wilfried? Wischen sollte sie, das Badezimmer wischen. Guck nicht so blöd mit deinem Kittauge, Anika. Da sind drei Lappen für dich nun kannst du auch den Teppichboden wischen, du faule Pute."[20]*

Angelika B. dreht die Videos als Abschreckung für andere Opfer. Sie fühlt sich wie eine Art Entertainer, entscheidet was und wieviel aufgezeichnet wird.

Das Opfer Christel P.

Die 52-jährige Christel P. sitzt im Zug Richtung Magdeburg. Die Ereignisse der letzten sechs Monate kreisen in ihrem Kopf herum. Sie fragt sich, wie sie diese Zeit überstehen konnte. Ja, sie lebt, aber nachts, wenn sie schweißgebadet aufwacht, geplagt wird von den Erinnerungen, hingeworfen wie ein kleines Schiff auf hoher See, fragt sie sich, ob sie überhaupt noch einmal ein normales Leben führen kann. Ihre Hände sind feucht und wahnsinnige Kopfschmerzen sind ihr täglicher Begleiter seit jenem Tag, als sie in das „Horrorhaus" eingezogen ist. Sie denkt an das Pfefferspray und die Schläge mit einer Schaufel. Ihre Peiniger haben ihr gedroht, dass sie stirbt, wenn sie Einzelheiten ihres Leidens erzählt. Erst vier Jahre später erfährt sie von Wilfrieds und Angelikas Festnahme und ändert ihre Meinung. Christel P. sagt vor Gericht aus, dass beide an den Grausamkeiten beteiligt waren.

Sie liest eine Kontaktanzeige: „Ein netter, zärtlicher Mann sucht eine längere Beziehung." Sie fühlt sich angesprochen und zieht im November 2011 in das Haus ein. Auch hier geben

---

[19] „Brisant"-Sendung vom 30.11.17
[20] www.nw.de Stand 11.01.18

sich Wilfried und Angelika als Geschwister aus. Sie schlafen alle drei im Wohnzimmer. Dies ist der einzige Raum im Haus, der geheizt wird.

Mit einer Backpfeife beginnen die Misshandlungen. Nachts darf sie die Toilette nicht benutzen und teilt sich in ihrer Not mit einer Katze das Katzenklo. Wann immer sie die rigiden Regeln von Wilfried W. nicht einhält, setzte es Schläge, Tritte und Boxhiebe.

Christel schaut auf ihre Hände. Sie sind rissig und an einigen Stellen ist das Fleisch zu sehen. Immer wieder wird sie gezwungen, ihre Hände in Eiswasser zu stecken, bis sie schmerzen. Wenn sie nicht „gehorcht", wird sie zur Strafe nackt im Schweinestall angekettet.

Im Laufe der Zeit wird ihr Gesundheitszustand immer schlimmer. Trotzdem muss sie einen Zettel unterschreiben: *„Es ist zwischen uns zu keinem Streit, Körperverletzung, Vergewaltigung oder Angriff gekommen. Wir haben uns im Einvernehmen getrennt. Alle blauen Flecken habe ich mir bei einem Sturz auf der Treppe zugezogen."* [21]

Das Urteil [22]

Das Landgericht Paderborn verurteilt Angelika W. zu dreizehn Jahren und ihren Ex-Mann Wilfried W. zu elf Jahren Haft. Wilfried W. soll in die Psychiatrie eingeliefert werden. Mit diesem Urteil folgt das Gericht weder den Forderungen der Staatsanwaltschaft noch denen der Nebenkläger. Sie forderten für beide Angeklagte eine lebenslange Haftstrafe und die Feststellung der besonderen Schwere der Schuld. Angelika W. hat ein umfassendes Geständnis abgelegt. Beide belasteten sich im Laufe des Prozesses gegenseitig.

Der Prozess quälte sich über zwei lange Jahre hinweg, dann fand Angelika W. zum ersten Mal entschuldigende Worte. Ich zitiere: *„Ich möchte mich in aller Form bei allen Frauen entschuldigen, denen ich leid angetan habe."*

Für den Vorsitzenden, Richter Bernd Emminghaus, war es das letzte Urteil. Er geht in Ruhestand, wie er es eigentlich bereits im Mai tun wollte.

---

[21] www.sueddeutsche.de/panorama/2.220/prozess-opfer-aus-dem-horrorhaus-von-hoexter-hatte-todesangst-1.3507686 Stand 12.01.18
[22] www.tz.de Stand 13.12.18

Kapitel 12: Gefangen in Perris

Greg Follows, der Polizeichef von Perris, hatte sich selbst für den Wochenenddienst eingetragen. Seit er geschieden war, fühlte er sich an den Wochenenden oft einsam und verlassen. Den Kollegen aus seinem Team war das nur recht. Die meisten hatten Familie oder Freunde, mit denen sie sich am Wochenende treffen konnten.

Follows hatte aufgegeben. Er war zynisch geworden und verkroch sich am liebsten in seiner kleinen Wohnung. Der Alkohol war sein bester Freund geworden, und er trank, bis seine Erinnerung vernebelt war. Auf diese Weise hatte er wieder ein ruhiges Wochenende verbracht. Er hatte beschlossen, am Sonntagmorgen etwas länger zu schlafen als sonst. Deshalb hatte er auch nicht den Wecker gestellt.

Das Telefon klingelte. Nur langsam drang der Ton in sein Bewusstsein. Er beschloss, das Klingeln zu überhören, drehte sich um und zog die Decke über den Kopf.

Das Klingeln hörte auf, begann jedoch von neuem. Er hatte keine Wahl, er musste einfach den Hörer abheben.

Am anderen Ende meldete sich eine offenbar junge Frau. Greg hörte ihr zu und war plötzlich hellwach. Was diese Frau erzählte, erschütterte ihn bis ins Mark. Als das Gespräch beendet war griff er abermals zum Telefonhörer und alarmierte alle erreichbare Polizeikräfte.

Um 8 Uhr betrat er den Konferenzraum, der inzwischen voll besetzt war. Es herrschte ein allgemeines Gemurmel und der Zigarettenqualm hing bereits an der Decke des viel zu kleinen Raumes. Mit einer Handbewegung verschaffte sich Greg Ruhe. Alle Augen waren nun auf ihn gerichtet.

„Heute Morgen um 6 Uhr hat mich Mary Turpin angerufen. Sie hat mir berichtet, dass sie und ihre zwölf Geschwister jahrelang von ihren Eltern eingesperrt gewesen sind. Es handelt sich um zehn Mädchen und drei Jungen im Alter zwischen 2 und 29 Jahren. Mary konnte durch ein Fenster entkommen. Sie nahm Beweisfotos und ein deaktiviertes Handy mit, das Notrufe erlaubte."

Als er seinen kurzen Bericht beendet hatte, schwoll der Lärmpegel immer mehr an. Alle schauten sich ungläubig an.

„Wir fahren sofort dort hin."

Perris ist eine Stadt mit etwa 70.000 Einwohnern und liegt anderthalb Autostunden südöstlich von Los Angeles. Die Muir Woods Road sieht genauso aus, wie ein Deutscher sich eine amerikanische Kleinstadt vorstellt: immer gleiche Einfamilienhäuser mit US-Flagge an der Hauswand und einem Basketballkorb in der Einfahrt. Das Heulen der Sirenen störte empfindlich die sonntägliche Ruhe.

Je näher die Beamten dem Haus kamen, desto beißender wurde der Gestank. Sie mussten mehrfach klingeln, bevor die Haustür geöffnet wurde. Die Beamten stürmten in das Gebäude und inspizierten jeden Raum. Was sie zu sehen bekamen, sollten sie nie mehr vergessen: Drei der Kinder waren mit einem Schloss an den Bettpfosten gefesselt. Alle Kinder machten einen unterernährten und verwahrlosten Eindruck.

Wie konnte das geschehen? Nun, der Vater hatte eine Genehmigung für eine Privatschule erwirkt. Dass die Kinder nur sehr selten zu sehen waren, und wenn dann blass und abgemagert, war angeblich niemandem aufgefallen.

Die Kinder wurden im fünfzig Kilometer entfernten Corona Regional Medical Center versorgt. Die älteren Kinder wirkten aufgrund der Verwahrlosung deutlich jünger, als sie tatsächlich waren.

„Sie sind freundlich und aufgeschlossen, sie hoffen auf ein besseres Leben", sagte der Krankenhaus-Chef Mark Uffer. Er sagte aber auch: *„Ich habe so was wie diese Kinder in meinem Leben noch nicht gesehen."* [23]

---

[23] www.sueddeutsche.de/panorama/2.220/kalifornien-gefangen-in-perris-1.3828768

Kapitel 13: 100 Patienten zu Tode gespritzt: Der Patientenmörder Niels Högel

Der frühere Krankenpfleger Niels Högel wird verdächtigt die wohl größte Mordserie in der deutschen Nachkriegszeit begangen zu haben. Ende Oktober 2018 begann der Prozess. 120 Nebenkläger wollten erfahren, wie ihre Angehörigen ums Leben kamen. Deshalb wurde der Prozess wohl in die Weser-Ems-Hallen verlegt. Mehr als 100 Patienten soll er in den letzten Jahren an den Klinken Oldenburg und Delmenhorst in Niedersachsen umgebracht haben. Wegen des Todes von sechs Patienten auf der Delmenhorster Intensivstation wurde der 41-Jährige bereits zu lebenslanger Haft verurteilt. Ob die Nebenkläger wie im Prozess um das Gletscherbahnunglück im österreichischen Kaprun einen eigenen Raum bekommen, ist noch nicht endgültig entschieden. Das Verfahren in Oldenburg wird für die Angehörigen auf jeden Fall sehr schmerzhaft werden. Sie wollen endlich Antworten haben, möchten erfahren, auf welche Art ihre Lieben zu Tode kamen.

Der Mörder kann in Deutschland für gleichgelagerte Fälle nur einmal verurteilt werden. Warum also der ganze Aufwand? Nun, Rechtsanwältin Gaby Lübben, die fast 100 Nebenkläger vertritt, sagt: *„Es wird ein unbeschreiblich belastender, aber auch befreiender Moment.*"[24]

Viele Familien gingen in den letzten Monaten durch die Hölle. Die Polizei ließ 130 Gräber von ehemaligen Patienten öffnen. Die Leichen wurden auf Rückstände von Medikamenten untersucht, die Niels Högel ihnen verabreicht haben soll. Dabei wird Lidocain gefunden, ein Mittel, das bei herzkranken Patienten durchaus induziert ist. Nachdem sich Högel auf die herzchirurgische Station versetzen lies muss er gewusst haben, dass deshalb die Medikation nicht auffallen würde. Doch, was war das Motiv für diese Taten? Nun, zum einen wollte er die behandelten Opfer anschließend wiederbeleben, um die Anerkennung von Kollegen und Kolleginnen zu erhalten. Der zweite Grund: Langeweile. Suspekt ist mir, dass die Klinikleitungen nicht reagierten, obwohl die Stationen, auf denen Högel arbeitete, stark erhöhte Todesraten aufwiesen. Offenbar wurden diese Ergebnisse „unter der Decke gehalten".

Die toxikologischen Gutachten, Patientenunterlagen und andere Akten umfassen dreizehn Umzugskartons. Die Anklageschrift enthält etwa 200 Seiten. Die Staatsanwaltschaft wird jede der 97 Taten erwähnen und mit konkreten Vorwürfen bekräftigen. Ob die Richter dann wie geplant im Mai 2019 wirklich das Urteil fällen können, steht noch in den Sternen. Für die Hinterbliebenen der Opfer ist es wichtig, dass genau festgestellt wird, was Niels Högel getan hat, damit sie endlich abschließen können.

Vor Gericht:

Niels Högel ist voll schuldfähig. Vor Gericht wird der Psychiater Henning Saß gefragt, ob Niels Högel überhaupt schuldfähig ist. Die Antwort ist eindeutig: Saß gibt zu Protokoll, dass Högel sehr genau gewusst hat, was er tat. Högels Entscheidung im Jahr 1999 auf die herzchirurgische Intensivstation des Klinikums Oldenburg zu wechseln, hatte fatale Folgen. Saß beschreibt ihn wie folgt: *„ein junger Mann, ehrgeizig, tüchtig, erlebnishungrig, geltungsbedürftig und charakterlich noch nicht gefestigt.*"[25] Er diagnostiziert eine schwere Persönlichkeitsstörung mit narzisstischen, dissozialen und zwanghaften Anteilen. Wie bei

---

[24] www.shz.de/deutschland-welt/panorama/100-patienten-zu-to...espritzt-mordprozess-neben-kindermusical-id19654591.html
[25] www.spiegel.de/panorama/justiz/niels-hoegel-gutachter-haelt-patientenmörder-fuer-voll-schuldfaehig-a-1264466.html

allen Verbrechen so stellt sich auch hier die Frage, welche Motive den Pfleger bei seinen Taten bewegten. Die Befragungen ergeben, dass Högel ein ausgeprägtes Geltungsbedürfnis getrieben hat. Er schuf quasi selbst Krisensituationen, um bei Ärzten und Kollegen zu glänzen. Es ging ihm um Machtausübung in Vollendung, indem er Herr über Leben und Tod sein wollte. Er war innerlich angespannt und nutzte die Krisensituationen, um seine Stimmung zu verbessern. Högel verfügte nach Aussagen des Gutachters über einen Mangel an Empathie und sah die Patienten nicht als Menschen, sondern als Objekt. In der Verhandlung zeigte er keinerlei Scham oder Reue. Die Erfolgsaussichten für eine Therapie hält er für sehr gering. Deshalb sieht er die Voraussetzungen für die Unterbringung in der Sicherungsverwahrung als gegeben an.

Der Prozess kommt in die entscheidende Phase[26]

Staatsanwältin Daniela Schiereck-Bohlmann argumentiert, dass Högel immer nur die Taten gestand, in denen die Beweislast so schwer wog, dass er einfach keine andere Möglichkeit sah. Von den 100 Taten hatte er 43 eingeräumt und fünf bestritten. Außerdem gab er zu Protokoll, dass er sich an die restlichen Verbrechen nicht erinnern könne. Die Staatsanwältin ging in ihrem mehrstündigen Plädoyer auf jede einzelne Tat ein, um ihre Argumentation zu untermauern. Im Jahr 2015 war er bereits wegen Tötung von sechs Patienten auf der Intensivstation des Delmenhorster Krankenhauses zu einer lebenslangen Freiheitsstrafe verurteilt worden.

Wenn man die Zahlen liest, kann man Einzel-Schicksale nur schwer ermessen. Doch die Vertreter der Nebenklage vertreten Familien der Opfer. Die Anwältin der Nebenklage, Gaby Lübben erzählt:

Adnan T. kam aus der Türkei nach Deutschland, wie so viele seiner Vorfahren. In seiner Heimat war er als Lehrer angestellt, in Bremen arbeitete er zuletzt als Taxifahrer. Im Juni 2004 gerät er in der Klinik Delmenhorst in den Einflussbereich von Högel. Er ist erst 47 Jahre alt, als er zu Tode gespritzt wird. Als ein medizinischer Gutachter später die Krankenakten studiert, stellt er fest, dass der Patient zwei Kreislaufzusammenbrüche hatte, die nicht zum Krankheitsbild passten. Den zweiten Kollaps überlebte Adnan T. nicht.[27]

Högel entschuldigte sich bei den Angehörigen: *„Bei jedem Einzelnen möchte ich mich aufrichtig für all das, was ich Ihnen über Jahre angetan habe, entschuldigen."[28]* „Ich hoffe, *dass Sie die Bilder dieser Menschen niemals vergessen werden"*, sagte Gaby Lübben.

Daraus ergibt sich die Frage, ob man Högel seine Entschuldigungen abnehmen kann. Meint er es wirklich ernst? Nun, wie das bei Prozessen üblich ist, erteilt der Richter ihm das letzte Wort. Er sagt: *„In den Plädoyers der Nebenkläger kam die Frage auf, ob der Prozess mich erreicht, ob er irgendetwas in mir ausgelöst hat. Mir ist noch einmal deutlich geworden wie viel unfassbares Leid ich verursacht habe. Ich habe unzähligen Menschen das Wertvollste, das Leben, genommen. Die Motive sind mir selbst nicht mehr nachvollziehbar."[29]*

---

[26] www.spiegel.de/panorama/justiz/niels-hoegel-staatsanwaeltin-haelt-gestaendnisse-von-patientenmoerder-fuer-glaubwuerdig-a-1267721.html

[27] www.spiegel.de/panorama/justiz/niels-hoegel-das-sagt-die-anwaeltin-vieler-opfer-a-1267801.html

[28] www.spiegel.de/panorama/justiz/niels-hoegel-verteidigerin-plaediert-in-mehreren-faellen-auf-freispruch-a-1270938.html

[29] www.spiegel.de/panorama/justiz/niels-hoegel-bittet-vor-gericht-um-entschuldigung-fuer-zahlreiche-morde-a-1270994.html

Schließlich wird Högel wegen 85 Morden zu lebenslanger Haft verurteilt. Der Vorsitzende Richter Sebastian Bührmann begründete das Urteil wie folgt: „*Herr Högel, Ihre Taten sind unbegreiflich – es ist so viel, dass der menschliche Verstand kapituliert vor der schieren Anzahl der Taten.*"[30]

Liebe Leser, auch für mich sind die Dimensionen der Verbrechen nicht zu verstehen. Alle Patienten in einer Klinik hoffen, dass ihnen geholfen wird. Sie geraten in ein Abhängigkeits-Verhältnis gegenüber Ärzten und Pflegern. Sie müssen sich darauf verlassen, dass alle Beteiligten alles Menschenmögliche tun, damit Patienten gesund werden. Deshalb halte ich es für unerlässlich, wirksame Schutzmaßnahmen zu implementieren. Das Wohl **aller** Patienten muss an erster Stelle stehen. Es ist nicht hinnehmbar, dass eine Klinikleitung trotz Hinweisen auf ein Fehlverhalten von Ärzten und Pflegern nicht reagiert.

---

[30] www.spiegel.de/panorama/justiz/niels-hoegel-patientenmoerder-zu-lebenslanger-haft-verurteilt-a-1271119.html

Kapitel 14: Nachwirkungen

Kennen Sie mein erstes Buch „Sklaverei und moderner Menschenhandel – Schrei nach Freiheit und Gerechtigkeit"? Vielleicht haben Sie es ja sogar gelesen. Und nun fragen Sie sich: „Ist dieses Thema überhaupt noch aktuell?"

Ich muss leider sagen, ja, es ist aktueller als je zuvor, auch wenn die Berichte in den Medien durch die geringere Anzahl an Flüchtlingen abnehmen. Ich möchte dies an verschiedenen Beispielen deutlich machen.

Bande schickte Transsexuelle in Bordell-Netzwerk[31]

Es ist noch früh am Mittwochmorgen, als insgesamt 1500 Bundespolizisten mehr als 60 Bordelle, Massagesalons und Wohnungen in zwölf Bundesländern durchsuchen. Die Aktion ist schon lange vorbereitet. Seit Anfang 2017 haben die ermittelnden Behörden die insgesamt 54 Beschuldigten im Alter zwischen 26 und 66 Jahren im Blick. Wohnungstüren werden gewaltsam geöffnet, damit die Beamten in die Wohnungen eindringen können. Regionale Schwerpunkte liegen in Nordrhein-Westfalen, Hessen, Niedersachsen und Baden-Württemberg. Es ist die bisher größte Razzia in der Geschichte der Bundespolizei.

Das Ziel ist ein Netz von Personen, denen Zwangsprostitution, Zuhälterei, gewerbsmäßiges Einschleusen von Ausländern, Sozialbetrug, Steuerhinterziehung und das Vorenthalten und Veruntreuen von Arbeitsentgelt vorgeworfen wird. Zum harten Kern der Bande zählen siebzehn Männer und Frauen, die der organisierten Kriminalität zugerechnet werden. Eine 59 Jahre alte Thailänderin und ihr drei Jahre älterer deutscher Lebensgefährte sind die Hauptbeschuldigten. Und plötzlich muss ich feststellen, dass diese Festnahme ganz in der Nähe meines Wohnortes passiert. Denn die beiden werden in **Siegen/NRW** verhaftet. Diese Stadt erreiche ich über die Autobahn in zwanzig Minuten. Sie sollen ein Netz aufgebaut haben, mit dem thailändische Frauen und Transsexuelle auch in Bordelle in Deutschland geschleust wurden.

Bisher wurden 32 Personen gefunden. Die vergangenen Ermittlungen ergaben, dass die beiden Hauptbeschuldigten über Jahre eine Organisation aufgebaut haben, um thailändische Prostituierte zu akquirieren und in Deutschland arbeiten zu lassen. Bei der Razzia wurden insgesamt 82 Personen ermittelt, die sich illegal in Deutschland aufhalten. Von Siegen aus sollen Prostituierte in einer Art Rotationsprinzip fast im gesamten Bundesgebiet in Bordellen eingesetzt worden sein. Den Opfern wurde erklärt, dass so die Kosten in Höhe von 16.000 bis 36.000 Euro, die durch die Schleusung nach Deutschland, die Miete und Verpflegung entstanden seien, ausgeglichen werden.

Die Masche ist immer die gleiche: Den Opfern werden große Versprechungen gemacht und wenn sie dann in Deutschland sind, kommt das Erwachen. In diesem Fall seien die Betroffenen angeblich darüber informiert worden, dass sie im Sexgewerbe arbeiten würden. Allerdings hätten sie nicht über die Konditionen Bescheid gewusst. In Potsdam sagte der Präsident des Bundespolizeipräsidiums Dieter Romann: *„Erneut zeigt sich: Organisierte Schleusungskriminalität ist häufig erst der Anfang für weitere Verbrechen."*

Die meisten der Opfer, die nach Deutschland gelockt wurden, sind Transsexuelle. Auf diese Weise wollten die Täter ein spezielles Segment im Rotlichtmilieu besetzen. Diesen Betroffenen, auch „Ladyboys" genannten Prostituierten, hat man gute Verdienstmöglichkeiten in Aussicht gestellt.

---

[31] www.faz.net/aktuell/gesellschaft/kriminalitaet/grossrazzia-ba...uelle-in-bordell-netzwerk-15547851.html Stand vom 18.04.18

Doch das ist noch lange nicht alles: Den Prostituierten und anderen Mitarbeitern der Bordelle wurden die Löhne nicht gezahlt. Außerdem wurden die Beträge weder dem Finanzamt noch der Sozialversicherung gemeldet. Die Generalstaatsanwaltschaft beziffert den Schaden auf mindestens 1,6 Millionen Euro. Bundesinnenminister Horst Seehofer lobte die Einsatzkräfte. Es sei ein *„harter und in diesem Ausmaß beispielloser Schlag" gegen ein weitverzweigtes Netz der organisierten Kriminalität gelungen. „Viele hundert Frauen und Männer waren der menschenverachtenden grenzenlosen Profitgier von Schleusern über Jahre und Landesgrenzen hinweg ausgeliefert. Diesem skrupellosen Vorgehen und der sexuellen Ausbeutung in einem abscheulichen Ausmaß konnte heute ein Ende gesetzt werden."*

In meinem ersten Buch habe ich bereits darauf hingewiesen, dass sich die Ermittlungen schwierig gestalten. Das kommt daher, dass viele der Opfer in ihren Herkunftsländern schlechte Erfahrungen mit der Polizei gemacht haben. Hier ist es wichtig, zuerst vertrauensbildende Maßnahmen zu treffen. Viele Betroffene schweigen aus Angst, aus Deutschland abgeschoben zu werden. Kriminalhauptkommissar Andreas Heisig vom Landeskriminalamt Düsseldorf ist davon überzeugt, dass es sich bei den aufgelisteten Fällen von „Menschenhandel zum Zweck der sexuellen Ausbeutung" lediglich um die Spitze des Eisbergs handelt.

Schuften in der Mine statt Schule [32]

Sie arbeiten in Minen, ernten Gemüse oder schuften in Fabriken: Immer noch werden etwa 168 Millionen Kinder beschäftigt. In Afrika treiben vor allem Konflikte Kinder zum Geld verdienen. Das Tragische dabei ist: Bewaffnete Gruppen nutzen dies auf ganz brutale Weise aus. Da sind Jungen, die 40 bis 50 Meter tief in die Minen klettern. Dann graben sie mit primitiven Werkzeugen nach Gold. Ob sich das Gold in den Eimern voller Schlamm befindet, wissen sie nicht. Nach einem entbehrungsreichen Tag erhalten sie einen mickrigen Lohn, manchmal aber auch gar nichts.

Patrick Rose vom UN-Kinderhilfswerk UNICEF sagt: *„Extreme Kinderarbeit entsteht dort, wo Menschen wissen, dass sie damit davonkommen."* Die Bevölkerung gräbt wilde Goldminen, meistens nicht mehr als Löcher im Boden, in die jeden Tag tausende Kinder steigen. Die Goldminen in Mali oder die Gruben im Kongo zeigen besonders dramatisch, welche oft gefährlichen Arbeiten von Kindern verrichtet werden. Diese problematische Kinderarbeit hält die Jüngsten fern von Bildung. Dadurch sind sie quasi zu einem Leben in Armut verurteilt.

Ein großer Anteil dieser 168 Millionen Kinder lebt in Asien. Mehr als 78 Millionen Kinder zwischen fünf und siebzehn Jahren tragen dort regelmäßig zum Lebensunterhalt ihrer Familien bei. *Sie verkaufen Waren auf der Straße, pflücken Baumwolle auf den Feldern oder hauen Ziegelsteine.*

Vielleicht fragen Sie sich jetzt: „Was hat das alles mit mir zu tun?" Nun, besonders große Probleme bereitet die Textilindustrie. In Bangladesch, aber auch in Myanmar, sind Kinder damit beschäftigt, billige Kleidung für den Export zu nähen. H&M und andere Läden haben erklärt, sie wollten gezielt gegen Kinderarbeit vorgehen. Wenn Sie das nächste Mal bei H&M einkaufen, fragen Sie doch einfach mal nach, welche Erfolge hier zu verzeichnen sind. Demgegenüber sind in Afrika kriegerische Auseinandersetzungen und Naturkatastrophen wie Dürre für die hohe Zahl an Kinderarbeit verantwortlich. Dazu kommt, dass, wo immer Menschen vertrieben werden, ein plötzlicher Anstieg von

---

[32] „Dill-Post Zeitung" vom 12.06.17

Kinderarbeit zu verzeichnen ist. Im Südsudan sind wegen des Bürgerkriegs rund 3,8 Millionen Menschen geflohen. Kinder arbeiten deshalb in fast allen Bereichen des Arbeitsmarkts.

„Das Material wird aggressiver"[33]

Online-Pädophilenring zerschlagen / Mittelhessen unter den 67 Beschuldigten

Es ist fast nicht zu glauben: Der älteste Tatverdächtige ist achtzig Jahre alt, der jüngste achtzehn. Die Täter sollen sich Kinderpornografie mit Bildern und Videos voller schweren sexuellen Missbrauchs über einen legalen Onlinedienst zugeschickt haben. Es übersteigt meine Vorstellungskraft, dass sich auch Kleinkinder im Alter von ein bis drei Jahren unter den Opfern befinden. Und es wird noch schlimmer: Das Material wird immer aggressiver und härter. Der Sprecher der Frankfurter Generalstaatsanwaltschaft, Georg Ungefuk, sagt: *„Dass Kleinstkinder unter den Opfern sind, ist inzwischen keine Besonderheit mehr."*

Die Tatverdächtigen kommen aus Hessen, Niedersachsen, Bayern und Nordrhein-Westfalen, sowie aus Baden-Württemberg. Die in Hessen ermittelten Tatverdächtigen kommen nach Aussage von Ungefuk aus Frankfurt und den Kreisen Marburg-Biedenkopf, Limburg-Weilburg, Darmstadt-Dieburg sowie dem Hochtaunuskreis. Auf den Computern fanden die Ermittler auch Videos von sexueller Gewalt gegen Kinder. Die Tatverdächtigen sollen sich in Chatgruppen mit bis zu fünfzig Teilnehmern zusammengeschlossen haben. Eine Sicherheitsüberprüfung gab es offenbar nicht.

Die Kinderpornoszene nutzt inzwischen die Möglichkeiten im Darknet, ein Forum im verborgenen Teil des Internets. Insgesamt rund 7000 Hinweise mussten gesichtet und überprüft werden. Die Ermittler betonten, dass hinter jedem Foto ein real ausgeführter Missbrauch steckt. In vielen Fällen stammten die Täter aus dem familiären Umfeld. Eine bestimmte Täterschicht konnte dabei nicht eruiert werden. Auch in anderen Foren werden die Kinder immer jünger. Einige davon waren nur zwei Jahre alt.

---

[33] „Dill-Post Zeitung" vom 21.07.17

Kapitel 15: Der „Totmacher" Rudolf Pleil[34]

Es ist Anfang Dezember 1946. Wir befinden uns in Vienenburg im Landkreis Goslar in Niedersachsen. Vor der Eingemeindung nach Goslar am 1. Januar 2014 bildete Vienenburg mit den heutigen Goslarer Ortsteilen Immenrode, Lengde, Lochtum, Weddingen und Wiedelah die Stadt Vienenburg. Drei Kilometer hinter dem Ort verläuft so kurz nach dem Krieg die deutsch-deutsche Demarkationslinie. Im Westen patrouillieren Briten, auf der Ostseite stehen sowjetische Soldaten mit schussbereiten Maschinenpistolen. Dieser Morgen ist besonders dunkel. Nebel wabert über die Felder, und der erste Schnee ist gefallen. Die 44 Jahre alte Witwe Gertrud Glöde weiß ganz genau, dass jeder illegale Grenzübertritt strengstens verboten ist. Doch sie muss nach Berlin, um ihre dortige Wohnung aufzulösen und Papiere für ein neues Leben im Westen zu beschaffen. Ihre zehn Jahre alte Tochter Elvira überlässt sie der Obhut ihrer Mutter und verspricht, spätestens Weihnachten wieder zurück zu sein. Doch Weihnachten verläuft so ganz anders, auch wenn äußerlich Frieden herrscht, nach den langen Jahren des Krieges. Elvira und ihre Großmutter warten vergeblich auf Gertrud. Sie beten anhaltend für deren Rückkehr – jedoch vergeblich. Gertrud Glöde wird nie mehr zurückkehren. Dabei wollte sie sich doch an einen Grenzführer wenden. Diese bieten ortsunkundigen Schutz und Hilfe an.

Einer dieser Grenzführer ist Rudolf Pleil. Gertrud ahnt nicht, dass Pleil Frauen auf ihrem Weg über die Grenze bestialisch erschlägt, dann vergewaltigt und schließlich ausraubt. So kurz nach dem Krieg weigern sich die ostdeutschen Behörden, mit der niedersächsischen Polizei zusammenzuarbeiten.

An diesem Morgen kontrolliert der Polizist Reinhard Karlbowski den Grenzgänger Rudolf Pleil, weil er zu viele Schnapsflaschen dabeihat. Er nimmt ihn sogar mit aufs Revier und fragt seinen Vorgesetzten, was sie mit ihm machen sollen. Schließlich nehmen sie ihm den Schnaps ab und lassen ihn wieder laufen. Dass sie einen Mörder gefasst hatten, können sie zu diesem Zeitpunkt noch nicht ahnen.

1947 wird dann in Zorge, einem kleinen Städtchen im Harz, ein Kaufmann aus Hamburg gefunden – mit einer Axt zerstückelt. Die Polizei ermittelt, dass es sich um einen Raubmord handelt. Ein Waldarbeiter identifiziert die Tatwaffe als Axt seines Arbeitskollegen Rudolf Pleil.

Rudolf Pleil ist an diesem Tag sehr lange unterwegs gewesen, immer auf der Suche nach neuen Opfern. Doch die Personen, denen er begegnete, haben seinen Blutrausch nicht gelöscht. Es müssen ganz besondere Menschen sein. Trotzdem ist Pleil erschöpft. Er freut sich auf sein Zuhause. Doch es wird eine böse Überraschung: Es scheint, als ob das ganze Dorf ihn jagt.

Das Landgericht Braunschweig verurteilt ihn wegen Raubmordes zu zwölf Jahren Haft – ohne zu ahnen, dass er der gesuchte Frauenmörder ist. So sitzt er im Gefängnis und langweilt sich. Die Todesstrafe besteht in den westlichen Besatzungszonen bis zur Gründung der Bundesrepublik weiter – und so ist es für ihn nur konsequent, sich als Henker zu bewerben. Er schreibt, dass er die ideale Besetzung für diesen Posten sei, da er das schnelle Totmachen beherrsche. Er könne auch Beispiele für diese Fertigkeit bieten. In Vienenburg gebe es an einer alten Bahnlinie einen Brunnen mit den Leichen von zwei Frauen, die er getötet habe. Hier tritt der Geltungsdrang von Pleil zutage.

---

[34] www.daserste.de/information/reportage-dokumentation/die-gro...en-kriminalfaelle/sendung/2007/der-totmacher-rudolf-pleil-100.html

55

Die Staatsanwaltschaft engagiert eine Firma, um den acht Meter tiefen Brunnen auszupumpen – und findet dabei auch die Leiche der vermissten Gertrud Glöde. Sie wurde am 19. Dezember 1946 von Pleil ermordet, als sie auf dem Rückweg von Berlin war. Tragisch ist hierbei, dass sie nur noch zwei Kilometer von dem Haus entfernt war, in dem ihre Mutter und ihre Tochter sehnsüchtig auf sie warteten. Elvira erinnert sich, dass sie eines Tages von der Polizei einbestellt wurde: Als sie die Polizeiwache betritt, sieht sie plötzlich die Schuhe ihrer Mutter. Ihr schießen die Tränen in die Augen. Ihr ist klar, dass ihre Mutter nie mehr nach Hause kommen wird.

Rudolf Pleil gesteht nun weitere Morde, immer im Tausch gegen Lebensmittel und Zigaretten. Und es werden weitere Einzelheiten bekannt: Er gibt zu, mit zwei Komplizen, Karl Hoffmann und Konrad Schüssler, gearbeitet zu haben. Er legt offen, dass er zusammen mit ihnen 26 Frauen umgebracht habe. Seine Geständnisse notiert er in kindlicher Sütterlinschrift in ein dreibändiges Tagebuch, dem er tatsächlich folgenden Titel gibt: „Mein Kampf".

Im Jahr 1950 wird ihm in Braunschweig erneut der Prozess gemacht. Seine Beteiligung an elf Morden kann ihm die Staatsanwaltschaft nun zweifelsfrei nachweisen. Alle drei Angeklagten bekommen lebenslänglich. Pleil begeht 1958 Selbstmord, während Hoffmann und Schüssler Anfang der Siebzigerjahre aus dem Gefängnis entlassen werden.

Kapitel 16: Der Fall Dieter Zurwehme

Dieter Zurwehme wurde am 2. Juli 1942 in Ottbergen bei Höxter geboren und wuchs bei Adoptiveltern auf. Schon im Alter von zwölf Jahren wurde er straffällig, als er versuchte, eine Fünfzehnjährige auszurauben. Aufgrund von Diebstahl- und Unterschlagungsdelikten erhielt er mit sechzehn seine erste Haftstrafe.

Es war im Jahr 1972. Zurwehme hatte das Immobilienbüro schon seit einigen Tagen beobachtet. Er sah, wie Maria - eine Angestellte immer am Freitagnachmittag um 15 Uhr das Büro mit einer Plastiktüte verließ, um zur nahegelegenen Volksbank zu gehen. Regelmäßig holte sie dann eine Geldkassette aus der Tüte, öffnete ein Schließfach, legte die Geldkassette hinein, verschloss das Fach sorgfältig und ging wieder zurück zum Büro. Nach vier Wochen war er sicher, dass dies an jedem Freitag stattfand.

Am nächsten Freitag hielt er sich schon ab mittags in Düren auf und schaute auf die Uhr wie die Sekunden, Minuten und Stunden vergehen. Alle Muskeln waren bis zum Reißen angespannt. Kurz vor 15 Uhr betrat er das kleine Büro, das zum Hof hin gelegen war. Dies war einer der Gründe, warum er es ausgesucht hatte. Er hatte weiter eruiert, dass zu dieser Zeit sonst niemand dort anwesend war.

Zurwehme herrschte die Angestellte an: „Geldkassette her, dann geschieht Ihnen nichts", schrie er ihr ins Gesicht. In seiner linken Hand hielt er eine Tasche bereit, in der rechten blitzte ein Messer.

„Ich muss zuerst noch das Geld aus dem Tresor holen", antwortete die Angestellte.

„Erzählen Sie nicht so einen Scheiß. Ich weiß genau, dass Sie jeden Freitag zur Volksbank gehen, um das Geld dort zu deponieren."

Maria überlegte fieberhaft, was sie nur tun sollte. Gerade heute hatte ein Kunde die Eigentumswohnung unbedingt in bar bezahlen wollen.

Zurwehme überdachte alle Möglichkeiten, die er zur Verfügung hatte. Doch dann reagierte er doch intuitiv: Er rammte ihr das Messer mehrfach in ihren Hals. Das Blut spritzte in hohem Bogen. „Scheiße", murmelte er vor sich hin.

Er sah wie Maria fiel kopfüber auf den Boden stürzte. Interessiert nahm er war, wie sie versuchte verzweifelt zu atmen, was ihr jedoch nicht gelang. Es war nur noch ein Röcheln zu hören. Zurwehme verfolgte wie sie verzweifelt versuchte, mit den Händen die Blutungen zu stillen – keine Chance! Einige Minuten später war sie tot.

Zwei Jahre später wurde Zurwehme wegen Mordes, verschiedener Sexual- und Raubstraftaten sowie Diebstähle vom Landgericht Aachen zu einer lebenslangen Freiheitsstrafe verurteilt. Im Laufe der Jahre verstand er es, sich mit kleinen oder größeren Gefälligkeiten bei den Wärtern einzuschmeicheln. Sie stellten ihm alle ein positives Zeugnis aus. Während seiner Haft in der Justizvollzugsanstalt in Bielefeld-Senn bemerkten sogar Psychologen seine scheinbare Läuterung. Er lernte Latein und Französisch und erhielt entsprechend wegen guter Führung ab dem Jahr 1988 regelmäßigen Hafturlaub. 1997 verlegte man ihn in den offenen Vollzug. Schließlich flüchtete er am 2. Dezember 1998 während eines Freigangs.

Zurwehme war auf der Flucht. Immer wieder konnte er der Polizei entwischen. Jeden Tag gingen neue Hinweise auf den Aufenthaltsort von Zurwehme ein. Am 20. März 1999 brach er dann in die leerstehende Villa Chatenay in Remagen ein und übernachtete dort.

Kurt Schröder erwachte am Morgen des 21. März 1999. Er hatte schlecht geschlafen; seit mehreren Wochen quälten ihn schlimme Alpträume, ohne dass er sich den Inhalt gemerkt hatte. Für heute Morgen hatte er sich vorgenommen, nach der Villa Chatenay zu schauen.

In letzter Zeit übernachteten dort immer mal wieder Wohnungslose. Also machte er sich auf den Weg.

Wenig später schloss er die Haustür auf und betrat das Gebäude. Er inspizierte jeden Raum. Im Wohnzimmer lag ein Mann auf der Couch und schaute fern. Der Mann hatte blonde Haare mit einer Stirnglatze. Seine Haut war gebräunt und er sah so gar nicht wie ein Obdachloser aus.

Schröder herrschte ihn an: „Was haben Sie hier zu suchen? Das ist unser Haus! Verschwinden Sie, sonst rufe ich die Polizei!"

Trotz seiner 71 Jahre war Kurt Schröder noch sehr rüstig. Doch gegen den Angriff von Zurwehme hatte er keine Chance. Zurwehme überwältigte ihn, fesselte und knebelte ihn. Daraufhin griff er sich das Messer und stach dem Rentner in den Hals. Innerhalb weniger Sekunden war Schröder tot, noch bevor er überhaupt begreifen konnte, wie ihm geschah. Zurwehme nahm das Handy und die Schlüssel des Toten und zog sich dessen Jacke über. Als Schröder später gefunden wird, ist er auf den Bauch gedreht und sein Körper zum Teil mit Bauschutt bedeckt. Über dem Toten ist ein geöffneter Regenschirm aufgestellt.

Seine 59-jährige Ehefrau Elisabeth machte sich Sorgen. „Hoffentlich ist ihm nichts passiert!" Um diese Zeit war ihr Mann normalerweise bereits wieder zu Hause. Sie nahm ihr Telefon und wählte die Mobil-Nummer ihres Mannes. Doch Kurt nahm nicht ab. Die Sorge ließ ihr Herz bis in den Hals schlagen. Erneut wählte sie die Nummer. Das Gespräch wurde angenommen, doch sie konnte die Stimme nicht einordnen.

Zurwehme überlegte fieberhaft, was er nun tun könnte. Er nahm das Auto des Ermordeten und fuhr zu dessen Wohnung. Die 59-Jährige hatte in ihrer Sorge ihren Bruder Paul Becker (67) und dessen Frau Rita (60) alarmiert. Mit einer Schreckschusspistole bedrohte er die Anwesenden. Doch die ließen sich nicht einschüchtern.

Elisabeth sagte: „Was wollen Sie hier? Ich rufe jetzt sofort die Polizei!"

Obwohl die drei sich wehrten, gelang es Zurwehme irgendwie, sie alle zu fesseln. Danach stach er in altbewährter Weise auf sie ein. Rita Becker überlebte den Angriff und schrie um Hilfe, bis sie keine Stimme mehr hatte. Doch Zurwehme hatte seinen Blutdurst noch nicht gestillt.

„Na endlich, jetzt ist die zum Glück auch tot. Dann kann ich mich ja aus dem Staub machen. Wow, das ist ja interessant!" Er entdeckte eine Geldbörse und schnappte sie sich. Schnell zählte er das Geld. Es waren tatsächlich insgesamt 8000 D-Mark. Er nahm den Schlüssel und das Geld und stürmte aus der Wohnung.

Doch Rita Becker war noch nicht tot. Mit übermenschlichen Kräften nahm sie den Fernseher und warf ihn aus dem Fenster auf den Gehsteig.

Kriminalkommissar Volker Müller hatte in seiner bisherigen Tätigkeit eigentlich einen ruhigen Job gehabt. Doch diesen Tag sollte er nie mehr vergessen. Der Anruf kam gleich morgens zu Beginn seiner Schicht. Er hatte sich gerade einen Kaffee aus dem Automaten geholt, der mehr nach Spülwasser schmeckte. Das Telefon klingelte, und Volker Müller lauschte der Stimme am anderen Ende der Leitung. Sein Gesicht wurde bleich. „Oh Scheiße", fluchte er vor sich hin.

Nachdem er aufgelegt hatte, nahm er eine Schachtel Marlboro aus der Hemdtasche und zündete sich eine Zigarette an. Seine Hände zitterten, und er inhalierte den Rauch tief in seine Lunge. Sofort benachrichtigte er sein Team und sie machten sich auf den Weg zu der angegebenen Adresse. Er ließ seine Mitarbeiter ausschwirren, während er selbst als Erstes das Schlafzimmer betrat. Seine Augen wollten die Situation am liebsten überhaupt nicht wahrnehmen. Überall war Blut. Er bemerkte, wie er unwillkürlich die Luft ganz scharf einsog. Dann entdeckte er eine Frau. Sie lag auf dem Teppich, der vom Blut rot getränkt war. Sie blutete aus vielen Wunden im Gesicht und am Oberkörper. Sie lebte noch, war jedoch nicht ansprechbar. Kaum hatte er das realisiert, riefen ihn zwei Kollegen ins Badezimmer. Die gefliesten Wände, der Boden, die Badewanne – alles war voller Blut. Sie fanden zwei blutüberströmte Leichen. Zum Teil war das Blut bereits angetrocknet. Rita Becker wurde ins Krankenhaus „Maria Stern" gebracht, das genau gegenüber der Wohnung liegt. Doch nach fünf Tagen erlag sie ihren schweren Verletzungen.

Chronologie einer Flucht[35]

Am 11.Mai 1999 wurde Zurwehme angeblich im Allgäu gesehen.

Der 27. Juni 1999 würde schließlich als unrühmlicher Tag in die Polizeigeschichte eingehen. Friedhelm Beate, 62 Jahre alt, machte auf seiner Wanderung zur polnischen Grenze in Thüringen Station. Ein Polizeibeamter gab später in einer Befragung zu, dass Friedhelm Beate keine Chance gehabt hatte. Er wurde von Polizeikugeln getötet. Es waren zwei Zivilfahnder, die ihn wohl für Zurwehme hielten. Die Todesschützen, 44 und 30 Jahre alt, hatten eine Hauruckkarriere absolviert. Nach der Wende wurden sie kurzfristig geschult, hielten jedoch in keiner Weise späteren Überprüfungen Stand.

Nach einer Sendung des MDR, „Kripo Live", die ähnlich funktioniert wie „Aktenzeichen XY", hatte eine Zeugin der Dessauer Polizei erklärt, im Hotel „Zur Erholung" in Heldrungen halte sich ein Gast auf, auf den die Beschreibung Zurwehmes passen könnte. Gegen 23 Uhr trafen vier Beamte in Zivil in Heldrungen ein. Sie erfuhren, dass ein Friedhelm Beate den Meldeschein ausgefüllt hatte. Diese Angaben wurden in Köln untersucht und auch bestätigt. Trotzdem wollten die Fahnder sich den Unbekannten einmal anschauen. Hätten sie dem Wirt nur das Foto von Zurwehme gezeigt, wäre sofort klar gewesen, dass der Gast nicht Zurwehme sein konnte. So schickten die Beamten aber den Wirt an die Tür, der unter dem Vorwand, er habe etwas im Zimmer vergessen, an die Tür klopfte. Dann ging alles sehr schnell. Während der Hotelier Claus Unger an die Tür klopfte, schlichen sich zwei Beamte mit gezogener Waffe bis zur Zimmertür. Die beiden anderen versteckten sich im Treppenhaus. Unger verschwand nun in seinem schräg gegenüberliegenden Büro. Als der Rentner die Tür öffnete, stellte er fest, dass nicht der erwartete Hotelier, sondern zwei Gestalten mit gezogener Waffe vor ihm standen. Er geriet in Panik und versuchte, die Tür wieder zu schließen. Daraufhin feuerten die Beamten sofort – einer durch den Türspalt, der andere durch das dünne Türblatt. Eine Kugel blieb im Brustkorb von Beate stecken, die andere traf ihn direkt ins Herz. Beide Polizisten wurden vom Dienst suspendiert.

Außerdem wurde am 30. Juni 1999 in Dresden ein stadtbekannter Straßenmaler festgenommen, den man ebenfalls für Zurwehme gehalten hatte.

Maria war an diesem Morgen schon früh auf den Beinen. Ihre Klasse hatte einen Tagesausflug geplant. Deshalb musste sie heute ausnahmsweise schon um 7 Uhr früh am Stadtbus sein. Dabei führte sie ihr Weg über Wald und Feld. Jedes Mal hatte sie ein komisches Gefühl, aber heute ganz besonders.

In den letzten Tagen hatte es nach längerer Trockenheit endlich wieder geregnet. Dunst lag über den Feldern. Das Herz schlug ihr bis zum Hals. Plötzlich trat von rechts ein Mann aus einem Busch heraus auf den Feldweg. Sie wollte schreien, doch schon lag eine große, schwielige Hand auf ihrem Gesicht. Der Schrei erstarb, bevor er noch den Mund erreicht hatte. Der Mann würgte sie, bis sie keine Luft mehr bekam. Panik stieg ihre Kehle hoch. Sie zappelte, so stark sie konnte. Doch der Mann war viel stärker als sie. Er zog ein

---

[35] www.sn-online.de/Schaumburg/Stadthagen/Stadthagen-Stadt/Nicht-zu-fassen

paar Handschellen aus seiner Jeans und fesselte ihre Hände. Maria überlegte fieberhaft, was sie tun könnte. Wenigstens hatte der Mann seine Hand von ihrem Mund genommen. Sie wimmerte und bettelte, er solle doch die Handschellen wieder losmachen. Sie spürte den heißen Atem des Mannes an ihrem Hals, während er an dem Reißverschluss seiner Hose fingerte.

Oh nein, bitte nicht! flehte sie innerlich. Warum der Mann dann doch die Handschellen löste, wusste sie hinterher nicht mehr zu sagen. Doch das Wunder geschah. Maria bot ihre ganzen Kräfte auf, strampelte und biss den Mann in die Hand. Er schrie auf und lockerte seinen Griff. Maria schlängelte sich wie eine Schlange aus dem halt des Mannes und trat ihm so fest sie konnte in seine Weichteile. Wieder schrie der Mann, und sie sah, wie Blut an seinen Beinen nach unten lief. So schnell sie konnte, lief sie in ein gegenüberliegendes Maisfeld und verschwand.

Was nun folgte, war eine der größten Polizeiaktionen in der Geschichte der BRD. Eine Hundertschaft von Polizisten wurde herangekarrt und durchkämmte mit Stöcken bewaffnet das Maisfeld. Ein Hubschrauber mit Wärmebildkamera kreiste über dem Maisfeld. Auch eine Hundestaffel machte sich daran, Zurwehme zu verfolgen. Doch das Wunder geschah diesmal leider nicht. Zurwehme konnte entkommen.

Bereits einen Tag später, am 28. Juli 1999, durchsuchten Polizisten ein Waldstück zwischen Wunstorf und Barsinghausen. Doch keine Spur des Mörders. Die Polizisten vermuteten, dass Zurwehme bewusst falsche Fährten legte und die Polizei zum Narren hielt.

Weitere Großeinsätze der Polizei fanden am 30. und 31. Juli 1999 statt. Einmal suchte die Polizei ihn in Berlin und Westfalen, ein anderes Mal wollten Zeugen ihn unter anderem in Berlin, Bochum, Hannover, Köln, Lehrte und sogar auf Mallorca gesehen haben. Die Beamten weiteten die Fahndung auf Thüringen aus. Am 2. August 1999 gab die Polizei in Stadthagen die Großfahndung nach Zurwehme auf. Das LKA setzte nun auf eine Zielfahndung.

Dann, endlich, am 19. August 1999, war Zurwehmes Flucht nach fast neun Monaten beendet: Zwei Polizisten nahmen ihn in Greifswald fest.

Das Urteil: Das Landgericht Koblenz war überzeugt davon, dass „der Mörder von Remagen", Dieter Zurwehme, in Remagen am Rhein zwei ältere Ehepaare ermordet hatte. In den Monaten danach beging er wohl weitere Straftaten. Dieter Zurwehme wurde zu lebenslanger Haftstrafe und anschließender Sicherungsverwahrung verurteilt.

Das Schlimmste für Eltern ist es, wenn sie ihre Kinder verlieren. Das kann zum Beispiel durch eine unheilbare Krankheit geschehen oder durch ein Verbrechen – wenn Kinder verschwinden, entführt und missbraucht werden. Ganz besonders perfide ist es, wenn Eltern und Großeltern Jahre- ja, manchmal jahrzehntelang im Ungewissen darüber leben, was mit ihren Kindern und Enkelkindern passiert ist. Es wird keine Leiche gefunden, sodass sie von ihrem Kind nicht Abschied nehmen können. Ich glaube, wer dies noch nicht erlebt hat, kann sich nicht vorstellen, wie schlimm das für alle Beteiligten ist. Im Folgenden möchte ich unter anderem auch solche Fälle schildern. Ich hoffe, dass ich dadurch dazu betragen kann, diese Fälle doch noch zu lösen und dafür zu sorgen, dass alle Beteiligten endlich Sicherheit gewinnen. Ich beginne mit dem Fall „Felix Heger".

Kapitel 17: Wo ist Felix Heger?[36]

Chronologie des vermissten Felix Heger, erstellt am 06.09.2010:

Felix wird am 08.04.2003 geboren. Die Ehe der Eltern steht von Anfang an unter keinem guten Stern. So wird Felix ein Scheidungskind, wie viele andere Kinder auch. Wenige Monate nach seiner Geburt trennen sich die Eltern im November 2003. Die Ehe wird im Juni 2005 rechtskräftig geschieden. Die Eltern übernehmen beide das Sorgerecht für Felix. Der Vater, Michael Heger, erhält ein Besuchsrecht. Dieses Recht übt er jedoch nur unzuverlässig aus. Mal kommt er überhaupt nicht, mal sagt er Termine kurzfristig ab oder verspätet sich.

Am Dreikönigstag 2006 ist alles anders. Felix will nicht zu seinem Vater und ruft bei seinen Großeltern an, um Hilfe zu erbitten. Doch sein Opa reagiert ablehnend. Später wird er sich bittere Vorwürfe machen: „Warum habe ich nicht anders reagiert? Warum um alles in der Welt habe ich Felix nicht ernst genommen?" Doch hinterher ist man wohl immer schlauer.

So holt Heger auch an diesem Tag Felix ab und verspricht, ihn am Sonntag wieder zurückzubringen. Aber die Mutter wartet vergeblich auf ihren geliebten Sohn. Verzweifelt versucht sie, Heger telefonisch zu erreichen, doch ohne Erfolg. Als die Mutter Heger auch in seiner Wohnung in Oftersheim nicht antrifft, erstattet sie sofort Anzeige gegen ihn wegen des Verdachts der Kindesentziehung.

Montag, 09.01.2006: Die zuständige Behörde nimmt die Ermittlungen auf. Hegers Wohnung wird durchsucht und man findet zwei Bücher über verschiedene Methoden für einen Suizid. Heger hatte im Jahr 2006 schon einmal versucht sich das Leben zu nehmen. Danach sollte er eine stationäre Therapie machen, brach diese jedoch bereits nach drei Tagen ab.

Dienstag, 10.01.2006: Es beginnen intensive Suchaktionen der Polizei. Ein Polizeihelikopter kommt zum Einsatz. Von beiden fehlt nach wie vor jegliche Spur. Hegers Opel Astra wird mehrmals gesehen: In der Nacht vom 6. auf den 7. Januar, und am 07.01. fällt er sogar einer Polizeistreife auf. Am späten Nachmittag des 10.01.2006 wird es dann auf dem Parkplatz Wiedenfelsen/Bühlertal als das Fahrzeug von Heger erkannt.

Mittwoch, 11.01.2006: Eine Hundertschaft der Polizei mit speziell ausgebildeten Suchhunden und einem Helikopter startet im Bereich um den Parkplatz des PKW herum eine große Suchaktion. Gefunden werden: eine Mülltüte mit Blutspritzern, Blutspuren auf der Schneeoberfläche sowie einige Plastiktüten mit Blutanhaftungen. Nach eingehenden Untersuchungen der Spurensicherung wird klar, dass sie Heger zugeordnet werden können.

Freitag, 13.01.2006: Kommissar Rainer Buch verlässt in aller Frühe das Haus. In der Nacht hatte es weiter geschneit. Buch weiß, dass das für die weitere Suche nicht gut ist. Das Gedankenkarussell dreht sich immer schneller. Er ist froh, dass er die Suchhundestaffel auch noch für heute bestellt hat. „Vielleicht finden die ja noch etwas Brauchbares", murmelt er vor sich hin.

---

[36] Alle Informationen sind, soweit nicht anders angegeben, der offiziellen Homepage www.felix-info.net entnommen.

Gestern war er mit den Ergebnissen sehr zufrieden, kann sich aber einfach nicht erklären, was geschehen ist. Die Vermutung, dass Heger Suizid begangen hat, scheint ihm plausibel. Aber was ist mit Felix passiert? Als er die Gruppe von Polizisten erreicht, ist die Suche bereits in vollem Gange. Doch die Lichtverhältnisse bereiten ihm große Sorgen. Der Vormittag vergeht ohne weitere Erfolge. Dann, um die Mittagszeit, wird etwa 300 Meter vom Parkplatz des PKW entfernt eine Felsnische entdeckt. Rainer Buch stapft durch den Schnee zu der entsprechenden Stelle.

Marius Weber, einer seiner besten Männer, zeigt ihm eine Art Unterstand. „Schau mal, Rainer, was wir gefunden haben: eine Herrenjacke, einen Kinderhandschuh und einen Schnuller. Außerdem haben wir einen Rucksack, den Personalausweis und die EC-Karte von Heger gefunden. Dann ein leeres Fläschchen, 0,04 Ltr., Weinbrand, eine leere Flasche Likör, 0,7 Ltr., und eine leere Packung Schlaftabletten. Auf der Rückseite der Führerscheinkopie, die wir gefunden haben, hat Heger einen Brief an seine Ex-Frau geschrieben."

Die Spurensicherung kann die Gegenstände eindeutig den beiden Gesuchten zuordnen. Eine Besprechung an diesem Abend ergibt ansonsten nichts Neues.

Samstag, 14.01.2006: Das Schneetreiben wird so stark, dass Rainer Buch beschließt, die Suche an diesem Tag zu beenden.

Im Zeitraum zwischen dem 06. und dem 18.01.2006 werden Heger und Felix mehrmals von Zeugen gesehen. Eine Zeugin gibt an, beide am 11.01. gegen 17:30 Uhr in einem Supermarkt gesehen zu haben. Heger sei eigentlich gepflegt gewesen, hätte aber sehr schmutzige Hände gehabt. Am Freitag, 13.01.2006 beobachten zwei Zeugen in der Zeit zwischen 7:20 Uhr und 7:25 Uhr die beiden in der Nähe des Grenzübergangs Staustufe Iffezheim auf französischer Seite und auf dem Parkplatz des ehemaligen Zollgebäudes. Am 18.01. will ein Verkehrsteilnehmer die beiden ebenfalls an der Staustufe Iffezheim gesehen haben. Sofort wird die Fahndung eingeleitet und auch nach Frankreich ausgeweitet. Leider verläuft sie negativ.

Michael Heger ist tot!

Es ist Sonntag, der 26.02.2006 gegen 14:20 Uhr. In Bühlertal, Bereich Gertelbacher Wasserfälle, entdeckt der Hund eines Spaziergängers eine von Wildtieren im Gesicht angenagte Leiche. Es ist Michael Heger. Die Fundstelle befindet sich lediglich 300 Meter unterhalb des Parkplatzes, auf dem sein PKW gefunden wurde. Weitere großangelegte Suchaktionen nach Felix Heger werden eingeleitet. Zum ersten Mal werden auch Leichen- und Blutspürhunde eingesetzt. Tatsächlich finden sie unter der Schneedecke zwei Blutspritzer, die Michael Heger zugeordnet werden können. Doch Felix bleibt verschwunden. Die Polizei geht weiterhin von einem Suizid des Vaters aus.

Es folgen weitere Suchaktionen. Die Polizei geht davon aus, dass Michael Heger Felix an eine bisher unbekannte Person übergeben hat. Offenbar kam er im Schwarzwald mit Sekten in Berührung. Doch Felix ist wie vom Erdboden verschluckt.

Recherchen von Rechtsanwalt Alexander Moser

Rechtsanwalt Alexander Moser hat den Fall des verschwundenen Jungen intensiv begleitet. Er stellte Fragen, die anscheinend niemand hören wollte und will. Diese Fragen und Ungereimtheiten gebe ich an dieser Stelle weiter. Ich finde, es sind wichtige Fragen, die es wert sind, eine Antwort darauf zu erhalten.

1. Die Leiche von Michael Heger wurde lediglich am Fundort abgelegt. Sie wurde erst sechs Wochen nach den umfangreichen Ermittlungen, wie tagelangem Durchsuchen des Waldes durch mehrere Hundertschaften der Polizei, gefunden. Die Entfernung zum Parkplatz, welcher als Ausgangspunkt dieser Maßnahmen diente, betrug wenige Hundert Meter. Moser argumentiert, dass die Leiche erst später an den Fundort gebracht worden sein muss, da sie dabei nicht gefunden wurde. Das Argument der Staatsanwaltschaft, dass die Leiche nur durch einen Fehler eines Hubschrauberpiloten nicht gefunden worden sei, hält er für abwegig.

2. Alexander Moser fragt die Staatsanwaltschaft und die Generalstaatsanwaltschaft, warum keine Spurensicherung erfolgt ist. Die Rechtsmedizin stellte fest, dass Heger zum Tatzeitpunkt keinen oder kaum Alkohol konsumiert hatte. Das vor Ort gefundene Schlafmittel ist frei verkäuflich und daher kaum für einen Suizid geeignet. Das Argument der Staatsanwaltschaft lautete, dass eine Spurensicherung an dem Sachverhalt an sich nichts ändern würde. Es könnten sich schließlich auch Spuren von Personen auf den Flaschen befinden, die mit der Sache an sich nichts zu tun hätten. Die gefundenen Gegenstände wurden nach Ablauf der Aufbewahrungspflicht vernichtet. Dadurch kann keine neuerliche Untersuchung erfolgen.

3. Suizid mit Todesursache Brust- und Lungenverletzungen: Die Rechtsmedizin Freiburg und die Staatsanwaltschaft gehen davon aus, dass erhebliche Brust- und Lungenverletzungen die Todesursache von Michael Heger sein sollen. Spricht dies für einen Suizid? Ich meine: absolut nicht! Außerdem hätten zwangsläufig Hämatome, wie etwa blaue Flecken, vorliegen müssen. Diese fehlten jedoch. Die Staatsanwaltschaft hat dazu bis zum heutigen Tag keine Stellungnahme abgegeben.

4. Die Rechtsmedizin Freiburg stellte an einem Handgelenk des Vaters eine kleine Wunde fest, bei welcher es sich um eine Einstichstelle handeln könnte. Deshalb regte sie an, ein toxikologisches Gutachten in Auftrag zu geben. Auch das wurde von der Staatsanwaltschaft wegen fehlender Notwendigkeit abgelehnt.

5. Vier voneinander unabhängige Zeugen haben Felix und seinen Vater zwischen dem 11. und dem 18.01.2006 jeweils an derselben Stelle gesehen, und zwar auf der französischen Seite des Grenzüberganges an der Staustufe Iffezheim. Eine weitere Zeugin hat beide am 11.01.2006 in einem Lidl-Markt in Bühl gesehen. Die Untersuchungen von Polizei, Rechtsmedizin und Staatsanwaltschaft waren jedoch bereits am 09.01.2006 abgeschlossen.

Es bleiben also viele Fragen. Bis heute wurde Felix nicht gefunden.

Kapitel 18: Wenn Kinder morden – Lorraine Thorpe (15 Jahre alt)

Lorraine erwachte wie so oft am frühen Morgen. Verschlafen schaute sie auf die Uhr. Die Zahlen ihrer Digitaluhr blinkten auf 5 Uhr. Ihr Zimmer lag im oberen Teil des Hauses. Dort befanden sich auch das Zimmer ihres Vaters und das Badezimmer. Sie lauschte. Im Erdgeschoss lagen die Küche, das Wohnzimmer und eine Gästetoilette. Ihre Mutter hatte sie nie kennengelernt.

Zum wiederholten Male hörte sie von unten ein Poltern und Krachen, als ein Stuhl umfiel. „Oh nein, nicht schon wieder", murmelte sie.

Lorraine rannte die Stufen hinunter, so schnell sie nur konnte. Ihr Vater lag in der Küche. Sie konnte sehen, dass er sich in die Hose gemacht hatte. Sie nahm alle Kraft zusammen und zog ihn ans Waschbecken. Sie öffnete die beiden Türen des Unterschranks, nahm die dort bereitstehende Waschschüssel heraus und füllte diese mit warmem Wasser. Jetzt kam die heikelste Aufgabe. Sie zog ihrem Vater die Schlafanzughose aus, wobei sie aus allen Poren schwitzte. Seit sie diese Arbeit zum ersten Mal getan hatte, schämte sie sich und fragte sich, wie es wohl wäre, wenn sie eine Mutter hätte. Sie versuchte, den Blick nicht auf das Geschlechtsteil ihres Vaters zu richten. Ein kalter Schauer rieselte ihren Rücken herunter. Sie wusch ihren Vater und trocknete ihn ab. Dann schleppte sie ihn zum Küchentisch, auf dem schon die erste Flasche Bier für diesen Tag wartete.

Lorraine bereitete sich ihr Müsli, während ihr Vater die Flasche öffnete. Sie wusste, dass dieser Tag genauso ablaufen würde, wie in den letzten Wochen und Monaten. Sie fragte sich, wie lange das schon so ging. Sie hatte jegliches Zeitgefühl verloren. Schließlich schulterte sie ihre Schultasche und verließ die Wohnung, wobei sie ihrem Vater einen letzten Blick widmete. Er hatte die zweite Flasche Bier geöffnet, und ihr war klar, dass das noch lange nicht die letzte für diesen Tag sein würde.

Sie ging so schnell sie konnte, doch als sie an der Bushaltestelle ankam, war der Acht-Uhr-Bus bereits weggefahren. Leise fluchte sie vor sich hin, denn ihr war klar, dass sie den Weg nun zu Fuß antreten musste, um nicht Gefahr zu laufen, zu spät in die Schule zu kommen. Das passierte nämlich in letzter Zeit des Öfteren, und ihre Lehrerin hatte bereits angedroht, ein Gespräch mit ihrem Vater zu führen.

Lorraine kicherte und dachte: „Das mach du mal ruhig. Du wirst dein blaues Wunder erleben." Als ihr die Doppeldeutigkeit dieser Aussage klar wurde, musste sie noch lauter lachen. Sie schlenderte weiter.

An der nächsten Hausecke sah sie sechs Personen, die dort herumlungerten. Später würde sie selbst nicht mehr wissen, warum sie stehengeblieben war. Bier- und Weinflaschen machten die Runde. Greg, der offenbar das Sagen hatte, bot ihr an, doch ein wenig mit ihnen zu trinken. Sie zählte fünf Männer und eine Frau, die wesentlich älter war, als sie selbst. Sie nahm die angebotene Bierflasche und genoss einen langen Zug. Lorraine schüttelte sich, merkte jedoch auch, dass der Alkohol sie von innen wärmte. Nachdem sie die erste Flasche geleert hatte, kreiste eine Weinflasche durch die Gruppe. Sie war von Greg fasziniert und fragte sich, ob Rosi vielleicht endlich eine Freundin werden könnte. An diesem Tag ging sie nicht zur Schule.

Von da an bewegte sie sich in einer Parallelwelt. Tagsüber trank sie fast bis zur Bewusstlosigkeit, um sich dann abends um ihren Vater zu kümmern. Manchmal kam der auch mit in die Gruppe, um mit seiner Tochter und den anderen zu trinken. Dann war es Lorraines Aufgabe, ihn irgendwie nach Hause zu bringen.

Im Laufe der Zeit entwickelte sich eine Freundschaft mit Greg, und eines Tages kam der mit einem Hund zur Gruppe.

Lorraine hatte das Tier noch nie gesehen und fragte: „Seit wann hast du einen Hund?"
Greg antwortete barsch: „Das geht dich einen Scheiß an."
„Darf ich ihn einmal streicheln?", fragte sie.
„Na gut, aber sei vorsichtig. Er kennt dich noch nicht", antwortete Greg.
Es handelte sich um einen Jack Russel, und mit der Zeit wurde es ganz normal, dass Greg den Hund mitbrachte. Eines Tages fragte Lorraine ob sie ihn Gassi führen dürfe. Greg willigte ein. Also schnappte sie sich die Leine und machte sich auf den Weg. Nun drehte sie täglich ihre Runde.

An einem Montag, als sie gerade an einer nicht einsehbaren Hausecke vorbeikam, stand ihr plötzlich ein Mann mit seinem Hund im Weg. Die beiden Tiere stellten ihre Nackenhaare auf, sie knurrten und begannen zu bellen. Dabei zogen sie so lange an der Leine, bis sie sich gegenseitig erreichen konnten. Sie sprangen sich an und begannen sich gegenseitig zu beißen. Lorraine zog verzweifelt an der Leine, doch es schien, als ob ihr Hund sich nur umso mehr festbeißen würde. Mit ihren festen Stiefeln trat sie dem Hund in die Seite. Doch erst nach einem zweiten Tritt konnte sie ihn von dem anderen Tier losreißen. Sie ging ohne wirkliches Ziel weiter. Was, wenn Greg davon erfuhr?

In den nächsten Tagen würde sie sich diese Frage immer wieder stellen. Wie Greg tatsächlich davon erfahren hatte, würde sie nie wissen. Es war an einem Dienstag, als Greg und Lorraine Rosi nach Hause begleiteten. Dies kam äußerst selten vor, aber Rosi wollte es sich auf keinen Fall mit den beiden verderben. Kaum waren die drei im Wohnzimmer von Rosis Wohnung angekommen, verpasste Greg ihr einen derben Faustschlag. Er war wesentlich stärker als sie. Rosi stürzte zu Boden, und die beiden anderen begannen, sie mit Fußtritten zu traktieren. Immer stärker schaukelte sich die Gewalt hoch. Sie traktierten Rosi mit ihren Fäusten im Gesicht, das bereits blutüberströmt war. Als sie ohnmächtig war, machten sich die beiden aus dem Staub.

Am nächsten Tag schärften sie Rosi ein, sie solle bloß niemandem davon erzählen. Sicher, die anderen wunderten sich schon wegen der blauen Flecke, die Rosi am ganzen Körper hatte. Darauf angesprochen, sagte sie, dass sie im Vollrausch die Kellertreppe hinabgestürzt sei. An diesem Abend wurden die Misshandlungen gegen sie noch schlimmer. Greg nahm den Heizlüfter und hielt ihn ihr ins Gesicht. Sie schrie so laut sie konnte. Die Haut löste sich in Fetzen von ihrem Antlitz. Schließlich sank sie wieder in eine tiefe Ohnmacht. So ging das drei Tage lang. Rosi fand nicht mehr den Weg nach draußen. Am Freitag nahm Lorraine nach einer weiteren Welle der Gewalt schließlich das Kopfkissen von Rosi und drückte es ihr mit voller Kraft ins Gesicht. Rosi strampelte wie verrückt und versuchte, sich von dem Kissen zu befreien, doch es gelang ihr nicht. Lorraine drückte ihr das Kissen so lange ins Gesicht, bis schließlich das Strampeln der Beine aufhörte.

Nun war eine Linie überschritten, und in den nächsten Tagen begannen nun beide Lorraines Vater zu misshandeln. Er war eine leichte Beute. Schließlich, es war an einem Sonntagabend, traten und schlugen sie ihn tot.

So wurde Lorraine im Alter von 15 Jahren die jüngste Doppelmörderin in der Geschichte Englands.

Kommentar: Dieser Fall zeigt eindrücklich, wie Gewalt **immer** neue Gewalt hervorruft. Wenn die Spirale erst einmal in Gang gesetzt ist, kann man sie nur sehr schwer wieder anhalten. Lorraine wurden schon früh Aufgaben aufgeladen, die sie nicht oder nur sehr schwer schaffen konnte. Die Geschichte zeigt aber auch, wie stark Kinder durch „Lernen am Modell" geprägt werden. Ich bin immer wieder frustriert darüber, dass Kinder von drogenabhängigen Eltern ebenfalls in eine Sucht geraten, obwohl sie genau dies vermeiden wollten. Anti-soziales Verhalten ist oft stärker ausgeprägt, als wir manchmal glauben möchten.

Kapitel 19: Der Anhalter-Mörder

Bernhard Giles fährt bereits seit Stunden mit seinem Wagen durch die Kleinstadt. Langsam, aber sicher bewegt sich die Anzeige des Tanks auf den roten Bereich zu. Er ist auf der Jagd nach jungen Frauen. Dann endlich taucht am Straßenrand eine in einem gelben Minikleid auf.

Debora[37] will nur in die nächste Stadt. Dort ist ein Treffen mit ihren Freunden geplant. Sie hält ihren Daumen in den Wind und freut sich, als der Wagen neben ihr hält. Sie steigt ein und die Fahrt beginnt. Nach einer Weile beschleicht sie ein komisches Gefühl.

Giles biegt in einen Waldweg ein, der geschützt von der Straße liegt. Er nimmt eine Pumpgun aus dem Handschuhfach und erschießt Debora von hinten. Anschließend schleift er sie in eine Schonung, zieht ihr die Kleidung aus und vergeht sich an der Leiche. Dann legt er vorsichtig Tannenzweige über den leblosen Körper und verschwindet. Er steigt in seinen Wagen und fährt zur nächsten Tankstelle. Danach fährt er nach Hause zu seiner Frau und der gemeinsamen Tochter.

Einige Tage später fährt er wieder mit seinem Wagen durch die Gegend.

Barbara steht schon länger an der Straße. Sie möchte unbedingt in die Disco, doch der öffentliche Nahverkehr ist zu dieser Zeit noch nicht gut entwickelt. Also entschließt sie sich gegen den ausdrücklichen Wunsch ihrer Mutter zu trampen. „Wird schon nichts passieren. Das hier ist doch eine ruhige Gegend", sagt sie zu sich. Wenn sie ehrlich ist, hat sie schon ein wenig Angst. Doch sie übergeht ihren Impuls, lieber eine Strecke zu laufen, und hebt den Daumen als Zeichen, dass sie mitgenommen werden möchte. Giles hält an und Barbara steigt in den Wagen. Der Ablauf der Tat gleicht haargenau dem seines ersten Mordes.

Auf diese Art und Weise sterben in den nächsten Wochen insgesamt fünf Frauen. Die Öffentlichkeit wartet auf einen Fehler des Massenmörders. Dann, an einem sonnigen Tag, stehen Virginia und ihre Freundin Madeleine gemeinsam am Straßenrand. Auch sie wollen trampen, und wieder hält Giles an. Virginia sitzt hinten, während Madeleine auf den Beifahrersitz klettert. Giles fährt wieder zu dem Waldweg, doch dieses Mal ist alles anders. Die jungen Frauen haben ihm unterwegs aus ihrem Leben erzählt. Dass sie aufs College gehen und gerade Ferien haben. Sie erzählen von ihren Familien, ihren Freundinnen und Freunden und dass sie auf dem Weg zu einer Party sind. Plötzlich erhalten die jungen Frauen eine Persönlichkeit. Sie sind nicht mehr anonym. Aus diesem Grund kann Giles dieses Mal seine Tat nicht vollbringen. Er lässt die beiden laufen. Nun hat der Täter ein Gesicht.

Noch am gleichen Abend wird Giles verhaftet. Doch in seinem Auto finden sich lediglich Haarsträhnen von einer der jungen Frauen. Da Giles der elektrische Stuhl droht, engagiert er einen der bekanntesten Strafverteidiger jener Zeit, und dieser fädelt einen Deal mit der Staatsanwaltschaft ein: Wenn Giles auch die anderen Taten gesteht, soll ihm das Todesurteil erspart bleiben. Und tatsächlich: Die Staatsanwaltschaft lässt sich auf diesen Deal ein. Giles gesteht die restlichen Taten und wird zu lebenslanger Haft verurteilt. Er gibt das einzige Interview, das mich sehr verstört hat. Zu sehen ist ein Mann, dem niemand aus der Nachbarschaft die Taten zugetraut hätte. Seine Frau hat sich scheiden lassen, er sieht sie und seine Tochter nie mehr wieder. Im Interview erzählt er, wie sie als Kinder „Töte die Hexe" gespielt haben. In diesem Spiel bemerkt er zum ersten Mal, dass ihn die Tat sexuell reizt. Damit ist sein weiteres Leben vorprogrammiert.

---

[37] Alle Frauennamen wurden geändert.

Exkurs: Nekrophilie[38]

Nekrophilie bezeichnet eine Sexualpräferenz, die auf Leichen gerichtet ist. Es setzt sich aus den altgriechischen Wörtern „nekròs" (Toter; Leiche) und „philia" (Zuneigung) zusammen. Die Nekrophilie wird von Erich Fromm wie folgt definiert: *„(...) als das leidenschaftliche Angezogenwerden von allem, was tot, vermodert, verwest und krank ist; sie ist die Leidenschaft, das, was lebendig ist, in etwas Unlebendiges umzuwandeln; zu zerstören um der Zerstörung willen; das ausschließliche Interesse an allem, was rein mechanisch ist. Es ist die Leidenschaft, lebendige Zusammenhänge zu zerstückeln."* Und weiter: *„Man braucht kaum zu betonen, dass schwer nekrophile Personen sehr gefährlich sind. Es sind die Hasser, die Rassisten, die Befürworter von Krieg, Blutvergießen und Destruktion. Sie sind nicht nur dann gefährlich, wenn sie politische Führer sind, sondern auch als die potentiellen Kohorten eines diktatorischen Führers. Aus ihnen rekrutieren sich die Henker, die Terroristen und Folterer; ohne sie könnte kein Terrorsystem errichtet werden."*

Im ICD-10 wird die Störung unter F65.8 – „Sonstige Störungen der Sexualpräferenz" – aufgeführt.[39] Dazu zählen auch obszöne Telefonanrufe, das Pressen des eigenen Körpers an andere Menschen in Menschenansammlungen (Frotteurismus), sexuelle Handlungen an Tieren (Sodomie) und Strangulation zur Steigerung der sexuellen Erregung.

---

[38] www.de.wikipedia.org Stand vom 15.12.18
[39] ICD-10, Verlag Hans Huber, F65.8, Seite 267 ff.

Kapitel 20: Ted Bundy[40]

Ich bin nun schon seit Anfang Dezember 1988 in den USA. Immer wieder habe ich im „Florida State Prison" angerufen. Der Gefängnisdirektor Bob Smith klingt schon genervt. „Nein, Ted Bundy will nicht mit Ihnen reden," lautet die stereotype Antwort. Doch ich gebe nicht auf. Ich will Bundy unbedingt treffen. Dann, es ist Ende Dezember 1988, kommt endlich die ersehnte Antwort: „Sie können kommen, Bundy will Sie sehen."

Ich werde nie erfahren, warum Bundy plötzlich seine Meinung änderte. Ich habe mich nur wenige Straßen entfernt vom „Florida State Prison" in einer kleinen Pension eingemietet. Nun stehe ich vor dem Gefängnis. Es ist ein riesiger Komplex, der schon bessere Tage gesehen hat. Graue, grob gehauene Steine, ein Innenhof mit zwei Basketball-Körben und eine hohe Mauer, die eine Flucht verhindern soll. Ich betätige die Klingel, und eine Stimme aus einem kleinen Lautsprecher fragt nach meiner Identität und dem Grund meines Kommens. Nachdem ich geantwortet habe, öffnet sich die schwere Eisentür und ich betrete den Innenhof. Mit raschen Schritten überquere ich ihn und sehe einen Wärter in einem Häuschen. Nun werde ich durchsucht und muss alles abgeben: Meine Uhr, den Gürtel und mein Handy. Lediglich das Diktiergerät darf ich behalten. Ein Wärter begleitet mich durch die Flure, bevor wir in einen großen Raum kommen. Ich sehe zwei lange Tischreihen mit einer Glaswand, die bis zur Decke reicht. Ich nehme auf einem der harten Holzstühle Platz und warte. Die Wartezeit kommt mir wie eine Ewigkeit vor, dann endlich öffnet sich eine Tür und ein Wärter bringt Ted Bundy herein. Er hat ein warmes Lächeln und trägt einen gepflegten Bart. Die Haare akkurat gekämmt, trägt er unter der Sträflingskleidung einen braunen Kaschmirpullover. Ich bin fasziniert. Bundy ist der Inbegriff „Schwiegersohn". Er setzt sich und der Wärter öffnet die Handschellen, damit er den Telefonhörer in die Hand nehmen kann. Ich stelle mich vor und bitte ihn, mit dem Erzählen zu beginnen.

„Geboren wurde ich am 24. November 1946 in Burlington, Vermont als Theodore Robert Cowell. Meine Mutter hat mich in einem Heim für unverheiratete Mütter zur Welt gebracht. Zu der damaligen Zeit war das noch ein großer Makel. Meinen Vater habe ich nie kennengelernt. Wir lebten vier Jahre lang bei meinen streng gläubigen Großeltern Samuel und Eleanor Cowell in Philadelphia. Sie gaben sich als meine Eltern aus und deshalb ging ich zunächst davon aus, dass meine Mutter in Wirklichkeit meine Schwester wäre. Mein Großvater war ein verbitterter Rassist. Wir hatten einen Hund, zwei Katzen und ein Pferd. Er schlug meine Großmutter und misshandelte die Tiere regelmäßig. Vielleicht fand ich ihn gerade deshalb so toll. Meine Mutter hat mir später erzählt, dass ich mit drei Jahren zum ersten Mal auffällig wurde, als ich meiner schlafenden, fünfzehn Jahre alten Tante mehrere Fleischermesser ins Bett legte und mir dann einen grinste, als sie erschrocken aufwachte."

Bundy macht eine Pause. Er bittet den Wärter, der an der hinteren Wand steht, um ein Glas Wasser. Ich sitze wie elektrisiert auf meinem Stuhl. Unterschiedliche Gefühle und Gedanken kämpfen in mir einen ständigen Kampf. Er soll das Monster sein, das – ja, und hier stocken meine Gedanken – dreißig Frauen oder mehr bestialisch ermordet hat? Er ist redegewandt, freundlich und offen. „Smart", wäre wohl das richtige Wort. Ich kann mir vorstellen, dass die Frauen quasi auf ihn „geflogen" sind. Bundy nimmt einen Schluck Wasser und seine Gedanken gehen wieder zurück in die Kindheit.

---

[40] Die geschichtlichen Details wurden von folgender Homepage entnommen: https://wikiedia.org/wiki/Ted_Bundy Stand 19.12.18

„1950 zog meine Mutter mit mir zu Verwandten nach Tacoma, das liegt im US-Bundesstaat Washington. Dort lernte sie meinen Stiefvater John Bundy kennen, und im Mai des Jahres 1951 heirateten sie. Obwohl John Bundy mich adoptiert hat, lehnte ich es ab, ihn Vater zu nennen. Sie hatten vier gemeinsame Kinder, mit denen ich mich ebenfalls nicht verstand. Ich war ein guter Schüler, galt bei meinen Klassenkameraden aber als Einzelgänger. Mit Mädchen hatte ich nur wenig Kontakt und meine erste Freundin verließ mich nach kurzer Zeit. Sie meinte, ich sei noch nicht reif für eine Beziehung. Nach der Highschool begann ich mehrere Studiengänge, die ich allesamt abgebrochen habe."

„Schluss jetzt, die Zeit ist um", meint der Wärter. Also mache ich mich auf den Rückweg in meine Pension.

An diesem Abend kann ich nicht einschlafen. Immer wieder gehe ich in Gedanken seine Aussagen durch. Um 3 Uhr schaue ich ein letztes Mal auf die Uhr, bevor mich ein unruhiger Schlaf übermannt.

Nach dem Frühstück rufe ich mir ein Taxi, das mich zur örtlichen Bibliothek fährt. Es ist 9 Uhr und die Bibliothek hat gerade geöffnet. Eine ältere Frau sitzt am Tresen und ich erkundige mich, wo ich die Jahrbücher der Highschool finde. Sie beschreibt mir den Weg in einen der vielen Gänge. Ich habe aus alten Zeitungen erfahren, dass Bundy im Herbst 1969 nach Washington zurückgekehrt ist und sich an der dortigen Universität im Fach Psychologie eingeschrieben hat. Dort lernte er auch seine Freundin Elizabeth Kloepfer kennen. Ich suche die Jahrbücher des Jahres 1969 heraus und beginne im Monat August mit meiner Suche. Dann, im Monat Oktober, werde ich fündig: Ich entdecke eine Fotografie, auf der Ted Bundy zu sehen ist. Und direkt neben ihm eine junge, sehr hübsche Frau. Sie hat langes, braunes Haar, das in der Mitte gescheitelt ist. „Das muss sie sein", murmle ich. Als ich mir die Bildunterschrift anschaue, sehe ich tatsächlich ihren Namen. An diesem Tag ahne ich noch nicht, welche Bedeutung diese Entdeckung für die weitere Entwicklung der Geschichte haben wird.

Um 14 Uhr betrete ich wieder den Besucherraum des Gefängnisses. Diesmal wartet Bundy bereits auf mich. Was er mir dann erzählt, werde ich nie mehr vergessen: „Während meines Psychologie-Studiums arbeitete ich halbtags bei einer Suizid-Hotline. Außerdem engagierte ich mich für die Wiederwahl des republikanischen Politikers Daniel J. Evans zum Gouverneur von Washington und wirkte als Mitglied der Kriminalkommission von Seattle an einem Gesetzentwurf zum Verbot von Trampen mit."

Er stockt und schaut mir in die Augen. Es läuft mir heiß und kalt über den Rücken. Schweißperlen stehen auf meiner Stirn und ich schließe für einen Augenblick meine Augen. Dann stehe ich auf und gehe ziellos durch den Raum. Der Wärter runzelt die Stirn und fragt mich, ob alles in Ordnung sei mit mir. Nein, nichts ist in Ordnung. Wirklich gar nichts.

Ich setze mich wieder und schlage mit der Faust mit voller Wucht auf eine Tischplatte. Ich habe das Gefühl, dass ich mir die Hand gebrochen habe. Ich bitte um eine Pause. So schnell ich kann, renne ich nach draußen. Gierig atme ich die frische Luft ein und gehe ein Stück, um mich zu beruhigen. Es dauert noch eine ganze Weile, bis ich wieder in der Lage bin, an meinen Platz zurückzukehren. Bundy sitzt noch immer wie paralysiert auf seinem Platz. Ich schaue auf meine Uhr. Diese Aktion hat mich dreißig Minuten meiner kostbaren Besuchszeit gekostet. Ich muss mich besser unter Kontrolle haben.

Als ich wieder auf meinem Stuhl sitze, beginnt Bundy mit der Schilderung der weiteren Geschehnisse: „Nachdem ich meinen Führerschein gemacht hatte, habe ich mir einen hellblauen VW Käfer gekauft. Den Beifahrersitz habe ich abmontiert und eine Strategie geplant, wie ich junge Frauen ansprechen könnte. Ich bandagierte meinen rechten Arm und ging auf die Frauen zu, um sie zu fragen, ob sie mir helfen könnten, einen Gegenstand in meinen VW Käfer zu bringen. Die haben zunächst überhaupt nicht gemerkt, dass ich gar nicht verletzt war. Allerdings waren auch Frauen dabei, die bemerkten, dass der Beifahrersitz abmontiert war und die dann das Weite suchten."

Ich frage ihn, ob er sich noch an sein erstes Opfer erinnert.

„Ja, ich glaube, das war im Mai 1973 in Olympia. Dort habe ich eine Anhalterin mitgenommen und bin dann in ein verlassenes Waldstück gefahren. Im Handschuhfach lag ein Brecheisen. Damit habe ich ihr von hinten mit voller Wucht einen Schlag gegen den Kopf verpasst. Sie war sofort tot." Er schweigt, und ich erinnere mich an einen Zeitungsausschnitt, den ich studiert habe. Darin wurde berichtet, dass eine Obduktion ergeben hat, dass die junge Frau post mortem missbraucht worden war. In ihrem Mund wurde Sperma gefunden. Die Forensik war allerdings noch nicht so weit, und eine DANN Untersuchung gab es leider nicht.

Nach einer Weile ergreift Bundy erneut das Wort: „Ich erinnere mich an das Jahr 1974. Ich hatte bereits seit Tagen ein Studentenwohnheim in Seattle beobachtet. Mir fiel eine junge Frau auf, die ebenfalls lange braune Haare mit einem Mittelscheitel trug. Am 31. Januar bin ich dann in das Wohnheim eingedrungen und habe sie entführt. Ich fuhr mit ihr zum Taylor Mountain, wo ich sie tötete und anschließend vergewaltigte."

„Ist Ihnen das Töten leichtgefallen?" Ich muss das einfach fragen.

„Beim ersten Mord nein, danach war es wie eine Sucht. Ich brauchte regelmäßig diesen Kick. Ich bin dann auch des Öfteren an den Schauplatz der Tat zurückgekehrt. Das gab mir wieder Kraft für die nächste. Irgendwann im März des Jahres 1974 entführte ich eine Neunzehnjährige, die auf dem Weg zu einem Konzert war. Ich hatte meine Methode gefunden. Ich lockte die jungen Frauen mit meinem verbundenen Arm an, bat sie um Hilfe, und wenn sie erstmal im Käfer waren, konnte ich ihnen meist Handschellen anlegen. Dann lief alles wie von selbst."

Damit geht meine Besuchszeit an diesem Tag zu Ende. Mein Weg führt mich wieder in die Bibliothek und ich suche die Zeitungsartikel aus dem Jahre 1974. Aufgeregt blättere ich durch die Seiten der Lokalpresse, bis ich einen Artikel vom 19. April finde. Dort wird berichtet: „Am 17. April 1974 verschwand die 18 Jahre alte Susan Rancourt auf dem Weg zu einer Filmvorführung in Ellensburg. Der Sheriff nahm unverzüglich die Ermittlungen auf." Neben dieser Notiz sehe ich ein Foto der Vermissten. Es zeigt Susan mit langen braunen Haaren, und sie trägt einen Mittelscheitel.

An diesem Abend, es ist schon spät, telefoniere ich mit dem örtlichen Sheriff. Er erinnert sich, dass er einige Tage nach dem Verschwinden von Susan einen Anruf von einer Zeugin erhielt, der ein Mann mit einem verbundenen Arm vor der Bibliothek aufgefallen war, als er eine junge Frau bat, ihm doch die Bücher zu seinem Wagen zu tragen. „Das tat sie dann auch. Als der Mann ihr jedoch barsch den Befehl gab, einzusteigen, bemerkte sie den fehlenden Beifahrersitz. Sie konnte fliehen."

Ich frage ihn, ob ihm noch weitere Fälle von verschwundenen Frauen bekannt sind.

Er überlegt eine Weile, dann antwortet er: „Am 6. Mai 1974 verschwand die 22-jährige Roberta Parks. Sie kam von einem Spaziergang nicht zurück. Am 1. Juni 1974 kehrte Brenda Ball nach einem Kneipenbesuch nicht nach Hause zurück. Zehn Tage später verlor sich die Spur von Georgann Hawkins auf dem Weg vom Haus eines Freundes zu ihrer Studentenverbindung."

Ich frage ihn, ob man den Zusammenhang zwischen den Taten nicht erkannt habe.

„Zunächst nicht. Doch dann meldeten sich Zeugen, die in der Umgebung von Hawkins einen Mann beobachtet hatten, der auf Krücken ging. Die Beschreibung passte genau auf Bundy, zumal diese Zeugen auch den VW Käfer beschreiben konnten. Wir gingen jedoch noch nicht von einem Massenmörder aus."

Ich bedanke mich für das Gespräch und lege auf. Verzweifelt ringe ich darum, die Taten zu verstehen. Doch es gelingt mir nicht. Die maskierte Fratze des Bösen übersteigt meinen Verstand.

Am nächsten Morgen reizt mich auch das gute amerikanische Frühstück nicht. In meinem Zimmer muss ich mich mehrmals übergeben. Und doch zieht Bundy mich magisch an. Als ich im Besucherraum angekommen bin, erzählt Bundy vom 14. Juli 1974: „Ich hatte mir den Lake Sammamish in King County ausgesucht. Es war ein herrlicher Sommertag. Schüler und Studenten hatten Ferien, und so waren an diesem Tag etwa 40.000 Menschen am See. Sie lagen auf der Wiese und sonnten sich, andere schwammen im See oder fuhren Wasserski. Es war eine friedliche Atmosphäre, quasi ein Idyll. Ich hatte wieder meine Armschlinge angelegt und sprach einige junge Frauen an, wobei ich mich als Ted vorstellte. Ich fragte sie, ob sie mir beim Beladen meines VW Käfer helfen wollten. Diesmal gelang es mir sogar, zwei Frauen zu überreden. Mein Pech war, dass sich eine Zeugin meldete, die mich zusammen mit einer der beiden Frauen gesehen hatte. Sie konnte mich und den VW Käfer beschreiben, und so hatte die Polizei etwas Konkretes in der Hand. Sie leitete sofort die Fahndung ein. Später habe ich erfahren, dass tausende Hinweise bei den Behörden eingingen. Offenbar kamen sie trotzdem noch nicht auf meine Person."

Ich kann es nicht fassen. Waren diese „Fachleute" denn wirklich blind? Der Austausch von Daten der unterschiedlichen Polizeidirektionen steckte damals noch in den Kinderschuhen. Aber trotzdem: Als ich an diesem Abend wieder mit dem Sheriff telefoniere, erzählt er mir, dass die Behörden auf Gemeinsamkeiten aufmerksam geworden waren: „Die Armschlinge, die langen braunen Haare mit Mittelscheitel der Frauen, der VW Käfer, bei dem der Beifahrersitz abmontiert war, der Name ‚Ted' und die monatlichen Abstände der Taten. Dann, Anfang September 1974, gab es die ersten Leichenfunde. Anhand der Knochenfunde konnten wir zunächst sechs Frauenleichen identifizieren."

Am nächsten Tag habe ich einfach nicht die Kraft, Bundy zu besuchen. Stattdessen gehe ich wieder in die mir nun schon bekannte Bibliothek. Etwas ziellos blättere ich die Zeitungen durch und finde keine weiteren Meldungen über verschwundene Frauen im Raum Washington. Sollte die Serie der Frauenmorde hier wirklich zu Ende sein? Eigentlich kann ich mir das nicht vorstellen. Dann fällt mir eine Meldung vom 4. Oktober 1974 auf: „Am 2. Oktober 1974 verschwand die 16-jährige Schülerin Nancy Wilcox. Sie wurde zuletzt in einem vorbeifahrenden VW Käfer gesehen. Die Ermittlungen hat Polizeichef Bob Smith übernommen."

In den nächsten Tagen versuche ich immer wieder Bob Smith zu erreichen, was mir leider nicht gelingt. Meine Zeit in den USA wird langsam knapp. Dann, einige Tage später, erwische ich ihn endlich. Als ich ihn auf Nancy Wilcox anspreche, herrscht zuerst eine gespannte Stille. Dann sagt er mit leiser Stimme: „Meine Tochter Melissa ist ebenfalls verschwunden. Ich habe ihr ausdrücklich verboten, per Anhalter zu fahren. Anscheinend hat sie es trotzdem gemacht. Sie wurde von mehreren Zeugen gesehen. Sie ist doch erst siebzehn Jahre alt!" Smith ist ein gebrochener Mann. Ich bin geschockt. Doch das Schlimmste soll noch kommen: Einige Tage später rufe ich ihn wieder an, um ihn zu fragen, wie die Geschichte weiterging. Er weint, und als er sich ein wenig beruhigt hat, sagt er: „Meine Tochter wurde einige Tage später nackt in einer Schlucht gefunden. Ihr Schädel war gebrochen, außerdem hatte sie einen großen Blutverlust erlitten. Bei der Autopsie wurde festgestellt, dass sie auch vergewaltigt wurde. Damals habe ich mir geschworen, dieses Monster zu fassen."

Am nächsten Tag besuche ich Bundy erneut. Er erzählt, dass er an Halloween 1974 die siebzehnjährige Laura Aime nach einer Party entführt und getötet hat. Die Leiche wurde am 27. November 1974 in einem Gebirge nahe Salt Lake City gefunden. „Dann überlegte ich mir, auf welche Art und Weise ich Frauen noch ansprechen könnte, ohne dass sie Verdacht schöpfen. Ich habe mir eine Polizeimarke besorgt und dann eine etwa neunzehn Jahre alte Frau in einem Einkaufszentrum in Murray angesprochen. Ich gab mich als ‚Officer Roseland' von der örtlichen Polizei aus und sagte ihr, dass ihr Auto aufgebrochen worden sei. Ich sagte zu ihr: ‚Bitte kommen Sie mit auf die Wache, damit wir die Angelegenheit klären können.' Daraufhin stieg sie in meinen VW Käfer. Als wir unterwegs waren, habe ich versucht, sie mit Handschellen zu fesseln, und bedrohte sie mit meinem schweren Brecheisen. Doch irgendwie gelang es ihr zu fliehen.

Ich hatte in der Zeitung gelesen, dass an diesem Tag eine Theateraufführung an der Viewmont Highschool in Bountiful stattfand. Ich nahm an, dass dort das Angebot an jungen Frauen bestimmt groß wäre. Bevor die Aufführung begann, fiel mir plötzlich eine hübsche junge Frau auf, die in mein Beuteschema passte. Ich setzte mich in die Reihe hinter ihr. Ein Problem war, dass sie die Aufführung offenbar mit ihren Eltern besuchte. Trotzdem gelang es mir, sie in einem unbeobachteten Moment anzusprechen. Ich trug wieder meine Armschlinge und bat sie, mir doch in der Pause beim Umladen von Einkäufen in meinem Wagen zu helfen. Der Trick gelang und ich konnte meine Lust befriedigen. Der Boden wurde mir jedoch zu heiß. Deshalb habe ich meinen Wirkungskreis nach Colorado verlegt."

Ich habe bei meinen Recherchen im Vorfeld des Interviews erfahren, dass die Krankenschwester Caryn Campbell mit ihrem Freund zum Skifahren im Raum Aspen gefahren war. Sie war am 12. Januar 1975 auf dem Weg in ihr Hotel verschwunden. Ihre gefrorene Leiche wurde irgendwann im März 1975 an einem Feldweg in der Nähe von Snowmass gefunden. Die Gerichtsmedizinerin stellte ein tödliches Schädel-Hirn-Trauma fest, welches durch stumpfe Gewalteinwirkung hervorgerufen worden war. Eine Vergewaltigung konnte nicht bewiesen werden. Am 15. März bzw. 6. April 1975 wurden die Skilehrerin Julie Cunningham und die 25 Jahre alte Denise Oliverson als vermisst gemeldet.

Als ich Bundy wieder gegenübersitze, geht es zum ersten Mal um seine Verhaftungen. Er erzählt: „Ich glaube, es muss im August 1975 gewesen sein, als ich zum ersten Mal – durch einen Zufall – verhaftet wurde. Ich war so blöd, zu schnell zu fahren. Außerdem hatte ich mehrere Stoppschilder überfahren. Ja, dann wurde ich angehalten und kontrolliert. Den Beamten fiel der ausgebaute Beifahrersitz auf, den ich auf der Rückbank deponiert hatte. Und sie fanden eine Brechstange, einen Eispickel, Handschellen und eine Strumpfmaske. Irgendwie kam den Ermittlern die Idee, ich könnte Carol DaRonch entführt haben. Und tatsächlich erkannte sie mich bei einer Gegenüberstellung wieder. Ich könnte mich heute noch dafür ohrfeigen, dass ihr damals die Flucht gelang. Auf jeden Fall wurde ich wegen Entführung und versuchten Mordes angeklagt, und da ich einige Semester Recht studiert hatte, habe ich mich selbst vertreten. Die Kaution wurde auf 100.000 US-Dollar festgelegt und ich verbrachte sieben Wochen im Gefängnis, bis die Kaution auf 15.000 US-Dollar herabgesetzt wurde. Meine Eltern konnten diese dann zum Glück stellen. Im darauffolgenden Prozess erfolgte ein Schuldspruch. Ich wurde zu einer Gefängnisstrafe von einem bis zu fünfzehn Jahren verurteilt, die erste Bewährungsanhörung sollte nach weniger als drei Jahren erfolgen.

Während ich meine Strafe absaß, sammelten die Ermittler Beweise für meinen Mord an Caryn Campbell in Colorado. In meiner Wohnung fanden die Beamten ein Prospekt des ‚Wildwood Inn', in den sie sich eingemietet hatte. Meine Kreditkartenabrechnung zeigte, dass ich am Tag ihres Verschwindens nur vierzig Kilometer von ihrem Aufenthaltsort entfernt getankt hatte. Der entscheidende Hinweis ergab sich, als sie im Auto ein Haar fanden, das zu Campbell passte. So kam es, dass ich wegen des Mordes an Campbell angeklagt wurde. Ich bestand darauf, mich wieder selbst zu verteidigen. Der Vorteil war, dass mir in einer Verhandlungspause Hand- und Fußfesseln abgenommen wurden, damit ich die juristische Bibliothek im Gerichtsgebäude besuchen konnte. In einem unbeobachteten Moment sprang ich aus einem Fenster im ersten Stock und konnte fliehen. Ich hielt mich eine Woche lang in den Bergen auf, bis ich dann mit einem geklauten Auto in eine Polizeikontrolle geriet und wieder festgenommen wurde."

Ich kann es nicht glauben, und doch ist seine Geschichte noch nicht zu Ende.

„Im Dezember des Jahres 1977 gelang mir wieder die Flucht, dieses Mal aus dem Gefängnis in Glenwood Springs." Den Rest kenne ich aus der Presse. Bundy hatte das Verbindungshaus der Soroity Chi Omega überfallen. Chi Omega ist eine internationale Soroity-Studentenverbindung und die größte weibliche Studentenverbindung weltweit. Es gab mindestens drei weitere Morde, und er konnte am 15. Februar 1978 erneut verhaftet werden. Anhand von Bisswunden am Körper der Opfer konnte er überführt werden. Bei der Gerichtsverhandlung ließ er sich nun doch von Anwälten vertreten. Er wurde zum Tod auf dem elektrischen Stuhl verurteilt. In einem zweiten Verfahren wurde er abermals zum Tod auf dem elektrischen Stuhl verurteilt. Während dieses Verfahren lief, heiratete er die Verwaltungsangestellte Carole Ann Boone. Sie blieben acht Jahre verheiratet und er zeugte in dieser Zeit eine Tochter.

Die Hinrichtung wird auf den 24. Januar 1989 datiert. Am Tag vor seiner Hinrichtung wird er noch einmal durch Polizisten der betroffenen Bundesstaaten vernommen und gesteht zahlreiche Morde. Er gibt dem Psychologen James Dobson ein Fernsehinterview. Um 7:16 Uhr wird er auf dem elektrischen Stuhl hingerichtet. Eine halbe Stunde später verlässt ein Leichenwagen das Gefängnis in Richtung Krematorium. Dem Fahrzeug folgt eine schreiende Menge.

Nachwort:

Die genaue Zahl seiner Opfer ist nicht bekannt. Offiziell gestand Bundy dreißig Morde. In Wirklichkeit hat er wohl zwischen 60 und 100 junge Frauen getötet. Damit ist er einer der größten Serienmörder in der Geschichte der USA.

Kapitel 21: Ungeklärte Verbrechen

Das traurige Schicksal der jungen Mutter Cindy Koch aus Oberhausen[41]
Wir schreiben den 9. August 1997. Es war ein wunderschöner Sommertag, und auch abends war es noch warm. Cindy ließ ihren kleinen Sohn bei ihrer Mutter und versprach, ihn am nächsten Tag um die Mittagszeit wieder abzuholen. Sie grillte mit ihren Eltern und fuhr dann mit ihrer Freundin zum Centro. Das Centro ist ein riesiges Einkaufsparadies mit vielen kleinen und großen Geschäften. Die beiden wollten in die Disco „Fun" und ins „Lollypop", anschließend sollte sie ihr Weg in die „Turbinenhalle" führen. Tanzen, Quatschen und Spaßhaben war angesagt. Sie fuhren mit Cindys schwarzem Renault R5 mit dem Kennzeichen OB-EL 832. Cindy fuhr immer gerne selbst. So auch dieses Mal. Bevor sie ihre Freundin nach Hause brachte, gönnten sich beide noch einen Burger bei McDonalds.

Cindy hatte eine Wohnung direkt über der ihrer Mutter. „Ich konnte in dieser Nacht nicht gut schlafen. Irgendwie war ich unruhig und lauschte, wenn ich wach wurde, ob ich Cindy heimkommen hörte. Es muss so gegen 3:40 Uhr gewesen sein. Im Halbschlaf schaute ich auf meinen Wecker. Ich war froh, als ich sie hörte. Dann weiß ich noch, wie ich sie wenig später wieder hörte, weil sie erneut das Haus verließ", sagte ihre Mutter später aus. Cindy hatte sich wohl noch einmal umgezogen und trug dann eine Lederhose, einen weißen, ärmellosen Pullover und Biker-Boots.

Auch das ist bisher ein ungeklärtes Rätsel: Warum zog sich Cindy noch einmal um? In einer Befragung ihrer Freundin sagte diese: „Nein, davon wusste ich nichts. Cindy hat mir das nicht gesagt, und auch nicht, dass sie sich noch einmal umzieht. Ich kann mir das nicht erklären."

„Ich habe sie dann ungefähr zehn Minuten später gehört, wie sie das Haus noch einmal verlassen hat", sagte ihre Mutter.

Die Polizei vermutete später, dass Cindy wahrscheinlich einen Mann kennengelernt hat, den sie beeindrucken wollte. Zu dieser Zeit befanden sich noch etwa 2500 Besucher in der Disco. Aber keiner konnte sich später daran erinnern, Cindy gesehen zu haben. Gegen 7 Uhr morgens an diesem Sonntag hörte ihre Mutter das Auto von Cindy. Sie war gerade aufgestanden und versuchte, einen Blick nach draußen zu werfen.

„Ich habe mich sehr gewundert, weil Cindy auf der Beifahrerseite ausstieg. Dann dachte ich mir doch nichts dabei, auch wenn sie ja sonst großen Wert daraufgelegt, selbst zu fahren. Leider konnte ich sonst nichts erkennen. Ich hörte Cindy sprechen, und dabei lachte sie. Dann hörte ich schwere Schritte im Flur. Ich habe durch den Spion in der Tür geschaut, aber auch da konnte ich nichts erkennen. Als Cindy nicht zur vereinbarten Zeit auftauchte, entschloss ich mich, in ihre Wohnung zu gehen. Dort habe ich sie dann erstochen auf ihrem Bett gefunden."

Die Forensik ergab später, dass Cindy bis zu Bewusstlosigkeit gewürgt worden war, bevor der Mörder sie mit mehreren Messerstichen tötete. „Wir fanden auch Blutspuren einer unbekannten Person. Daraus konnten wir schließen, dass der Täter ebenfalls verletzt war." Doch alle Ermittlungen liefen ins Leere. Die damaligen Ermittler sind inzwischen in Rente und die Ermittlungen wurden eingestellt. Irgendwo läuft der Mörder von Cindy Koch frei herum. Die Polizei hofft, dass es doch Personen gibt, die damals etwas bemerkt haben und jetzt ihr Schweigen brechen.

---

[41] www.derwesten.de Stand 22.12.2018

Tanja Gräff

Wenn ich hier Tanjas Geschichte dokumentiere, fragen Sie sich wahrscheinlich, warum ich sie unter der Überschrift „Ungeklärte Verbrechen" einordne. Um dies zu verstehen, erzähle ich ihre Geschichte vom Ergebnis her, sozusagen „von hinten nach vorne". Für die Mutter, einen ehemaligen Ermittler, ihren Rechtsanwalt und auch für mich sind bis heute einige Fragen noch ungeklärt. Doch nun wie beschrieben der Reihe nach:

Im Juni 2017 stellt die Staatsanwaltschaft Trier die Ermittlungen im Fall Tanja Gräff ein. Sie geht davon aus, dass Tanja sehr wahrscheinlich Opfer eines Unfalls war. Oberstaatsanwalt Peter Fritzen erklärt, dass keine belastbaren Hinweise darauf gefunden werden konnten, dass Tanja durch eine Straftat ums Leben kam. Der Rechtsmediziner stellt fest, dass sich Tanja bei ihrem Sturz aus fünfzig Metern Höhe ihre tödlichen Verletzungen zuzog.

Die Frage ist: War es wirklich ein Unfall oder wurde Tanja vielleicht gestoßen? Der Anwalt von Frau Gräff, Detlef Böhm, kritisierte die Einstellung des Verfahrens. Er bedaure diese Entscheidung und könne sie nicht nachvollziehen. Es seien immer noch Fragen offen und es gebe noch Hinweise, die bisher nicht verfolgt wurden. Er hält es nach wie vor für möglich, dass Tanja durch ein Verbrechen ums Leben kam.

Mai 2015

Es ist ein hässlicher, grauer Wohnblock unterhalb eines Felsens. Oben ist die Böschung nur durch ein einfaches Geländer gesichert. Hier finden in diesen Wochen Rodungsarbeiten durch Waldarbeiter statt. Einer der Arbeiter findet einen Schädel und Knochen, sowie Kleidungsstücke und ein Handy. Schließlich ergeben die Untersuchungen, dass es sich eindeutig um Tanja Gräff handelt.

Die Frage ist: Warum wurde die Leiche erst acht Jahre nach den Vorkommnissen nur wenige hundert Meter von der Fachhochschule entfernt gefunden, in der sie zuletzt gesehen worden war? Auf jeden Fall stellte sich auch für Detlef Böhm die Frage, wie genau die Behörden damals wirklich gesucht haben. Klar, es handelt sich um nur schwer zugängliches Gelände. Und die Polizei hatte die Felswand gescannt, ebenfalls ohne Erfolg. Dann schafften die Behörden verschiedene Puppen heran, mit denen man den Sturz simulierte.

Ein Zeuge hatte ausgesagt, in dieser Nacht die Schreie einer Frau gehört zu haben. Sie seien von der gegenüberliegenden Seite erfolgt. „Lass mich in Ruhe, ich will nur noch nach Hause", soll sie geschrien haben. Auch hier unternahm die Polizei Versuche, zu eruieren, ob es möglich sei, Schreie über diese Distanz hinweg überhaupt wahrzunehmen. Sie behauptete später, dies sei überhaupt nicht möglich gewesen. Der Zeuge blieb allerdings bei seiner Aussage.

Frage: Wer hat in der Nacht vielleicht ebenfalls Schreie einer jungen Frau gehört und bisher geschwiegen?

Ende des Jahres 2014 erhebt Waltraud Gräff, die Mutter von Tanja, schwere Vorwürfe gegen die Polizei. Tanja hatte Kontakt zur „Death-Metal"-Szene geknüpft und einer der Gitarristen einer solchen Band wurde ihr Freund. Frau Gräff bemängelt, dieses Umfeld sei überhaupt nicht untersucht worden.

Der inzwischen pensionierte Polizist Günter Deschunty berichtete, er habe im Jahr 2011 eine Person ermittelt, bei der es sich um einen wichtigen Zeugen handeln könnte.

Ein Leserbrief von Günter Deschunty erschien am 27. Januar 2015 in der Zeitung „Volksfreund". Ich zitiere diesen Brief in Ausschnitten:[42]

Als pensionierter Kriminalbeamter des Polizeipräsidiums Trier und ehemaliges Mitglied in der „Soko FH Tanja Gräff" widerspreche ich dem Leiter der Staatsanwaltschaft Herrn Fritzen, und seinem Vorgänger Dr. Brauer ganz entschieden, wenn sie behaupten, „man hätte nichts unversucht gelassen, den Fall zu klären", und man habe in der Spur „Spitzbart" eingehende Ermittlungen geführt, die keine konkreten Ermittlungsansätze gebracht hätten. Damit wird der Öffentlichkeit suggeriert, dass die Kritik von Waltraud Gräff und Rechtsanwalt Böhm „völlig aus der Luft" gegriffen ist, auf emotionalen Gründen beruht und sich nicht an realen Fakten orientiert. Dies ist falsch. Es gab und gibt noch immer eine Vielzahl ungeklärter Sachverhalte zu dieser Spur... Die Staatsanwaltschaft ist nach der Strafprozessordnung bei einem Anfangsverdacht einer Straftat verpflichtet, Ermittlungen einzuleiten. Sie sieht aber keine erfolgversprechenden Ansatzpunkte mehr für Ermittlungen zur Spur „Spitzbart". Herr Böhm und ich beurteilen dies anders. Wir glauben, dass dieser Mann („Spitzbart") Bindeglied zu dem „Unbekannten" sein könnte, dafür gibt es viele Indizien. Der „Unbekannte", er soll gegen 3.50 Uhr zu dem letzten Begleiter von Tanja aggressiv gesagt haben, „he, lass Tanja in Ruhe", wurde von den Soko/EK- Leitern von Anfang an über die Medien aufgefordert, sich zu melden. ... Die Wichtigkeit seiner Identifizierung – als Zeuge, möglicherweise sogar als Täter – wurde immer hervorgehoben. Bis heute ist er nicht ermittelt, ein Phantombild gibt es nicht. Ein solches existiert allerdings seit 2007 von dem „Spitzbart".[43] Dieses sei angeblich veröffentlicht worden. Das trifft nicht zu. Ich habe 2011 (!) bei internen Recherchen einen Mann festgestellt, bei dem es sich um den gesuchten „Spitzbart" handeln könnte. Ich teilte dies dem Leiter der Ermittlungen mit. Daraufhin wurde eine Person festgestellt, über die ich hier aus Gründen der Verschwiegenheitspflicht und der Wahrung der Persönlichkeitsrechte keine Angaben machen kann. Die nachfolgenden Ermittlungen waren völlig unzureichend... 2012 ging ich in Pension. 2013 hat Rechtsanwalt Böhm durch Akteneinsicht festgestellt, dass immer noch nicht alle Ansatzpunkte in dieser Spur abschließend ermittelt wurden... Darüber wurde bei Ministerpräsidentin Malu Dreyer Beschwerde geführt. Sie sagte Frau Gräff persönlich zu, keine Wochen auf Antwort warten zu müssen. Erst zehn Monate (!) später und nach mehreren Anfragen kam die Mitteilung, dass Dr. Brauer und der Justizminister keine weiteren Ermittlungen für nötig erachteten. Seit nunmehr vier Jahren (!) verzögern und blockieren eine Handvoll Verantwortliche wichtige Ermittlungen in dieser Spur. Ist man sich klar, was man Frau Gräff antut? Sie betont, dass sie kein Mitleid will, sondern Gerechtigkeit, konkret: Die Ermittlungen müssen weitergeführt werden. **Günter Deschunty, Trier**

Frage: Warum wurde das Phantombild von „Spitzbart" nie veröffentlicht? Die Staatsanwaltschaft behauptet, man hätte keine „falschen" Spuren legen wollen.

Der Unbekannte

Daraus ergibt sich die Frage: Wer war der Unbekannte, den mehrere Zeugen an diesem Abend mit Tanja gesehen hatten? Er wurde als 1,80 Meter großer Mann mit kurzen, dunklen Haaren beschrieben. Sie hatten den Eindruck, dass Tanja ihn kannte.

Die Drachenhausspur

---

[42] https://volksfreund.de/meinung/leserbriefe/kriminalitaet_aid-5887033
[43] Anmerkung: Das Phantombild zeigte ein Gesicht mit einem spitz zulaufenden Kinnbart. Deshalb bezeichneten die Polizisten den Unbekannten als „Spitzbart".

Zwei Zeugen begegneten um kurz nach fünf Uhr am sogenannten „Drachenhaus" einem Paar, das sich stritt. Der Mann soll die Frau „Tanja" gerufen haben. Die Beschreibung der Zeugen passte zu Tanja und dem Unbekannten. Diese Spur ist deshalb interessant, weil das „Drachenhaus" auf dem Weg liegt, der von der Hochschule hin zum späteren Fundort führt.

Kabinenbahnspur

Ein junger Mann hatte an der Mosel in der Nacht von Tanjas Verschwinden gegen halb fünf Uhr Frauenschreie gehört. Böhm hielt es für möglich, dass Tanja an der Kabinenbahn angegriffen wurde. Nachdem dann bekannt wurde, dass sie von dem roten Felsen stürzte, vermutete er, dass der Zeuge Schreie hörte, die vom Felsen aus über die Mosel schallten.

Tanja Gräff – Eine hübsche junge Frau verschwindet

Am 7. Juni 2007 fährt Tanjas Mutter sie zu einem großen Fest der Fachhochschule. 10.000 Gäste feiern in dieser Nacht ausgelassen bis in den Morgen. Tanja hat ihre braunen Haare hochgesteckt, die Augen sind leicht geschminkt und sie hat sich Mamas Parfum hinter dem Ohr verteilt. Sie freut sich auf die Feier und ist ganz gespannt, was die Nacht so bringt.

„Ich wünsche dir viel Spaß. Und pass auf dich auf", ruft ihre Mutter noch zum Abschied. Dann ist Tanja im Gewühl der Feiernden verschwunden. Ihre Mutter ahnt nicht, dass Tanja nur wenige Stunden später verschwindet.

Ein Freund sieht sie gegen Morgen an einem Bierwagen in der Nähe einer der Konzertbühnen, auf der eine Death-Metal-Band spielt. Um 4.13 Uhr telefoniert Tanja noch einmal mit einem Bekannten, danach verliert sich ihre Spur. Ihre Mutter weiß, dass Tanja immer zuverlässig ist und macht sich deshalb schon früh Sorgen, als Tanja nicht nach Hause kommt. Sie erinnert sich, mit welchem Freund sich Tanja auf dem Fest verabredet hatte und ruft ihn an.

„Ich habe sie seit vier Uhr morgens nicht mehr gesehen", antwortet der Freund.

Waltraud Gräff ist sofort wie elektrisiert. Ihr mütterlicher Instinkt sagt ihr, dass Tanja weg ist, dass sie verschleppt wurde und nicht wiederkommt.

Was nun folgt, ist eine in Rheinland-Pfalz beispiellose Suchaktion. Hundertschaften von Polizisten durchsuchen ganze Straßenzüge, Hubschrauber kreisen mit Wärmebild-Kameras über dem unwegsamen Gelände. Spürhunde und Taucher werden eingesetzt. Diese suchen in der nahen Mosel, in Baggerseen und Teichen. Immer wieder werden Zeugen befragt, Freunde, Bekannte und Kommilitonen. Tausende von Hinweisen werden von der SOKO bearbeitet, 6000 Fotos der Party werden gesichtet, alles ohne Erfolg. Der Leiter der Ermittlungskommission Christian Soulier, geht „definitiv von einem Kapitalverbrechen" aus.

Die Ermittlungen werden auf das nahe Ausland (Luxemburg) ausgeweitet. Der Fall wird in „Aktenzeichen XY ... ungelöst" gezeigt, Tanjas Freunde treten bei „Johannes B. Kerner" auf und die Eltern starten einen Aufruf bei RTL. Doch letztlich enden alle Hinweise in einer Sackgasse, auch, weil sich dringend gesuchte Zeugen nicht melden. Christian Jäger, der Tanja seit zwölf Jahren kennt, startet mit bis zu hundert Helfern eine private Suchaktion: Sie bauen Info-Stände, verteilen tausende Handzettel, kleben Plakate und machen mit der Website „Findet Tanja" bundesweit auf den Fall aufmerksam. Verschiedene Hypothesen werden gebildet und wieder verworfen. Niemand glaubt, dass Tanja „einfach so" verschwunden ist, weil sie vielleicht keine Lust mehr hatte auf die heile Welt an der Mosel. Gerade ihre Mutter hält das für sehr unwahrscheinlich.

Mit dem Verschwinden von Tanja bricht das Chaos in der Familie Gräff aus. Am Anfang meinen die Eltern, dass Tanja doch jeden Moment hereinkommen muss. Die Realität wird geleugnet. Aber dann, wenn die Wochen vergehen, wird das Leben zu einem Alptraum, aus dem es kein Erwachen gibt. Das Zimmer ist noch so, wie Tanja es verlassen hat, und wenn ihre Mutter das Bett mit Tanjas Lieblingsbettwäsche bezieht, meint sie noch, den Geruch von ihrer Tochter wahrzunehmen. Inzwischen hat sie keine Hoffnung mehr, und sie kann am besten mit der Situation umgehen, wenn sie das Verschwinden ihrer Tochter leugnet.

Die Ungewissheit ist am schlimmsten. Sie wünscht sich, endlich Gewissheit zu haben, auch wenn dies bedeutet, Tanjas Tod zu realisieren. Dann kann sie endlich abschließen und einen Ort für ihre Trauer finden. Ihre Gefühle fahren Achterbahn, ein normales Leben gerät zur Illusion. Der Vater sitzt auf der Terrasse und wünscht sich, Tanja käme wie immer fröhlich um die Hausecke, um ihn zu begrüßen. Der Verlust eines Kindes ist das Schlimmste, was Eltern widerfahren kann. Da gibt es nichts, was grausamer ist. Gleichzeitig entstehen massive Schuldgefühle, weil die Eltern sich wünschen, dass eine Todesnachricht ihrer Ungewissheit ein Ende setzt.

Eltern von vermissten Kindern haben keine Chance auf Heilung ihrer Wunden. Trauern kann heilend wirken, doch es gibt keinen Platz, wo sie ihrem Gefühl Ausdruck verleihen können. Und hinter der Trauer lauert die Wut. Die Wut, dass das Leben einem so etwas antut. Die Frage, wenn es denn einen Gott gibt, warum er dies dann zugelassen hat. Und wie die Eltern überhaupt weiterleben können.

Als die sterblichen Überreste von Tanja nach acht Jahren quälenden Wartens endlich gefunden werden, ist ihr Vater bereits seit zwei Jahren tot.

Wo ist Inga Gehricke?

Den 2. Mai 2015 wird Familie Gehricke nie vergessen. An diesem Tag haben die Eltern mit ihren vier Kindern einen Ausflug zum Wilhelmshof in der Nähe von Stendal geplant. Der Wilhelmshof ist eine Einrichtung der Diakonie für Suchtkranke und Behinderte. Dort treffen sie sich mit Freunden und verleben einen schönen Tag. Gegen 18 Uhr wollen die Familien zusammen grillen und stellen fest, dass sie nicht genügend Holz haben. Die Kinder fragen, ob sie im nahegelegenen Wald Stöcke sammeln dürfen.

„Ja, aber geht nicht so weit rein in den Wald, bleibt nur hier vorne und geht immer gemeinsam."

So gehen die Kinder in den Wald. Nach einiger Zeit kehren sie zur Feuerstelle zurück. Doch ein Kind fehlt: Inga Gehricke. Sofort fragen die Eltern, wo Inga abgeblieben ist.

Die Kinder antworten: „Eben war sie noch hinter uns. Wir sind auch nicht weit in den Wald gegangen."

Die Eltern und ihre Freunde gehen in den Wald und rufen nach Inga. Doch es kommt keine Antwort. Es scheint, als ob sie vom Erdboden verschluckt wäre. Es handelt sich um ein riesiges Waldstück, 4700 Hektar groß, ungefähr wie 6500 Fußballfelder. Die Eltern benachrichtigen die Polizei, und um 20:40 Uhr beginnt eine Suchaktion. Dabei wird auch ein Hubschrauber mit Wärmebildkamera eingesetzt. Doch es ist wie verhext: Inga bleibt verschwunden. Ganz Deutschland kennt inzwischen der Fotos von Inga: Zum Zeitpunkt ihres Verschwindens ist sie fünf Jahre alt und trägt ihre langen, blonden Haare als Zöpfe zusammengebunden. Im Oberkiefer fehlen zwei Zähne, dort hat sie eine süße Zahnlücke. „Aktenzeichen XY ... ungelöst" berichtet über den Fall, es wird eine Belohnung für Hinweise, die dazu führen, dass Inga aufgefunden wird, in Höhe von 25.000 € ausgesetzt.

Die Eltern gehen unterschiedlich mit dem Geschehen um. In der Zeitschrift „Stern" sprechen sie zum ersten Mal über ihre Hoffnung.[44]

Victoria Gehricke, die Mutter: *Mein Gefühl sagt mir, sie ist noch am Leben.*"

Der Vater, Jens-Uwe Gehricke, meint: *„Ich habe nichts gefunden, was für einen guten Ausgang sprechen könnte, so sehr ich mir den auch wünsche. Die Hoffnung, dass sie gefunden wird, habe ich auch immer noch. Aber die Hoffnung, dass sie lebend zurückkommt, geht bei mir gegen null."* Die Ermittler haben rund 2000 Spuren verfolgt, ohne den leisesten Anhaltspunkt, wo sie sich aufhalten könnte.

Im April 2017 geben die Eltern ihr erstes Interview, das der „Stern" dann am 26. April 2017 abdruckt.[45] *„Vielleicht gibt sich ja doch jemand einen Ruck und sagt, ich habe etwas gesehen. Vielleicht sogar jemand aus dem direkten Umfeld des Täters"*, meint der Vater. *„Den Gedanken, es könnte sie jemand entführt, sich an ihr vergangen haben"*, wollte Ingas Mutter nicht groß werden lassen. *„Ich dachte: Sie finden mein Kind bestimmt, es ist bloß eine Frage der Zeit"*, erinnert sie sich an ihre ersten Gedanken nach dem Verschwinden von Inga.

Kommentar: An dem Artikel im „Stern" fällt mir auf, dass Ingas Vater die Ereignisse etwas anders schildert, als sie im Beitrag von „Aktenzeichen XY ... ungelöst" dargestellt wurden. Er erzählt, er habe Inga noch kurz vor ihrem Verschwinden auf dem Fußweg gesehen, der vom Haus ihrer Freunde zu dem Grillplatz am Waldrand führt. Sie habe zwei große Wasserflaschen getragen, weil sie bei den Vorbereitungen zum Grillfest helfen wollte. Kurz danach wurde sie dann von zwei Kindern beobachtet, während sie auf dem Rückweg zum Haus der Freunde war. Obwohl es sich nur noch um 100 Meter handelte, kam sie dort nie an.

Die Polizei hat Inga inzwischen aufgegeben. In Norwegen, England, New York und in der Schweiz wurde nach ihr gefahndet – ohne Ergebnis. Die Ehe ist zerbrochen, die Eltern haben sich getrennt. Die Staatsanwaltschaft versichert, dass die Ermittlungen bei neuen Anhaltspunkten wiederaufgenommen werden.

Wie starb April Jones?[46] – Fall gelöst

Jazmin Jones hört Schritte auf der Treppe. Schnell schließt sie den Browser ihres Rechners. „Er war wieder da", murmelt Jazmin. Seit einigen Tagen erscheint er regelmäßig im Chat, macht ihr Komplimente und bittet um ein Treffen. Doch Jazmin ist vorsichtig.

Ich hätte ihm nicht mein Bild schicken sollen. Irgendetwas ist hier faul, denkt sie. Sie kann es nicht begründen, es ist einfach so ein Gefühl. Auf der anderen Seite ist da endlich jemand, der ihr sagt, wie schön sie doch ist. Der sich freut, wenn er sie trifft. Das tut ihr gut. Ihren Eltern hat sie bisher nichts von dem Kontakt erzählt. Sie will sie eben nicht beunruhigen. Am nächsten Tag trifft sie sich wieder zur verabredeten Zeit mit ihm im Chat. Er bedrängt sie, will sich unbedingt mit ihr treffen. Doch Jazmin traut ihm nicht und bricht den Kontakt ab.

Ihre Schwester April ist gerade mal fünf Jahre alt. Sie leben mit ihren Eltern im walisischen Machynlleth, einer Kleinstadt mit etwa 2000 Einwohnern. Man kennt und

---

[44] https://stern.de/panorama/stern-crime/vermisste-inga-gehricke-eltern-sprechen-im-stern-erstmals-ueber-schicksalsschlag-7427172.html

[45] ebd. „stern exklusiv" – „Ich dachte: Sie finden mein Kind bestimmt"

[46] Fakten entnommen aus verschiedenen Artikeln unter:
https://spiegel.de/panorama/justiz/wales/april-jones

vertraut sich in diesem Städtchen. Das Wahrzeichen ist ein neugotischer Uhrturm aus viktorianischer Zeit, der an der Kreuzung der beiden Hauptstraßen steht. An diesem 1. Oktober 2012, einem Montag, spielt April ausgiebig mit ihrer Freundin. Sie düsen mit ihren Fahrrädern durch die Gassen des Städtchens und erfreuen sich an dem großartigen Wetter.

Mark Bridger, sechsfacher Familienvater fährt schon seit Stunden durch die engen Straßen von Machynlleth. Er ist auf der Jagd. Er sieht die Bilder von nackten Kindern vor sich. Vor zwei Wochen hat er sich die ersten Filme mit kinderpornografischem Inhalt heruntergeladen. Seit dieser Zeit bewegt er sich anonym im Darknet und sucht auch nach Bildern und Filmen, die Verbrechen an Kindern zeigen. Damit hat er eindeutig eine Grenze überschritten.

Dann sieht er die beiden Kinder auf ihren Fahrrädern. Er kennt April, das andere Mädchen ist ihm unbekannt. Er fährt einen grauen Van neueren Baujahres. Mark hält an und öffnet das Fenster auf der Beifahrerseite. „Hallo April. Ich lade dich ein, mal mitzufahren in meinem schönen Auto! Ich habe auch eine Überraschung für dich."

April zögert, denkt sich aber nichts dabei. Sie weiß, dass ihr Vater den Mann kennt, und schließlich steigt sie ein. Ihre Freundin beobachtet die Szenerie.

Was danach passiert, wird wohl niemand mehr in allen Einzelheiten erfahren. Auf jeden Fall beginnt die größte Suche in der Geschichte Großbritanniens. Die Polizei bildet eine Gruppe mit Spezialisten, die sich auf die Suche macht. Die Familie ist verzweifelt und die Situation ist sehr, sehr schwer für sie. Noch haben sie Hoffnung, dass April lebend gefunden wird. Die Beschreibung ihrer Kleidung wird landesweit ausgestrahlt: „April trug zum Zeitpunkt ihres Verschwindens einen violetten, knielangen Mantel, ein weißes Poloshirt und eine schwarze Hose. Dies entspricht der Schuluniform. Viele Polizisten, Spezialeinheiten und private Helfer haben die ganze Nacht gesucht und die Bilder von Überwachungskameras werden ausgewertet", sagt eine Sprecherin der Polizei in einem Interview.

Bis zu 500 Bewohner des Ortes und Freiwillige aus mehreren Landesteilen durchkämmen mit Quads und Offroad-Fahrzeugen ein Gebiet mit einem Radius von mehr als vierzig Kilometern. Auch sie haben die Hoffnung, April lebend nach Hause zu bringen. Im Laufe der weiteren Suche kommen Hundestaffeln zum Einsatz, die Küstenwache und der Seenotrettungsdienst durchkämmen die Ufer einer Flussmündung. Doch April bleibt verschwunden.

Dann, nur wenig später, wird ein Verdächtiger festgenommen. Sein Wagen entspricht genau der Beschreibung des Fahrzeuges, in dem April mitgenommen wurde. Und er ist kein Unbekannter für die Familie Jones, gehört jedoch auch nicht zur Verwandtschaft. Mark Bridger ist selbst Familienvater von sechs Kindern. Der Wagen wird kriminaltechnisch untersucht. Auch Jazmin kann den Behörden Hinweise geben, da sie sich an die Versuche einer Kontaktaufnahme von Mark Bridger über den Chat erinnert. Die Polizei findet auf seinem PC die heruntergeladenen Dateien und durchsucht sein Haus. Dabei werden Reste von Knochen in seinem Kamin entdeckt.

Bridger wird jetzt ständig vernommen, aber er hat eine andere Geschichte auf Lager. Er gibt zu, dass April tot ist, erzählt aber, ihr Tod sei ein Unfall gewesen. Er habe sie aus Versehen überfahren und sei zum Zeitpunkt des Geschehens betrunken gewesen. Deshalb wisse er nicht, was er mit der Leiche gemacht habe.

Das alles glauben jedoch die neun Frauen und drei Männer der Jury bei der darauffolgenden Gerichtsverhandlung nicht. Richter Griffith Williams verurteilt den Angeklagten zu lebenslanger Haft.

Suzy Lamplugh, oder: Die Gefahren von „Allein-Arbeitenden"

In vielen verschiedenen Berufen gibt es Menschen, die allein arbeiten. Da sind zum Beispiel Außendienstmitarbeiter, Pflegekräfte im Nachtdienst, etwa in Krankenhäusern und Altenheimen, im Immobilienbereich, in Tankstellen und Spielotheken. Sie alle sind besonderen Gefahren ausgesetzt, vor allem bei Überfällen.

Die 25-jährige Suzy Lamplugh ist als Mitarbeiterin eines Immobilienmaklers angestellt. Am Montag den 28. Juli 1986 hat sie um 12:45 Uhr einen Termin mit einem Kunden, dem sie ein Haus in Fulham, England zeigen will. In ihrem Terminkalender gibt es eine Notiz: „12:45 Uhr, Mr. Pepper". Es geschieht das Undenkbare: Suzy verschwindet am helllichten Tag spurlos.

Um 12:40 Uhr verlässt sie das Büro. Suzy ist eine sehr zuverlässige Mitarbeiterin und sie wäre niemals „einfach so" von ihrem Arbeitsplatz ferngeblieben. Um 18:45 Uhr informiert ihr Vorgesetzter die Polizei: „Ich melde meine Mitarbeiterin Suzy Lamplugh als vermisst. Sie hat das Büro bereits um 12:40 Uhr verlassen, weil sie um 12:45 Uhr einen Besichtigungstermin hatte. Sie ist sehr zuverlässig und ich mache mir Sorgen, weil sie bis jetzt noch nicht zurückgekommen ist." Dann ruft er auch ihre Mutter an. „Wissen Sie, wo sich Ihre Tochter aufhalten könnte? Ist sie vielleicht zum Mittagessen nach Hause gekommen? Ich möchte Sie auf keinen Fall beunruhigen. Es ist nur so, dass Suzy bereits um 12:40 Uhr das Büro verlassen hat, um einem Kunden eine Immobilie zu zeigen. Seitdem ist sie nicht zurückgekehrt, und ich möchte mich vergewissern, ob Suzy vielleicht bei Ihnen ist."

Für Suzys Mutter ist diese Nachricht ein großer Schock. Doch dann beginnt sie gemeinsam mit ihrem Mann, nach Suzy zu suchen. Sie gehen zum nahegelegenen Fluss und rufen immer wieder nach ihr. Außerdem befehlen sie ihren Hunden, nach Suzy zu suchen.

Um 22 Uhr wird der Firmenwagen von Suzy etwa eineinhalb Kilometer von ihrem Büro entfernt gefunden. Der Wagen wird kriminaltechnisch untersucht, es ergeben sich jedoch keine Hinweise auf gewaltsame Auseinandersetzungen und es werden auch keine verdächtigen Fingerabdrücke gefunden. Am 29. Juli erscheint in einer Londoner Zeitung ein Artikel mit der Überschrift: „Wurde die junge Maklerin entführt?"[47]

Zwei Tage später, am 30. Juli 1986, ist Suzys Geburtstag. Inzwischen wurde auch Scotland Yard eingeschaltet und alle sind sehr besorgt. An diesem Tag wird das Haus der Lamplughs von Journalisten belagert. Ihre Mutter Diana nutzt die Gelegenheit und spricht mit den Medien: „Wer hat unsere Tochter Suzy gesehen? Mein Mann und ich sind vollkommen verzweifelt. Wenn Sie etwas zum Verbleib unserer Tochter beitragen können, melden Sie sich bitte. Sie hat niemandem etwas getan, bitte geben Sie uns Informationen. Ich fühle, dass sie irgendwo gefangen ist. Sie wird gegen ihren Willen festgehalten!"

Es folgen umfangreiche Ermittlungen. Ein Zeuge meldet sich und berichtet, er habe eine Frau, auf welche die Beschreibung von Suzy passt, zusammen mit einem Mann in einem Wagen (wahrscheinlich ein BMW) mit Linkslenkung gesehen. Der Mann habe auf dem Fahrersitz gesessen und die beiden hätten heftig gestritten. Es ist wie verhext: Suzy ist wie vom Erdboden verschluckt. Im Jahr 1994 wird sie offiziell für tot erklärt.

Dann wird der Fall im Jahr 2000 neu aufgerollt. Dieses Mal gibt es einen Verdächtigen: Es ist der verurteilte Mörder John Cannan. Cannan hat ein Jahr nach dem Verschwinden von Suzy Lamplugh in Bristol eine junge Frau ermordet. Das Vorgehen von Cannan ähnelt sich in beiden Fällen sehr stark. Außerdem wird klar, dass er den Spitznamen „Pepper"

---

[47] www.soloprotect.com Stand 02.01.19

trägt. Doch die Ermittler können ihm nichts nachweisen, und so bleibt der Fall Suzy Lamplugh bis heute ungeklärt. Die Eltern sind in der schrecklichen Lage, dass sie keinen Ort haben, an dem sie ihrer Trauer Ausdruck verleihen können. So bleibt nur ihr Geburtstag als Erinnerung daran, wie sie Suzy gekannt haben.

Exkurs: Was ist ein Psychopath?[48]

Die Psychopathie steht in engem Zusammenhang mit der dissozialen Persönlichkeitsstörung. Dazu gehört auch die sogenannte „Antisoziale Persönlichkeitsstörung". Spezifiziert ist diese Störung im ICD-10 unter F60.2 – „Dissoziale Persönlichkeitsstörung". Ich zitiere: *Eine Persönlichkeitsstörung, die durch eine Missachtung sozialer Verpflichtungen, einen Mangel an Gefühlen für andere, Neigung zu Gewalt oder herzloses Unbeteiligtsein gekennzeichnet ist. Zwischen dem Verhalten und den herrschenden sozialen Normen besteht eine erhebliche Diskrepanz. Das Verhalten erscheint durch Erlebnisse einschließlich Bestrafung nicht änderungsfähig. Es besteht eine geringe Frustrationstoleranz und eine niedrige Schwelle für aggressives, auch gewalttätiges Verhalten, ferner eine Neigung andere zu beschuldigen oder vordergründige Rationalisierungen für das Verhalten anzubieten, durch das die betreffende Person in einen Konflikt mit der Gesellschaft geraten ist."*

Zitate: *„(Sie) rauben keine Bank aus, sie werden Bankenvorstand." (Robert D. Hare, Begründer der Psychotherapieforschung).*

„Sie sind nicht gewalttätig (...) Der Schaden, den sie aber in unserer Gesellschaft anrichten, ist immens." (Niels Birbaumer, Neurobiologe)

„Ein normaler Mensch würde (...) kotzen, wenn er gerade eine Milliarde versemmelt hätte. Der Psychopath geht unverdrossen nach Hause und denkt nicht mehr daran." (Kevin Dutton, Psychotherapieforscher).

Es gibt noch weitere „weiche Faktoren". Für sich allein genommen müssen diese Faktoren nicht auf einen Psychopathen hindeuten. In der Massierung ihres Auftretens sind sie jedoch für die Einordnung dieser Störung bedeutsam.

Ist Ihr Partner ein Psychopath? Diese 10 Anzeichen verraten es[49]

1. **Die Idealisierungsphase.** In dieser Phase will der Psychopath Sie an ihn binden. Er macht Ihnen Komplimente ohne Ende, ja er idealisiert Sie. Wenn Sie sich zu dick fühlen, sagt er Ihnen, dass Sie eine tolle Figur haben. Sie sind schüchtern? Er wird jeden kleinen Witz feiern, als würden Sie für einen Comedian-Preis kandidieren. Man nennt dieses Vorgehen auch „Love Bombing".
2. **Er spiegelt.** Der Psychopath hat keine eigene Identität. Er gaukelt Ihnen vor, dass Sie alles gemeinsam haben. Sie haben ein Lieblingsbuch? Dann ist es auch seines. Sie hatten eine „schwere Kindheit"? Er garantiert auch! Er saugt sie auf, wie der stärkste Staubsauger.
3. **Er fordert Ihr Mitleid.** Was sagt er über Menschen in seinem Umfeld? Vielleicht, dass seine Ex ein Kontrollfreak war? Dass seine Mutter ihn nicht loslassen kann? Hören Sie gut zu! Das was er über diese Menschen erzählt, wird er auch über Sie sagen, wenn die Beziehung erst mal zu Ende ist.

---

[48] Taschenführer zur ICD-10-Klassifikation psychischer Störungen, 5. Überarbeitete Auflage, Verlag Hans Huber, Seite 239 + 240

[49] www.huffingtonpost.de Stand 03.01.19

4. **Er spricht über Krankheiten und Verletzungen.** Der Psychopath berichtet zum Beispiel über eine schwere Krebserkrankung, die er gerade gut überstanden hat, bei der jedoch ein Rezidiv droht. Angeblich hat er seine Frau bei einem Unfall verloren, bei dem auch er schwer verletzt wurde. Auch dies gehört zur Mitleidstour und lässt sich natürlich sowohl schwer beweisen als auch wiederlegen.

5. **Der beste Sex aller Zeiten.** Wer will das nicht? Ein Psychopath hat zunächst immer das Ziel Sie glücklich zu machen. Hat er Sie endlich an der Angel, hat er plötzlich keine Lust mehr und hält Sie ständig hin.

6. **Er verunsichert Sie.** Er sagt aus heiterem Himmel ganz seltsame Sachen, etwa: „Ich betrüge Dich!". Oder: „Glaubst Du auch, dass ich verrückt bin?" Damit verunsichert er Sie und irgendwann wissen Sie überhaupt nicht mehr, was Sie noch glauben können.

7. **Der Psychopath schweigt.** Ich habe in meiner Kindheit erlebt, dass meine Mutter dieses Mittel eingesetzt hat, um mich zu disziplinieren. Es stellt ein sehr wirksames Mittel dar und ich habe mich sehr oft schuldig gefühlt. Nun beginnt der Psychopath Sie abschätzig zu behandeln. Er bestraft Sie für kleine Vorfälle konsequent mit Schweigen. Es kann auch sein, dass er einfach für einige Zeit verschwindet. Wer ist schuld? Natürlich immer nur Sie. Dabei ist er längst schon wieder auf der Suche nach einem neuen Opfer.

8. **Er bringt Sie an den Rand des Wahnsinns.** Nun geht es darum, dass er Sie eifersüchtig macht. Das kann eine andere Frau, ein Freund oder sogar ein Star sein. Er ist davon überzeugt, dass er „Everybodys Darling" ist, dass jeder ihn einfach lieben muss. Er kritisiert Sie, wenn Sie sich aus seiner Sicht nicht „ordentlich benehmen." Er droht ständig Sie zu verlassen.

9. **Er will Sie loswerden.** In dieser Phase wird es richtig fies. Er behandelt Sie immer abschätziger, bis er Sie geradezu wegwirft als wären Sie Müll.

10. **Jetzt will er Sie zurückhaben.** Nun setzt er dem ganzen Spiel die Krone auf. Er beginnt Sie anzubetteln, sagt er will Sie unbedingt zurückhaben. Er macht unendlich viele Versprechen und zeigt sich plötzlich nur noch von seiner besten Seite. Aber auch das dient nur dazu, wieder Macht über Sie auszuüben.

Hilal Ercan verschwindet mitten am Tag

Hilal Ercan ist zehn Jahre alt, als sie verschwindet. Am 27. Januar 1999 gibt es in Hilals Schule Zeugnisse. Hilal besucht die vierte Klasse der Grundschule. Sie ist gut in der Schule und hat die Noten in ihrem Zeugnis noch einmal verbessert. Stolz zeigt sie ihren Eltern und Geschwistern die Zensuren. Ihr Vater schenkt ihr 1 DM, und um 13:15 Uhr sagt sie, dass sie sich eine Süßigkeit kaufen möchte. Von dem neunstöckigen Hochhaus, in dem sie mit ihrer Schwester, ihrem Bruder und den Eltern wohnt, sind es nur rund 100 Meter zum „Spar"-Supermarkt in dem kleinen Einkaufszentrum namens „Elbgaupassage". Ihre große Schwester begleitet sie nach unten und wirft einen Brief in den Briefkasten.

Als Hilal sie fragt, ob sie mit ihr gehen möchte, sagt sie: „Nein, das geht nicht. Ich habe meine Hausschuhe an. Du kannst ruhig allein gehen, es ist ja nicht weit." Hilals Schwester macht sich heute noch Vorwürfe, dass sie nicht mitgegangen ist.

Hilal überquert die Straße und kauft in dem „Spar"-Markt eine Packung Kaugummi der Marke „Hubba Bubba" mit Cola-Geschmack. Diese mag sie besonders gern. Die Kassenabrechnung zeigt diese Transaktion, allerdings kann die Kassiererin sich nicht mehr an Hilal erinnern. Der dortige Gemüsehändler wird später zu Protokoll geben, dass er Hilal noch gesehen hat.

Bis heute kann die Familie keine Ruhe finden. Es gibt keinen Platz, an dem sie ihrer Trauer Ausdruck verleihen können. Die ermittelnden Behörden gehen davon aus, dass Hilal einem Gewaltverbrechen zum Opfer gefallen ist.

Zwei Busfahrer beobachten einen großen, kräftigen Mann mit rötlichen Haaren, wie er ein dunkelhaariges Mädchen im Alter von Hilal am Arm zieht. Sie nennen ihn den „Wikinger". Außerdem hört eine Zeugin von ihrem Haus aus den lauten Schrei eines Kindes. Als sie nach draußen schaut, fällt ihr ein „dunkelblaues oder schwarzes" Auto mit Hamburger Kennzeichen auf, das auf der Straße davonrast.

Als Hilal nicht von dem Einkauf zurückkommt, machen sich die Eltern große Sorgen. Ihre Mutter hält die Ungewissheit nicht aus und macht sich auf die Suche. Ganz in der Nähe der Einkaufspassage findet sie die Haarspangen und einen Ohrring von Hilal. Die Polizei wird informiert, und es startet die wohl größte Suchaktion in der Geschichte Hamburgs. Bald kennen alle Hamburger das Foto der kleinen Hilal.

Sechs Tage nach ihrem Verschwinden geschieht etwas Mysteriöses, das die ermittelnden Beamten sich bis heute nicht erklären können. Die Familie erhält einen anonymen Anruf. Der Anrufer bittet sie, zur Christuskirche im Hamburger Stadtteil Eimsbüttel zu kommen. Er wisse etwas über den Verbleib von Hilal. Die Familie wartet mehrere Stunden lang, doch leider erscheint der Anrufer nicht.

Dann, sechs Jahre später, präsentieren die Behörden sogar einen Verdächtigen. Es ist der wegen Kindesmissbrauchs vorbestrafte Dirk A. Im Jahr 2005 gesteht er die Tat und gibt an, dass er Hilal im Volkspark vergraben hat. Auch diesem Hinweis gehen die Ermittler nach, doch sie können Hilal nicht finden, und Dirk A. wiederruft sein Geständnis.

Im Jahr 2011 berichtet „Aktenzeichen XY ... ungelöst" über den Fall, doch alle Ermittlungen laufen ins Leere. Neunzehn Jahre lang verfolgen die Behörden über 600 Hinweise, es werden mehr als 100 Aktenordner angelegt.

Eine „Cold-Case-Einheit" der Polizei nimmt im Januar 2018 erneut ihre Ermittlungen auf. Nach einem Hinweis fokussieren sie ihre Suche im September 2018 erneut auf den Volkspark. In einem etwa 100 Quadratmeter großen Waldgebiet werden von einer Hundertschaft Baumtriebe und Büsche herausgerissen, das Laub und die obere Bodenschicht mit Harken entfernt. Alles wird fein säuberlich auf grünen Planen gesammelt und später auf Spuren untersucht. Dann schlägt ein Leichenspürhund an zwei Stellen der freigelegten Fläche an. Er beginnt mit den Vorderläufen zu graben, doch es ist wie verhext: Auch hier wird Hilal nicht gefunden.

Inzwischen wurde an der Einkaufspassage eine Kunststofftafel mit der Beschreibung von Hilal aufgehängt, die dort dauerhaft an das Mädchen erinnern soll. Für Hinweise, die dazu beitragen, dass Hilal gefunden wird, ist eine Belohnung von 5000 € ausgesetzt.

Kapitel 22: Der Pfleger von Stepping Hill

Ich werde wach und schaue auf die Ziffern meiner Armbanduhr, die im Dunklen leuchten. 3:40 Uhr. Es geht mir überhaupt nicht gut. Der kalte Schweiß steht mir auf der Stirn und mein Schlafanzugoberteil ist nass, ebenso mein Kissen. Mein Puls rast. Ich muss unbedingt auf die Toilette. Ich versuche aufzustehen, doch meine Knie geben nach. Mein Schädel brummt und ich habe Heißhunger. „Was ist bloß los", murmle ich vor mich hin. „Wo bin ich überhaupt?"

Dann fällt es mir wieder ein. Ich litt seit einer Woche unter so seltsamen Bauchschmerzen. Nachdem mein Arzt mich abgetastet hatte, meinte er: „Ich tippe auf eine Blinddarmentzündung. Mir wäre es lieber, wenn Sie im Krankenhaus überwacht werden."

Ich antwortete: „Muss das wirklich sein?" Doch mein Arzt wiederholt seine Auffassung. „In welches Krankenhaus soll ich denn gehen?"

„Ich empfehle Ihnen das ‚Stepping Hill'-Krankenhaus."

Also war ich gehorsam und fuhr, nachdem ich eilig ein paar Sachen zusammengepackt hatte, zum Krankenhaus. Da ich wegen der Schmerzen in den letzten Tagen nur sehr wenig gegessen und getrunken hatte, wurde mir nach der Aufnahme auf der Station „Inneres" gleich eine Infusion angehängt. Als ich nachfragte, welche Medikamente in der Infusion seien, sagte die Stationsschwester: „Nur eine Kochsalzlösung."

Ehrlich gesagt atmete ich auf und dachte: Na ja, dann kann es ja nicht so schlimm sein. Es folgten die üblichen Standarduntersuchungen: Kreislauf, Puls und Blutentnahme. Von Fieber war da nicht die Rede. Wenn ich schon mal ins Krankenhaus muss, ist es mir am liebsten, wenn ich ein Einzelzimmer habe. Zum Glück war noch eines frei.

Jetzt bedauere ich meine Entscheidung. Wenn jetzt noch ein anderer Patient in meinem Zimmer wäre, könnte ich ihm wenigstens Bescheid sagen, dass es mir nicht gut geht. Da meine Symptome immer schlimmer werden, entscheide ich mich, nach der Nachtschwester zu klingeln. Ich bin in der Nacht immer wieder wach geworden, wenn ich gehört habe, dass jemand die Klingel betätigte. Die Nachtschwester ist gestern Abend noch in mein Zimmer gekommen und hat gefragt, ob ich noch etwas benötige. Sie erzählte mir, dass sie für zwei Stationen zuständig sei. Also ist mir klar, dass sie nicht so schnell zu mir kommen kann.

Ich betätige den Klingelknopf, und nach einer gefühlt halben Ewigkeit öffnet sich die Tür zu meinem Zimmer. Das Deckenlicht flammt auf. Langsam gewöhnen sich meine Augen an das helle Licht. Ich erkläre ihr, dass es mir nicht gut geht und schildere ihr meine Symptome.

„Na dann wollen wir mal Fieber messen. Kann sein, dass das von der Blinddarmentzündung kommt." Gesagt, getan. Sie hält das Thermometer in mein Ohr und kurz darauf gibt das Instrument einige Töne von sich. „Hm, komisch. Fieber haben Sie keines. Ich gebe Ihnen ein Medikament gegen die Schmerzen, dann geht es Ihnen morgen früh bestimmt wieder besser. Ansonsten schaut der Arzt ja auch morgen früh bei der Visite wieder nach Ihnen."

Nachdem ich die Tablette genommen habe, geht es mir etwas besser und ich falle in einen unruhigen Schlaf. Am nächsten Morgen geht es mir dann aber eher noch schlechter. Ich habe keinen Hunger und meine Zunge klebt am trockenen Gaumen. Um 6:30 Uhr kommt eine Schwester und bringt mir meine Medikamente. Dazu gehört auch eine neue Infusion. Gegen 8 Uhr beginnt die Visite. Ich schildere dem Stationsarzt erneut meine Symptome und er meint, dies hänge mit meiner Blinddarmentzündung zusammen. Im Laufe des Tages erhalte ich weitere Infusionen und meine Symptome werden immer schlimmer. Ich klingele erneut nach der Schwester und sie verspricht, sofort einen Arzt zu holen. Nach einer gefühlten Ewigkeit erscheint der Stationsarzt.

Er überprüft meinen Puls und ordnet ein EKG an. Dann fragt er: „Sagen Sie mal, sind Sie Diabetiker?"

Ich verneine. Gott sei Dank ist dies nicht der Fall. Das EKG ergibt einen viel zu schnellen Puls. Inzwischen hat mich eine tierische Angst überfallen, die im Laufe des Tages weiter zunimmt. Das kenne ich. Ich habe jahrelang unter Angst- und Panikstörungen gelitten. Aber warum kommen diese Symptome ausgerechnet jetzt wieder?

Gegen Abend kommt ein Pfleger, den ich noch nicht kenne. Auf seinem Schild steht „Victorino Chua". Ich erzähle ihm, wie schlecht es mir geht, doch er reagiert nicht. Er verlässt das Krankenzimmer und mir wird schwarz vor Augen. Meine Erinnerung setzt aus.

Als ich wieder aufwache, ist es draußen stockdunkel. Die Deckenlampe leuchtet unbarmherzig. Eine ganze Armada von Schwestern, Pflegern und Ärzten steht an meinem Bett. Ich bin verwirrt.

„Gott sei Dank, er ist wieder aufgewacht."

Ich kann die Stimme nicht zuordnen. „Was ist los?", flüstere ich. Mein Mund ist staubtrocken, die Zunge klebt am Gaumen.

Der Stationsarzt antwortet: „Sie leiden an einer extremen Unterzuckerung."

Ich kann es nicht glauben. „Wie ist das festgestellt worden?"

An diesem Abend erfahre ich die ganze Geschichte: Die Nachtschwester hatte festgestellt, dass ich bewusstlos war. Daraufhin wurden Notfallmaßnahmen eingeleitet. Zunächst wurde mir aus der Fingerkuppe, danach auch aus der Vene Blut abgenommen. Eine schnelle Auswertung ergab eine massive Unterzuckerung.

Auf meinem Nachtschränkchen liegen einige Beutel. „Was ist das?" frage ich.

„Wir haben Ihnen Flüssigzucker verabreicht."

Ich merke, dass es mir zum ersten Mal seit mehreren Tagen besser geht.

Nach und nach erfahre ich die ganze Wahrheit: Nach intensiven Untersuchungen wurde festgestellt, dass die Infusionen verunreinigt waren. Jemand hatte große Mengen Insulin hinzugefügt. Dies führte zu der massiven Unterzuckerung. Mir wird gesagt, dass ich fast gestorben wäre. Nur das schnelle Eingreifen der Pfleger und Ärzte hat mich gerettet.

Nach einigen Tagen geht die Blinddarmentzündung zurück und ich bin wieder soweit gesund, dass ich das Krankenhaus verlassen kann.

Eine Woche später erscheint in der örtlichen Tageszeitung folgender Artikel: „Der Pfleger von Stepping Hill: Am Donnerstag letzter Woche wurde die Krankenschwester Mary Smith festgenommen. Sie stand im Verdacht, Infusionen verunreinigt zu haben." Ich stocke und erinnere mich an die nette Nachtschwester, die in ihren Diensten eindeutig überlastet war. „Das kann doch nicht sein", denke ich. Und tatsächlich: „Mary Smith konnte kein Vergehen nachgewiesen werden. Inzwischen wurde der Pfleger Victorino Chua festgenommen. Die Behörden kamen auf seine Spur, nachdem auf zwei Stationen der Klinik Fälle von verunreinigten Infusionen auftauchten. Victorino hat auf beiden Stationen gearbeitet. Außerdem wurden gefälschte Rezepte gefunden. Die ermittelnde Staatsanwaltschaft geht von mindestens 21 Fällen aus, in drei Fällen führten die Taten zum Tod der Opfer. Victorino Chua hat das Verbrechen gestanden. In den Befragungen zeigte er sich unbeeindruckt und zeigte keinerlei Reue. Der Prozess beginnt in der nächsten Woche."

Das Urteil lautete: Lebenslänglich! Ich hoffe, dass Chia nie mehr freikommt.

Blitzeis – Warten auf Katrin Konert

Katrin, eine fünfzehn Jahre alte Jugendliche mit einem ansteckenden Lächeln, lebt in Groß Gaddau, einem kleinen Ort im Niedersächsischen Landkreis Lüchow-Dannenberg. Am Neujahrstag 2001 besucht sie ihren wesentlich älteren Freund in Bergen an der Dumme. Die Entfernung zwischen den beiden Orten beträgt lediglich etwa zehn Kilometer. Ihr Freund hat kein Auto, und so ruft Katrin einige Freunde an oder sendet eine SMS mit der Frage, ob sie jemand nach Hause fahren kann. Sie informiert ihre Schwester, dass sie zwischen 18:30 Uhr und 19:00 Uhr zurückkommt. Doch keiner ihrer Freunde kann sie fahren. Daraufhin geht Katrin zu einer nahegelegenen Bushaltestelle. Doch an diesem späten Nachmittag regnetes. Der Boden ist eiskalt und es entsteht gefährliches Blitzeis.

Der Bus kommt nicht, wohl auch wegen der katastrophalen Straßenverhältnisse. Dafür sieht ein Bekannter Katrin dort stehen und spricht sie an: „Hallo Katrin. Was machst du denn hier? Willst du mitfahren?" Doch aus irgendeinem Grund, der bis heute unklar ist, lehnt Katrin ab.

An diesem Abend wird sie noch einmal gesehen: Eine Verkehrsteilnehmerin sieht Katrin an einem dunklen PKW stehen (wahrscheinlich schwarz und ein BMW), Sie unterhält sich durch die Seitenscheibe mit einer Person in dem Wagen. Ob sie einsteigt, kann die Zeugin weder bestätigen noch ausschließen. Hundertschaften durchkämmen die Umgebung, Leichenspürhunde werden eingesetzt. Sie schlagen auf einem Acker in der Nähe an und es finden Grabungen statt. Aber vergebens. Katrin ist wie vom Erdboden verschluckt.

Dann, an ihrem achtzehnten Geburtstag, entschließt sich die Polizei zu einer ungewöhnlichen Aktion: Es werden achtzehn großformatige Plakatwände mit dem Foto von Katrin in der Umgebung aufgestellt. Die Staatsanwaltschaft verdoppelt die Belohnung für Hinweise, die dazu führen, dass Katrin gefunden wird, auf 10.000 €. Doch auch diese Bemühungen bleiben erfolglos.

Im November 2018 wird der Fall noch einmal neu aufgerollt. Die Behörden setzen auch ein noch relativ neues Verfahren ein: Am Computer kann man das Originalfoto „älter machen". Katrin wäre heute 33 Jahre alt. Die zuständige Oberkommissarin Annegret Dau-Rödel leitet die Ermittlungsgruppe mit acht Beamten und einem Profiler. In der Dorfmitte wird ein Container aufgestellt und die Beamten gehen mit Katrins Foto von Haus zu Haus. Die Gruppe der Ermittler nennt sich „Cold Case", zu Deutsch „Kalter Fall". Und es gibt tatsächlich einen neuen, vielversprechenden Hinweis. An einem Montagnachmittag meldet sich ein anonymer Anrufer aus einer Telefonzelle am Bahnhofplatz in Celle. Er spricht mehrere Minuten mit einem Beamten der Leitstelle und behauptet, er wisse, wo sich die Leiche von Katrin befindet. Dann bricht der Anruf abrupt ab. Leider führen die Hinweise nicht zur Lösung des Falles. Es bleibt zu hoffen, dass die Familie von Katrin endlich Gewissheit über ihren Verbleib bekommt.

Deborah Sassen (Debbie) – Eine Familie zerbricht

Wie fragil die Beziehungen in einer Familie sind, wenn ein Kind verschwindet, zeigt der Fall Debbie Sassen. Debbie ist acht Jahre alt, als sie am 13.02.1996 verschwindet. Sie besucht die „Henri-Dunant-Schule" in Düsseldorf. Sie will zum Mittagessen nach Hause gehen, der Weg beträgt nur etwa einen Kilometer. Doch dort kommt sie nie an. Eine Mitschülerin beobachtet, wie Debbie den Schulhof am Hinterausgang zur Wiesdorfer Straße verlässt. Dies war das letzte Mal, dass sie lebend gesehen wurde.

Zum Zeitpunkt ihres Verschwindens ist sie etwa 1,20 Meter groß, trägt eine knielange Daunenjacke, ein rotgrün kariertes Flanellhemd, eine bunt gemusterte / gestreifte Weste, einen dunkelroten, kurzen Rock mit weißem Muster, eine rote Strumpfhose mit Blumenmuster, grobe, grauweiße Wollsocken und braune, knöchelhohe Schnürschuhe. Außerdem hat sie einen Schulranzen der Marke „McNeill" mit einem Logo „Kleiner Hund – McNeill, mein bester Freund" und einen Schwimmbeutel dabei. Um den Hals trägt sie ein Band mit einem blauen und roten Schlüssel. Diese Utensilien werden niemals gefunden.

Die Familie hat große Schuldgefühle und kann den Verlust nicht verarbeiten. So kommt es, dass sich ihre Schwester Anita im Jahr 1999 auf dem Dachboden des elterlichen Hauses erhängt. Debbies und Anitas Mutter bringt zwei weitere Kinder zur Welt. Auch sie hat Suizidgedanken und überlegt, mit ihren beiden Kindern in den Tod zu gehen. Doch dann trifft sie eine Entscheidung: Sie trennt sich von ihrem Mann, lässt die Kinder bei ihm und zieht nach Norddeutschland.

Debbies Schicksal bleibt bis heute ungeklärt. Die Ermittlungsgruppe „Cold Case" hofft, mit neuen Hinweisen und Methoden den Verbleib von Debbie doch noch zu klären.

Kapitel 23: Staufen bei Freiburg: Mehrfacher Sexueller Missbrauch an einem Jungen

Die Presse bringt den reißerischen Titel: „Pädophilen-Ring gesprengt". Es geht um unglaubliche Taten. Und ich bin mir dessen bewusst, dass hier auch oft vorschnelle Urteile gefällt werden. In Reportagen unter anderem von RTL werden Bewohner in Staufen bei Freiburg befragt und niemand kann das Unfassbare verstehen. Ich gebe zu: Auch ich verstehe daran nur sehr wenig. Aber es gibt diese Fälle, in denen sowohl Mädchen als auch Jungen sexuell misshandelt werden. Deshalb möchte ich eine Annäherung versuchen, ohne eine voyeuristische Sichtweise zu bedienen.

Liebe Leser bevor ich auf diesen Fall genauer eingehe, möchte ich mich damit beschäftigen, was Pädophilie überhaupt ist und welche Hinweise es dazu gibt, wie ein Mensch zum Pädophilen wird.[50][51] Im ICD-10 sind verschiedene Störungen der Sexualpräferenz unter F65 dokumentiert. Dort heißt es in den diagnostischen Kriterien:

„G1. Wiederholt auftretende intensive sexuelle Impulse (dranghaftes Verlangen) und Fantasien, die sich auf ungewöhnliche Gegenstände oder Aktivitäten beziehen.
G2. Handelt entsprechend den Impulsen oder fühlt sich durch sie deutlich beeinträchtigt.
G3. Diese Präferenz besteht seit mindestens sechs Monaten."

Zu diesen Störungen gehören: Fetischismus, Fetischistischer Transvestitismus, Exhibitionismus, Voyeurismus, Sadomasochismus und eben unter F65.4 Pädophilie. Dort heißt es (S. 265): *„Sexuelle Präferenz für Kinder, Jungen oder Mädchen oder Kinder beiderlei Geschlechts, die sich meist in der Vorpubertät oder in einem frühen Stadium der Pubertät befinden."*

Und weiter in den diagnostischen Kriterien (S. 266):
A. *Die allgemeinen Kriterien für eine Störung der Sexualpräferenz (F65) müssen erfüllt sein.*
B. *Anhaltende oder dominierende Präferenz für sexuelle Handlungen mit einem oder mehreren Kindern vor deren Pubertät.*
C. *Die Betroffenen sind mindestens 16 Jahre alt und mindestens fünf Jahre älter als das Kind oder die Kinder.*

Soweit also das ICD-10. Der Begriff „Pädophilie" stammt aus dem Griechischen und bedeutet „Knabe, Kind" und „Freundschaft". Das heißt, der Begriff bezeichnet zunächst lediglich die *„ausschließliche oder überwiegende Ansprechbarkeit durch vorpubertäre Kinderkörper".* Davon zu trennen ist das sexuelle Verhalten dieser Personen. Deshalb ist der in Öffentlichkeit und Medien gebrauchte Begriff der „Pädophilie" irreführend, wenn er grundsätzlich bei sexuellem Missbrauch von Kindern gebraucht wird.

Eine Studie des John Jay College of Criminal Justice im Auftrag der katholischen Bischofskonferenz in den USA über sexuelle Übergriffe auf minderjährige Jungen ergab, dass nur eine Minderheit der Priester, die sexuelle Übergriffe begingen, den diagnostischen Kriterien der Pädophilie entsprechen. Im Zusammenhang mit dem Geschehen in Staufen ist zu erwähnen, dass pädophile Neigungen auch bei Frauen

---

[50] de.wikipedia.org „Pädophilie" Stand vom 07.01.19
[51] „Taschenführer zur ICD-10-Klassifikation psychischer Störungen", Verlag Hans Huber. Dargestellt in F65: „Störungen der Sexualpräferenz", Seite 262 ff.

nachgewiesen wurden. Die Anzahl der Frauen dieser Gruppe ist unbekannt. Die Ursache liegt auch darin begründet, dass die Dunkelziffer bei sexuellem Missbrauch recht hoch ist. Die Folgen für die misshandelten Kinder sind vielfältig. Ich denke etwa an Depressionen und Angststörungen. Auch eine Traumatisierung ist möglich, die sich zum Beispiel in der posttraumatischen Belastungsstörung (PBST) und in der Borderline-Persönlichkeitsstörung zeigt.

Ursachen

Die Ursachen von Pädophilie sind wissenschaftlich noch nicht genau eruiert. Wie bei vielen anderen Störungen geht man davon aus, dass es ein Zusammenspiel zwischen genetisch vorgegebenen Persönlichkeitsstrukturen und biographischen Konstellationen gibt. Es fällt auf, dass viele Pädophile sagen, dass sie emotional noch quasi in ihrer Kindheit „festhängen".

Prävention

Aufklärung und Sensibilisierung der Öffentlichkeit, Stärkung des Selbstbewusstseins der Kinder. Dazu gehört die Ermutigung, Nein sagen zu dürfen. Das Kind darf nicht überredet oder gezwungen werden „Küsschen" zu geben.

Inzwischen gibt es einige Angebote, die Präventionsarbeit leisten. So zum Beispiel das Netzwerk „Kein Täter werden".[52] Dessen Ziel ist es, den Betroffenen zu helfen, ihre Neigung zu akzeptieren und zu lernen, mit ihr zu leben. Außerdem geht es darum, sexuelle Übergriffe jeglicher Art zu verhindern. Inzwischen wurden in der BRD folgende Standorte eröffnet: Düsseldorf, Gießen, Kiel, Mainz, Hamburg, Hannover, Leipzig, Regensburg, Stralsund und Ulm.

Pädophilie bei Frauen

Es ist eines der letzten Tabus unserer Gesellschaft: Frauen, die Kinder missbrauchen. Mütter, die sich von ihren eigenen Söhnen berühren und befriedigen lassen. Wirklich schlimm ist, dass die Zahl dieser Frauen viel höher liegt, als man eigentlich glauben will. Die psychologische Psychotherapeutin Saskia Hayden geht davon aus, dass bis zu zehn Prozent der missbrauchten Kinder Opfer von Frauen sind.

Auch Studien aus anderen Ländern, so zum Beispiel aus den USA, Großbritannien und Schweden gehen davon aus, dass etwa jeder zehnte Missbrauchsfall von einer Frau verübt wird. Warum dringen diese Taten so selten an die Öffentlichkeit? Nun, ich erlebe in meinen Beratungen, dass das Kind zunächst keine andere Chance hat, als die Eltern zu glorifizieren. Das Kind kann nur überleben, weil es davon ausgeht, dass die Eltern „gut" sind. Wenn das dann nicht so ist, gibt das Kind sich selbst die Schuld. Diese Taten geschehen eben nur, weil das Kind nicht „brav" ist, ja, weil es eben „böse" ist. Das Kind gerät in einen unauflösbaren Identitätskonflikt. Es sitzt quasi neben allen Stühlen. Und es kommt noch etwas Entscheidendes hinzu: Das Kind schämt sich „in Grund und Boden." Ich nenne das „toxische Scham". Diese Scham führt dazu, dass das Kind nicht frei ist. Wenn dann die Mutter sagt: „Das, was hier passiert, ist in Ordnung", dann glaubt das Kind das auch. So frisst sich die „toxische Scham" in alle Bereiche des Lebens. Das Kind hat keine Entscheidungsfreiheit. Es wird gezwungen, das zu tun, was die Missbrauchenden wollen.

Vielleicht denken Sie jetzt: „Na ja, die Frau hat keinen Penis, dann kann das ja nicht so schlimm sein." Es gibt jedoch viele Spielarten des Missbrauchs, und die Frauen sind nicht weniger gewalttätig als die Männer. Die Motive für einen Missbrauch sind auch bei den

---

[52] www.kein-taeter-werden.de Stand 08.01.19. Auf der Homepage gibt es weitere Hilfsangebote.

Frauen vielfältig: sexuelle Befriedigung, Aggression und Macht. Alles tun zu können, ohne dass das Kind sich wehren kann. Eine Traumatisierung der Schutzlosen ist damit vorprogrammiert. Es sind diese Kinder, die mich um Hilfe bitten, damit ihr Leben wieder lebenswert wird.

Therapie

Hier sind Verhaltenstherapeutische Maßnahmen und eine Gesprächstherapie in Gruppen sowie im Einzelsetting denkbar. Inhalte sind unter anderem:[53]

- Stärkung der individuellen Fähigkeiten
- Arbeit am Selbstwert
- Stärkung des sozialen Netzwerks
- Entwicklung von Zukunftsaussichten
- Verantwortung für das eigene Verhalten übernehmen
- Erhöhung der Fähigkeit zur Kontrolle von sexuellen Impulsen
- Risikosituationen erkennen und bewältigen
- Entwicklung sozialer und kognitiver Fähigkeiten, damit keine Sexualstraftat stattfindet.

Die Frage „Einmal pädophil, immer pädophil?" ist höchst umstritten. Marc Graf ist Direktor der Forensisch-Psychiatrischen Klinik der Universitären Psychiatrischen Klinik Basel. Er sagt im Interview mit chilli-Redakteur Till Neumann Folgendes:[54]

chilli: *„Herr Graf, ist das Wort ‚Pädophilenring' im Fall Staufen stigmatisierend?"*
Graf: *„Fachlich ist das falsch, man sollte aber keine Wortklauberei betreiben. Für das Kind spielt es jedenfalls keine Rolle, ob es Pädophile waren oder nicht. Dennoch gilt: Pädophile werden extrem stigmatisiert. Die Vorbehalte sind tief verankert."*
chilli: *„Wie viele Kindes-Missbrauchsfälle sind pädophil motiviert?"*
Graf: *„Wir schätzen etwa 40 bis 50 Prozent. Wir können davon ausgehen, dass ein Großteil der Pädophilen nicht übergriffig wird."*
chilli: *„Ist man für immer pädophil?"*
Graf: *„Die Frage ist höchst umstritten. Ich meine, zusammen mit einigen Forensikern: Einige absolvieren die Therapie so erfolgreich, dass nachher die Diagnose nicht mehr gestellt werden kann. Ich kenne Patienten, die Kinder missbraucht haben und nach einer erfolgreichen Behandlung jetzt in einer Beziehung mit einem Erwachsenen leben. Die Diagnose Pädophilie können wir dort nicht mehr stellen."*

Ich weiß, dass die Diskussion an dieser Stelle noch nicht zu Ende ist. Ich möchte darauf hin sensibilisieren, dass scheinbar einfache Antworten den Sachverhalt nur unzureichend beleuchten.

Als Christian L. (Stiefvater des Kindes), 39 Jahre alt, und Berrin Michaela T. (Mutter des Kindes), 48 Jahre alt, vor Gericht stehen, dauert allein die Verlesung der 58 Taten im Saal IV des Freiburger Landgerichtes an einem Montagmorgen über zwei Stunden. Darunter

---

[53] Ebd.
[54] www.chilli-freiburg.de Stand 08.01.19
(A) www.rtl.de

schwere Vergewaltigung, Missbrauch von Schutzbefohlenen, schwere Zwangsprostitution, Erwerb, Besitz und Verbreitung von Kinderpornografie.[55] Als die Taten im Jahr 2015 beginnen, ist der Junge gerade einmal sieben Jahre alt. Sein Leid dauert bis 2017. In diesen zwei Jahren wird er immer wieder vergewaltigt, missbraucht und an andere Männer verkauft. Gestoppt werden die Übergriffe durch ein fingiertes Treffen mit einem „potenziellen Täter", der die Taten im Darknet beobachtet hat. Der meldet die Vorkommnisse der Polizei und ermöglicht so die Fahndung.

Inzwischen wurden alle Täter festgenommen und verurteilt. Bei einer Person lautete das Urteil zehn Jahre Haft mit anschließender Sicherungsverwahrung.

Christian L. ist einschlägig vorbestraft und steht unter einem Kontaktverbot mit Kindern. Dies scheint die Mutter nicht zu stören. Im Gegenteil: Sie ist an den Taten beteiligt. Sie beleidigt ihren Sohn als „Kinderhure", fügt ihm große Schmerzen zu, missbraucht ihn mehrfach selbst und liefert ihn den Tätern bedenkenlos aus. Quasi alle Taten werden gefilmt und das Material im Darknet angeboten. Teilweise hohe Beträge bis zu 10.000 € wechseln ihre Besitzer.

Als sie Ende 2014 Christian L. kennenlernt, erfährt Berrin T., dass dieser eine Haftstrafe von vier Jahren wegen schweren sexuellen Missbrauchs verbüßt hat. Schon nach wenigen Wochen suchen sie gemeinsam ein Opfer. Sie finden ein drei Jahre altes Mädchen, die Tochter einer Freundin von Berrin T. Als der Kontakt im August 2016 abbricht, suchen sie ein neues Opfer und finden es auch: Der Sohn von Berrin T. rückt in den Mittelpunkt.

Vor Gericht sagt Christian L. dazu: „Nachdem das mit dem Mädchen nicht mehr aktuell war, habe ich Frau T. gefragt, ob sie das nicht doch erlauben könnte. Ich sollte aber dem Jungen auf keinen Fall weh machen."

Das Urteil: Christian L. erhält eine zwölfjährige Haftstrafe mit anschließender Sicherungsverwahrung. Ihm wird zugutegehalten, dass er die Taten in vollem Umfang gestanden hat. Dadurch wird dem Jungen eine Aussage erspart. Außerdem hat er die Ermittler zu den anderen Tätern geführt. Die Mutter erhält eine Haftstrafe von zwölfeinhalb Jahren.

Kommentar:
Wenn ich bedenke, dass die Höchststrafe bei diesen Verbrechen fünfzehn Jahre beträgt, frage ich mich, was noch passieren muss, damit diese ausgesprochen wird. Immer wieder wird von der Politik postuliert, die Gesetze seien hart genug, sie müssten nur angewendet werden. Wenn dem so ist, bleibt die Frage, warum die Gerichte dann anders entscheiden.

Der Kinderpornografie muss sofort der Boden entzogen werden. Dazu ist es notwendig, dass das Darknet ständig überwacht wird. Die Herstellung und Verbreitung von Kinderpornografie muss härter bestraft werden.

---

[55] https://www.faz.net/aktuell/gesellschaft/kriminalitaet/missbrauchsprozess-in-freiburg-angeklagter-gesteht-15634369-p2.html Stand 08.01.19

Kapitel 24: Der Massenmörder Peter Tobin

George ist an diesem Morgen der erste Beamte im Polizeirevier 9.1. Er liebt die Ruhe in dem sonst nur so vor Stimmen wimmelnden Büro. Seine Kollegen ziehen ihn deshalb manchmal auf und fragen ihn, ob er nicht gerne zu Hause ist. Wenn er ehrlich zu sich selbst ist, gibt er zu, dass das zum Teil auch stimmt. Vor zwei Wochen hat sich seine Frau nach dreißig Jahren Ehe von ihm getrennt. Seitdem ist die Wohnung verwaist und er fühlt sich einsam. Abends trinkt er oft mehr als er eigentlich will, und Fish & Chips hängen ihm auch schon zum Hals heraus.

Das Telefon klingelt. Ungläubig schaut er zur Uhr. Die Zeiger stehen auf 7:00 Uhr. „Verdammt, wer mag das sein?" Er hebt den Hörer ab und nachdem er seinen Namen genannt hat, meldet sich eine Frau.

„Hallo, ich zeige meinen Nachbar Peter Tobin an, weil er unsere achtjährige Tochter sexuell missbraucht hat."

Nun ist George hellwach. „Können Sie bitte heute in unser Polizeirevier kommen? Ich möchte gerne Ihre Aussage aufnehmen."

„Ja, aber erst am späten Nachmittag. Jetzt muss ich zur Arbeit", antwortet die Frau. „Muss ich unsere Tochter mitbringen?"

„Das wäre gut, sie wird natürlich von einer Beamtin befragt", sagt George.

Als seine Kolleginnen und Kollegen eine halbe Stunde später ihren Dienst antreten, erzählt George sofort von dem Telefonat. Alle reagieren bestürzt, und die Zeit bis zum späten Nachmittag scheint einfach nicht zu vergehen. Doch dann, gegen 17 Uhr, betritt die Frau mit ihrer Tochter das Revier. George schätzt sie auf Anfang bis Mitte vierzig. Sie trägt Blue Jeans, schwarze Stiefeletten, einen beigen Pullover und eine dunkelblaue Jacke. Das Mädchen klammert sich an ihrer Hand fest, sie ist sehr eingeschüchtert.

Sie stellt sich als Mary Smith vor und sagt: „Das ist unsere Tochter Babette."

George und seine Kollegin Melinda gehen mit den beiden in den einzigen Besprechungsraum auf dem Revier. Es ist ein schmuckloser Raum mit einem kleinen Fenster. In der Mitte steht ein Holztisch mit sechs Stühlen.

„Na, dann schießen Sie mal los", ermuntert George die Frau.

„Also, gestern Abend kam Babette völlig aufgelöst nach Hause. So habe ich sie noch nie gesehen. Sie war einige Zeit nicht fähig, irgendwelche zusammenhängende Sätze zu sprechen. Es hat lange gedauert, bis ich sie wieder beruhigt hatte."

„Ah, ich verstehe. Was hat sie denn erzählt, warum sie so aufgeregt war?"

„Sie hatte den ganzen Nachmittag im Garten gespielt."

„War sie allein?", schaltet sich Melinda ein.

„Ja, wir sind erst vor einiger Zeit hierhergezogen. Sie ist eher schüchtern und hat deshalb noch kaum Freundinnen."

„Verstehe. Und was ist dann passiert?"

„Am späten Nachmittag hatte ich ein wichtiges Telefonat. Vorher habe ich ab und zu nach ihr geschaut, aber dann war ich nur noch auf das Telefonat fokussiert. Und nun mache ich mir schlimme Vorwürfe, weil ich sie nicht mehr beobachtet habe."

Melinda übernimmt wieder die Initiative. „Babette, magst du mal erzählen, was passiert ist?"

Die Augen des Mädchens füllen sich mit Tränen. „Ich weiß nicht, ob ich das sagen darf", schluchzt sie leise.

„Du kannst uns ruhig alles sagen. Soll mein Kollege wieder in sein Büro gehen?"

Babette nickt heftig.

„Na, dann will ich mal gehen. Ich komme nachher wieder." George verlässt den Verhörraum.

Später berichtet ihm Melinda: „Nachdem du aus dem Raum gegangen bist, habe ich sie dazu überreden können, von den Vorkommnissen an diesem Nachmittag zu berichten. Nachdem sie sich längere Zeit allein beschäftigt hat, ist ihr langweilig geworden. Irgendwann erschien ihr Nachbar am Zaun und fragte sie, ob sie mal rüberkommen wolle. Ihre Mutter hat ihr eingeschärft, nicht mit fremden Personen mitzugehen. Aber den Nachbar kannten sie bereits gut. Er hatte ihnen unter die Arme gegriffen, als sie in die neue Wohnung umgezogen sind. Deshalb dachte sie sich nichts dabei, als sie seine Einladung annahm. Zuerst war er auch ausgesprochen freundlich. Doch dann hat er sie plötzlich überall berührt und ihre Hand auf seinen Penis gelegt. Gott sei Dank konnte sie fliehen. Den Rest kennst du ja."

„Hast du schon Erkundigungen eingezogen, wer der Nachbar ist?"

„Ihre Mutter hat es mir gesagt. Er heißt Peter Tobin."

„Kennen wir den Typ?"

„Ja, stell dir vor, er ist vorbestraft."

„Nun spann mich doch nicht so auf die Folter. Ich muss dir ja jeden Satz aus der Nase ziehen. Was hat er denn auf dem Kerbholz?"

Melinda nimmt eine Akte vom Tisch und reicht sie George. Schnell überfliegt er die eng bedruckten Seiten. „Diebstahl, Hehlerei und Urkundenfälschung, bis Anfang der 1970er Jahre. Aber jetzt haben wir 1984. Ist er in dieser Zeit nicht mehr auffällig geworden?"

„Anscheinend nicht. Auf jeden Fall haben wir sonst keine Vorkommnisse in der Akte."

„Na dann wollen wir uns den Typ mal anschauen."

George und Melinda nehmen zur Sicherheit noch Steve mit und fahren zum Haus von Peter Tobin.

Das Haus, in dem Peter Tobin wohnt ist der Beschreibung nach ein kleines unscheinbares Gebäude. Der Vorgarten ist mit Unkraut überwuchert und der Holzzaun hat auch schon bessere Tage gesehen. Die drei Beamten schauen sich an, und George deutet Steve, dass er den Hintereingang bewachen soll, falls Tobin versucht, dort zu verschwinden. George und Melinda nehmen den Vordereingang und betätigen die Klingel. Keine Reaktion. Erst jetzt bemerken sie, dass die Rollläden in den unteren Räumen noch nicht hochgezogen sind. Melinda klingelt erneut, und dann ein drittes Mal. Endlich hören sie Schritte und die Tür öffnet sich.

„Ja, was ist denn los?"

„Wir kommen vom Polizeirevier 9.1. Bitte lassen Sie uns eintreten."

Tobin zeigt mit einer Handbewegung, dass sie eintreten dürfen. Tobin führt sie in sein Wohnzimmer und George und Melinda setzen sich auf die vor Schmutz starrende Couch.

„Tobin, wir müssen mit Ihnen reden", ergreift George das Wort.

„Was ist los? Ich bin sauber."

„Ihre Nachbarin hat uns informiert, dass Sie ihre achtjährige Tochter sexuell missbraucht haben sollen."

„Das ist absurd. Niemals. Sie können mir nichts nachweisen!"

„Das werden wir ja sehen. Ich muss Sie bitten, uns ins Revier zu begleiten."

Sie legen Tobin Handschellen an und fahren mit ihm zum Revier. Dort angekommen, beginnen die Befragungen noch an diesem Abend. Tobin verlangt einen Anwalt, und nach einer Stunde erscheint Keith Baker, der örtliche Jurist. Dann beginnt die Befragung.

„Mr. Tobin, was können Sie uns über Ihre persönlichen Daten sagen?"

„Ich wurde als jüngstes von sieben Kindern in der schottischen Kleinstadt Johnstone geboren. Meine Kindheit und Jugendzeit habe ich in Erziehungsheimen verbracht, weil meine Mutter sich nicht um mich kümmern konnte. Meinen Vater habe ich nicht gekannt.

Ich war dreimal verheiratet und wurde auch dreimal Vater. Leider ist ein Kind kurz nach der Geburt verstorben. Zwischen 1966 und 1969 habe ich in Glasgow gewohnt, danach bis 1990 in Brighton, anschließend bis 1993 in Margate und schließlich in Havant, um in der Nähe meines jüngsten Sohnes zu sein."

Melinda sagt: „Sie vergessen Ihre Straftaten."

„Das ist jetzt 14 Jahre her und ich habe mir in der Zwischenzeit nichts mehr geleistet."

„Und was ist mit der Tochter Ihrer Nachbarin? Geben Sie zu, dass sie bei Ihnen im Haus war?"

„Natürlich gebe ich das zu. Ihr war langweilig und da habe ich sie gefragt, ob ich ihr einen Kakao machen soll. Mehr war nicht, ehrlich!"

„Denken Sie, das Mädchen hat sich das alles ausgedacht?"

„Ich weiß nicht, was sie geritten hat. Auf jeden Fall habe ich sie nicht angefasst."

Sein Anwalt schaltet sich ein: „Peter, auf diese Fragen müssen Sie nicht antworten. George, haben Sie keine weiteren Beweise?"

Im Jahr 1984 steckte die DNA-Untersuchung noch in den Kinderschuhen. Alec Jeffreys war durch Zufall in dem Jahr auf dieses Verfahren gestoßen. In Deutschland wurde das Verfahren erstmals im Jahr 1988 als Beweis in einem Strafprozess vor Gericht anerkannt.[56]

„Ist Ihr Mandant bereit für eine medizinische Untersuchung?"

Keith Baker: „Kann ich kurz allein mit meinem Mandanten reden?"

Daraufhin verlassen George und Melinda das Verhörzimmer. Zehn Minuten später öffnet sich die Tür und Baker erscheint.

„Mein Mandant ist bereit. Er hat nichts zu verbergen."

„Wir behalten Tobin über Nacht hier, dann können wir ihn genau untersuchen", stellt George fest.

Noch am gleichen Abend wird die Kleidung von Peter Tobin im Gerichtsmedizinischen Institut auf eventuelle Spermaspuren untersucht. Leider ohne Erfolg. Am nächsten Tag muss Peter Tobin wegen Mangels an Beweisen entlassen werden.

Mordserie

Der Wecker klingelt um 5 Uhr in der Frühe. Vicky Hamilton erwacht und schielt auf die Zahlen. „Nur noch fünf Minuten. Ich habe keine Lust aufzustehen", murmelt sie vor sich hin.

Vicky ist fünfzehn Jahre alt und besucht die Oberschule in Bathgate. Ihre Leistungen sind gut bis sehr gut. Aber dadurch, dass sie in einem Vorort wohnt, muss sie mit dem Bus fahren, um pünktlich zum Unterricht zu erscheinen. Letzte Woche ist ihr das zweimal nicht gelungen und die Klassenlehrerin hat schon angedroht, ihre Mutter zu informieren. Das möchte sie unter allen Umständen vermeiden. Es ist ein dunkler, nebliger Februartag. Manchmal hat sie ein mulmiges Gefühl, wenn sie so ganz allein an der Bushaltestelle auf die Linie 5 wartet, die sie ins Zentrum von Bathgate bringt. So ist es auch heute. Immer wieder schaut sie auf die Uhr, doch der Bus kommt nicht. „Was ist denn heute wieder los? Warum kommt der blöde Bus nicht rechtzeitig? Und dann werde ich wieder angemeckert. Dabei habe ich doch keine Schuld!"

Ab und an fährt ein Auto an der Bushaltestelle vorbei und sie entschließt sich, zu trampen. Wenn das Mum wüsste, denkt sie. Ihre Mutter schärft ihr immer wieder ein, dass man niemandem trauen kann. Da aber der Bus nicht kommt, handelt es sich ja sozusagen

---

[56] de.wikipedia.org „Genetischer Fingerabdruck" Stand 12.01.19

um einen Notfall. Sie tritt aus dem Wartehäuschen und streckt ihren Daumen hoch. Es dauert eine ganze Weile, dann hält endlich ein Fahrzeug.

„Kann ich dich mitnehmen? Wo willst du denn hin?"

„Oh, das ist aber super nett. Ich muss ins Zentrum von Bathgate", antwortet Vicky.

„Das liegt auf dem Weg. Komm, steig ein."

Der graue Jeep hat auch schon bessere Tage gesehen. Für seine Zwecke ist er aber immer noch eine ideale Lösung. Tobin will unter allen Umständen vermeiden, dass er auffällt. Als sie losfahren, spürt er das bekannte Kribbeln auf seiner Haut. Ein eiskalter Schauer jagt über seinen Rücken. Der Weg nach Bathgate führt durch ein Waldstück. Der Nebel wird immer dichter und es beginnt zu regnen. Klack – die Türen werden verriegelt.

„Scheiße, was passiert hier?" Vicky will schreien, aber ihr Mund ist staubtrocken.

„Halt deinen Mund!", herrscht Tobin sie an. Er schlägt ihr mit voller Wucht auf die linke Wange. Dann holt er wieder aus und der nächste Schlag landet auf der rechten Wange.

Ihr Gesicht brennt wie Feuer. Panisch versucht sie, die Tür zu öffnen, doch alle Bemühungen sind umsonst. Er kichert. Es ist ein böses Kichern, das aus dem Bauch den Weg aus seinem Mund findet. Er biegt in einen Waldweg ein.

„Nein, bitte lassen Sie mich doch in Ruhe!" Vicky wird von einer Panikattacke geschüttelt. Ihre Finger werden taub, feine Schweißperlen stehen auf ihrer Stirn. Sie hat wahnsinnige Kopfschmerzen und muss sich übergeben.

„Kotz nicht auf meine Ledersitze!", herrscht er sie an.

Sie will nicht weinen, aber die Tränen laufen ganz automatisch. Tobin steigt mit voller Kraft auf die Bremsen. Vicky wird mit ganzer Wucht nach vorne geworfen. Sie knallt mit dem Kopf zuerst gegen das Armaturenbrett und dann gegen die Windschutzscheibe. Ihr wird schwarz vor Augen. Tobin holt seine Sporttasche von der Rücksitzbank, öffnet den Verschluss und kramt die Utensilien hervor, die er am gestrigen Abend hier deponiert hat. Mit einem Seil bindet er ihre Hände auf dem Rücken, steckt ihr einen Knebel in den Mund und verbindet ihn sorgfältig mit einem breiten Klebeband. Er steigt aus und öffnet die Beifahrertür. Tobin zieht den leblosen, schlaffen Körper aus dem Auto. Er flucht, denn er hat sich diese Aktion einfacher vorgestellt. Er muss seine ganze Kraft aufbringen, dann gelingt es ihm endlich, sie auf die Rückbank zu legen. Er startet den Wagen und steuert zurück auf die Hauptstraße. Ziellos fährt er durch die Straßen und fragt sich, wie es wohl weitergehen soll.

Es ist 22 Uhr, als er endlich zu Hause ankommt. Es ist stockdunkel und leichter Schneefall zuckert die Landschaft. Er hat dieses Haus bewusst ausgesucht. Hohe Büsche und Bäume säumen das Grundstück. Tobin bleibt stehen, öffnet das schwere Eisentor und fährt mit seinem Wagen auf das Grundstück. Dann steigt er erneut aus und schließt das Tor wieder.

Vicky öffnet ihre Augen und ist einen Moment lang irritiert. Als sie ihre Situation realisiert, steigt erneut Panik in ihr auf. Sie friert und ihr Körper zittert, ohne dass sie etwas dagegen tun kann. Sie schaut sich um. Offenbar liegt sie in einem Kellerraum auf einer harten Holzliege. Alle Muskeln schmerzen, sie stöhnt und schließt wieder ihre Augen. Die nächsten Minuten kommen ihr wie Stunden vor, dann hört sie, wie ein Schlüssel die schwere Eisentür öffnet. Tobin kommt herein und das helle Deckenlicht blendet ihre Augen.

Tobin summt ein Lied, das ihr irgendwie bekannt vorkommt. In seinen Händen hält er ein Seil. Sie versucht ihn mit ihren Augen anzuflehen, aber sie hat keine Chance. Tobin tritt an ihr Lager und legt ihr ganz langsam das Seil um den Hals. Schließlich zieht er mit ganzer Kraft zu und Vicky fällt in eine erlösende Ohnmacht.

Peter Tobin genießt jede Sekunde, besonders den Moment, als das Lebenslicht in ihren Augen erlöscht. In dieser Nacht scheint der Mond hell und die Sterne funkeln. „Nein, in dieser Nacht kann ich mein Werk nicht vollenden." Peter ist in dieser Hinsicht ausgesprochen geduldig. In der folgenden Nacht verdunkeln Wolken den Himmel und es hat ein leichter Nieselregen eingesetzt. Tobin geht in die Garage, holt eine Spitzhacke und eine Schaufel. Dann sucht er einen geeigneten Platz in seinem Garten und beginnt zu graben. Es hat wochenlang nicht geregnet und er hat die aktuelle Bodenbeschaffenheit unterschätzt. Seine Arbeit dauert nun schon über zwei Stunden an und er keucht vor Anstrengung. Er ist schweißgebadet, seine Kleidung klebt an seinem Körper und sein Gesicht ist klatschnass. Doch er gönnt sich keine Pause. Endlich ist die Grube groß genug. Er wickelt den Leichnam in einen alten Teppich und schleppt ihn zur Grube. Er legt den leblosen Körper in das Grab und schaufelt es wieder zu. Danach nimmt er sein Werkzeug, säubert es sorgfältig und legt es wieder zurück in die Garage.

16 Jahre zuvor

Wir schreiben den 15. Februar 1968. Die 25-jährige Patricia Docker hat sich schon seit Wochen auf diesen Abend gefreut. Schließlich wird heute ihre Lieblingsband im Tanzclub „Barrowland Ballroom" spielen. Nun steht sie vor dem Spiegel und prüft ihr Aussehen. Auf ihre Haare ist sie besonders stolz. Sie hat langes, brünettes Haar, das in leichten Wellen fällt. Sie trägt einen schwarzen Rock und legt dezenten Lidschatten auf, der ihre schönen Augen betont. Ihre Freundinnen Jemima McDonald und Helen Puttock werden auch da sein.

Das Konzert beginnt um 20 Uhr, und da sie noch kein Auto besitzt, hat sie sich überlegt, den Stadtbus um 19 Uhr zu nehmen. So ist sie früh genug am Ort des Geschehens. Ihre beiden Freundinnen warten bereits vor dem Eingang auf sie und betreten zu dritt den Tanzclub. Beißender Zigarettenqualm empfängt sie, und der Raum, in dem das Konzert stattfinden wird, ist bereits gut gefüllt. Ihre Augen tränen, aber das ist ihr egal.

Es ist ein megatoller Abend. Die Band spielt die alten Hits, aber auch neue Stücke. Nach 45 Minuten legt die Band eine erste Pause ein. Patricia und ihre Freundinnen bahnen sich einen Weg zur Bar. Sie setzen sich und bestellen einen Drink. Alle drei haben seit einiger Zeit eine gescheiterte Beziehung hinter sich. In der Nähe der Bar steht ein großer, schlanker Mann mit roten Haaren. Die drei Mädels schauen sich bedeutungsvoll an, und im Laufe des Abends kommen sie mit ihm ins Gespräch. Er stellt sich als John vor. Der Mann ist witzig und sehr charmant. Sie finden alle Gefallen an ihm, und niemand schöpft Verdacht. Gegen 1 Uhr wird Patricia müde und möchte nach Hause. Der letzte Stadtbus fuhr schon um 23 Uhr und sie hat schon die ganze Zeit überlegt, wie sie nach Hause kommen soll. Ihre Freundinnen sind mit dem Taxi gekommen, weil sie damit gerechnet haben, an diesem Abend Alkohol zu trinken. Sie wollen noch nicht nach Hause. John bietet ihr an, sie zu fahren. Für Patricia Docker wird es die letzte Fahrt sein. Am 23. Februar 1968 wird sie von einem Spaziergänger auf einem Waldweg in der Nähe von Glasgow erdrosselt aufgefunden.

Am 15. August 1969 wird Jemima McDonald in einer alten Lagerhalle in Glasgow ebenfalls erdrosselt gefunden.

Am 30. Oktober 1969 wird schließlich Helen Puttock tot aufgefunden. Auch sie wurde erdrosselt. Die gerichtsmedizinischen Untersuchungen ergeben, dass alle drei Opfer auf die gleiche Weise getötet wurden, indem sie mit einem Seil um den Hals bis zum Eintritt des Todes gewürgt wurden.

1978

Barbara Tate kommt übermüdet von ihrer anstrengenden Arbeit nach Hause. Sie fährt mit dem Auto in die Garage und öffnet die Kellertür. Während sie nach oben geht, ruft sie: „Hallo Genette, bist du da?"

Normalerweise begrüßt ihre Tochter sie, wenn sie die oberste Stufe der Kellertreppe erreicht hat. Aber diesmal kann sie keinen Laut vernehmen. „Wahrscheinlich ist sie in ihrem Zimmer," murmelt Barbara. Die Küche ist leer und der Kochtopf, den sie ihr heute Morgen auf dem Herd abgestellt hat, wurde offenbar nicht angerührt. Sie schaut im Wohnzimmer nach, aber auch dort kann sie Genette nicht finden.

Barbara steigt die Stufen hoch in den oberen Stock. Die Tür von Genettes Zimmer ist geschlossen. Sie kann sich nicht erinnern, ob sie die Tür am Morgen geschlossen hat, bevor sie zur Arbeit gefahren ist. Sie öffnet die Tür – aber auch dieses Zimmer ist leer. Panik steigt in ihr hoch. Sie kann sich sonst immer auf Genette verlassen.

„Was mache ich bloß?" Voller Sorge geht sie wieder nach unten. Im Flur steht das Telefon auf einem kleinen Schränkchen und mit zitternden Händen kramt sie das Telefonbuch hervor. In der nächsten Stunde telefoniert sie mit den Freundinnen und einigen Klassenkameradinnen von Genette. Aber keiner kann ihr sagen, wo ihre Tochter abgeblieben ist. Schließlich informiert sie die örtliche Polizeibehörde.

Am nächsten Tag folgen umfangreiche Ermittlungen. Auch Leichenspürhunde werden eingesetzt. Die Beamten gehen mit einem aktuellen Foto von Genette von Haus zu Haus und befragen alle Nachbarn, ob sie etwas gesehen haben. Eine Nachbarin erinnert sich, dass sie Genette mittags mit einem Mann gesehen hat. Sie beschreibt ihn als „groß, schlank, mit roten Haaren". Doch es ist wie verhext, auch diese Spur verliert sich im Laufe der weiteren Ermittlungen. Genette bleibt für immer verschwunden. Ihr Schicksal ist bis zum heutigen Tag nicht geklärt.

August 1991

Letzte Woche konnte Dinah McNicol endlich ihren achtzehnten Geburtstag feiern. Wie lange hatte sie auf diesen Tag gewartet! In Liphook, nur wenige Kilometer von ihrem Wohnort entfernt, soll morgen ein Konzert stattfinden. Die Veranstalter haben das Mindestalter auf achtzehn Jahre festgelegt. Und da will sie unbedingt hin, denn schließlich ist es ihre Lieblingsband.

Allerdings haben ihre finanziellen Mittel bisher nicht gereicht, um den Führerschein zu machen. Klar, sie kann den Bus nehmen, um zur Music Hall zu gelangen. Aber sie weiß auch, dass sie zu vorgerückter Stunde dann keine Möglichkeit hat, nach Hause zu kommen. Dinah hofft einfach, dass sie mit einer Freundin in Richtung Heimat fahren kann.

Als sie in Liphook ankommt, steht bereits eine lange Schlange vor dem Eingang. Vor der Tür warten zwei muskulöse Aufpasser. Sie beobachtet, dass jeder seinen Ausweis vorzeigen muss.

„Zeig deinen Ausweis vor, Baby!", herrscht einer der Aufpasser sie an.

Plötzlich ist sie sich nicht mehr sicher, ob sie ihre Papiere eingepackt hat. Sie kramt in ihrer Handtasche, dann findet sie endlich doch noch den begehrten Ausweis.

„Wird aber auch Zeit, die anderen wollen auch noch rein."

Endlich erreicht sie den Raum, in dem das Konzert stattfindet. Sie schätzt, dass bereits 200 Menschen vor Ort sind. Im Laufe des Abends sucht sie immer wieder ihre Freundinnen, aber es ist wie verhext: Sie kann sie einfach nicht finden. Die Zeiger ihrer Uhr rücken unbarmherzig vor. Um 1 Uhr sieht sie einen großen, schlanken Mann mit roten Haaren an der Bar stehen.

Hm, der sieht ja gut aus, denkt sie. Als sie an der Theke einen Drink bestellt, kommt der Typ auf sie zu.

„Na, wie kann denn eine so gutaussehende Frau allein sein?"

Sie merkt, wie ihre Wangen heiß werden. Sie ärgert sich, weil das immer wieder geschieht.

„Ich bin John, darf ich dir den Drink spendieren?"

Dinah ist begeistert. Inzwischen hat die Band nach der fünften Zugabe die Bühne verlassen.

„Wie kommst du denn nach Hause?", fragt der nette Mann.

„Ich wollte eigentlich mit einer Freundin fahren, kann sie aber in dem Chaos leider nicht finden."

„Na, dann fahr doch mit mir. Ich bringe dich nach Hause", meint John.

Dinah zögert zunächst, sagt dann aber: „Oh, das freut mich."

Wenig später startet John seinen PKW und die Fahrt beginnt. Es herrscht eine angespannte Ruhe im Wagen. Schließlich ergreift John das Wort: „Der Herr ist mein Hirte, nichts wird mir mangeln … Es bleiben Glaube, Hoffnung, Liebe. Aber die Liebe ist die größte unter ihnen."

Dinah schaut ihn von der Seite her an. Sie ist in keiner Kirche verortet, aber die Zitate kommen ihr bekannt vor. Sie hat ein mulmiges Gefühl. John betätigt einen Knopf. Klack, schließen sich die Türen ab. Er brabbelt weitere Verse aus der Bibel und biegt in einen Waldweg ab.

Dinah kann in dem immer dichter werdenden Wald keine Menschenseele entdecken. „Bitte, lassen Sie mich raus. Ich laufe dann den Rest des Weges."

John kichert. „Du wirst den Weg niemals finden."

Dinah laufen Tränen über die Wangen. „Bitte lassen Sie mich gehen. Ich sage niemandem, dass Sie mich gefahren haben."

„Lass dein Heulen. Das kann ich überhaupt nicht leiden."

Dinah versucht sich zu beruhigen, aber es will ihr einfach nicht gelingen. Sie schluchzt, und Johns Mimik verdunkelt sich. Er öffnet das Handschuhfach und kramt das Seil hervor. Seine Augen glänzen, während Dinah versucht, die Tür zu öffnen. Doch es gelingt ihr einfach nicht. John legt ihr das Seil um den Hals. Ganz langsam zieht er es zu.

Dinah denkt an ihre Familie, dann sinkt sie ohnmächtig zusammen.

4. August 1993

Peter Tobin hat vor zwei Wochen eine Anzeige in der örtlichen Tageszeitung aufgegeben: „Stundenweise Betreuung meines fünfjährigen Sohnes gesucht. Gute Bezahlung. Bitte Angebote unter Telefon 911007." In den nächsten Tagen haben sich einige Personen gemeldet, die bereit waren, den Job zu übernehmen.

„Hallo, hier ist Theresa. Ich melde mich wegen Ihrer Anzeige. Ich möchte gerne auf Ihren Sohn aufpassen."

„Wie alt bist du denn?"

„Ich bin noch vierzehn Jahre alt, werde aber in vier Wochen fünfzehn."

„Hm, ich weiß nicht. Bist du nicht zu jung für diese Aufgabe?"

„Bestimmt nicht, ich habe schon oft auf meinen kleinen Bruder aufgepasst. Außerdem könnte meine Freundin Emely mitkommen."

„Na gut, aber ich zahle nicht doppelt. Dann müsst ihr euch das Geld teilen."

Teresa bestätigt ihm, dass das in Ordnung geht.

„Also, könnt ihr nächsten Samstagabend um 19 Uhr hier sein?"

„Ja, wir sind pünktlich da." Sofort informiert Theresa ihre Freundin und die beiden freuen sich, endlich mal eigenes Geld zu haben.

Theresas Mutter ist bereit, die beiden zu fahren. „Aber ich kann euch nicht abholen." Ashley muss in ihrem Job flexibel sein. Manchmal erreicht sie die Nachricht, dass sie so schnell wie möglich kommen muss, auch am Wochenende. Deshalb hat sie sich ein sündhaft teures Handy angeschafft. „Ausnahmsweise gebe ich dir mein Handy mit. Dann kannst du mich auf der Arbeit anrufen und wir schauen, wann ich euch wieder abholen kann."

„Oh, vielen Dank!" Damit hat Theresa wirklich nicht gerechnet.

Am Samstag holen Theresa und ihre Mutter pünktlich um 18:30 Uhr Emely ab und sie fahren in die Abbey Road.

„Na, dann wünsche ich euch viel Spaß! Und vergesst nicht, mich rechtzeitig zu informieren, wann ich euch abholen soll."

Die beiden klingeln, und Peter Tobin öffnet. „Ah, da seid ihr ja. Ich will auch gleich los. Bringt Tom um 21 Uhr in sein Zimmer. Er darf dann noch eine Geschichte hören und geht danach schlafen."

Der Abend verläuft überraschend ruhig. Tom ist echt „pflegeleicht". Das hatten sich die beiden durchaus schwieriger vorgestellt. Sie sind froh, dass Wochenende ist, denn die Zeiger der Uhr rücken unbarmherzig vor. Dann, um 23 Uhr, hören sie, wie sich der Schlüssel im Schloss dreht und die Haustür geöffnet wird.

„Hallo Mr. Tobin. Der Abend ist sehr ruhig verlaufen. Tom ist gut eingeschlafen."

„Na, das ist ja gut. Aber ihr habt überhaupt nichts getrunken. Ich hatte euch doch extra Cola bereitgestellt. Ihr seid bestimmt ganz durstig."

Emely meint: „Ja, das schon. Aber Sie haben vergessen, uns Gläser zu geben, und wir wussten nicht, wo wir suchen sollten."

„Ach so. Sorry, das habe ich in der Eile ganz vergessen. Ich hole sie schnell aus der Küche." Er öffnet den Küchenschrank und nimmt zwei Gläser heraus. Neben dem Schrank hängt ein kleines Medizinschränkchen. Dort hat er neben verschiedenen Medikamenten auch K.-o.-Tropfen deponiert. Sorgfältig gibt er jeweils zwei Tropfen in die Gläser. „Hier, ich habe euch gleich Cola eingeschenkt. Lasst es euch schmecken."

Tatsächlich bemerken beide jetzt, dass sie echt Durst haben. Sie leeren ihre Gläser in einem Zug.

Theresa sagt: „Jetzt muss ich aber doch meine Mutter anrufen, damit sie uns abholt." Sie kramt das Handy aus ihrer Tasche und wählt die Nummer ihrer Mutter. „Hallo Mama, kannst du uns jetzt bitte abholen?"

„Nein, tut mir leid, ich muss zuerst meine Arbeit beenden. Das kann noch eine gute Stunde dauern."

Theresa legt auf und setzt sich neben ihre Freundin. Ihr ist ganz heiß, der Schweiß glänzt auf ihrem Gesicht. Dann sieht sie alles nur noch verschwommen. Sie will etwas sagen, aber mehr als ein Lallen bringt sie nicht heraus. Die Konturen verschwimmen immer mehr, wie von fern hört sie das böse Kichern von Peter Tobin. Sie will schreien, will sich wehren, aber ihre Zunge klebt an ihrem Gaumen, ihre Muskeln scheinen tonnenschwer. Sie spürt Hände auf ihrem Körper. Sie hat das Gefühl, dass sie überall sind. Sie hört Tobin Sätze sagen, die ihr irgendwie bekannt vorkommen. „Der Herr ist mein Hirte, mir wird nichts mangeln. Von allen Seiten umgibst Du uns und hältst Deine Hand über mir." Sie versucht sich zu konzentrieren, öffnet ihren Mund, bringt aber wieder keinen Ton über ihre Lippen. Die Minuten kommen ihr vor wie Stunden. Dann endlich lässt Tobin von ihr ab.

Theresa und Emely erwachen wie aus einem bösen Alptraum. Sie stöhnen und bemerken, dass sie sich nicht bewegen können.

„Wo bin ich?", flüstert Emely. Dann, ganz allmählich, kommen erste Erinnerungsfetzen. „Theresa, bist du da?"

„Ja, ich kann dich hören."

„Riechst du es auch?"

Theresa schnuppert. „Ja, riecht komisch. Wo kommt das bloß her?"

Emely zwingt sich, nicht wieder einzuschlafen. „Hörst du auch wieder dieses Geräusch? Es scheint aus der Küche zu kommen."

Theresa meint: „Ja, ich höre da ein Zischen."

„Weißt du, wo Tobin ist?"

„Nein, ich kann ihn nicht mehr hören."

Der komische Geruch wird immer beißender. Emely ergreift wieder das Wort: „Das riecht wie Gas."

Panik erfasst Theresa. Sie versucht sich aufzusetzen, aber es will ihr nicht gelingen. Sie merkt, wie Plastik in ihre Haut schneidet. „Meine Hände sind zusammengebunden. Ich kann sie nicht bewegen. Sie sind schon ganz steif."

„Meine auch. Was sollen wir bloß machen?"

Theresa versucht sich zu bewegen. Unter Aufbietung aller Kräfte rollt sie sich von der Couch und fällt auf den Boden. Das Plastik schneidet noch fester in ihr Fleisch. Sie schreit auf. „Ich muss versuchen zu robben, um in die Küche zu kommen."

Auch Emely rollt ihren Körper auf den Teppichboden des Wohnzimmers. „Scheiße, tut das weh!"

„Wir müssen versuchen, irgendwie in die Küche zu kommen. Ich glaube, der Geruch kommt von dort."

Wie sie in die Küche gekommen sind, können sie später nicht mehr sagen.

„Warte Emely, ich versuche mich aufzurichten." Theresa kann erkennen, dass sechs schwere Holzstühle am Küchentisch stehen. Sie hebt den Oberkörper an und nutzt einen Stuhl als Unterstützung. Sie zieht ihre Beine an den Körper und versucht aufzustehen. Ihr Oberkörper klappt nach vorne und sie kippt um. Der Gasgeruch wird immer penetranter. „Ich muss es noch einmal versuchen." Nun, da sie von der Gefahr umzukippen weiß, balanciert sie ihren Oberkörper besser aus und kann tatsächlich aufstehen. Dann sieht sie die geöffnete Backofentür. Eindeutig kommt der Geruch von dort. „Dieser Typ will uns tatsächlich vergiften." Doch wie soll sie ihre Hände befreien? Neue Panikattacken schütteln ihren Körper. „Wir werden jämmerlich ersticken!"

„Gib nicht auf, Theresa. Es muss doch möglich sein."

Sie atmet tief ein und aus. Dann schaut sie sich um. Sie erkennt, dass auf der Arbeitsplatte ein Messerblock steht. Sie murmelt: „Hm, wie soll da drankommen?" Schließlich hat sie eine Idee. Sie dreht sich um und setzt sich auf die Arbeitsplatte. Schweißperlen treten auf ihre Stirn. Ihr T-Shirt und ihre Jeans sind schweißnass. Dann endlich befindet sich der Messerblock direkt vor ihr. Sie beugt ihren Oberkörper nach unten. Ganz vorsichtig öffnet sie ihren Mund und zieht eines der Messer mit den Zähnen aus dem Block. Doch ihr Biss ist nicht stark genug. Mit einem „Klack" fällt das Messer auf den Boden.

Emely ruft: „Warte, ich robbe mich bis zu dir hin!" Sie braucht drei Versuche, ehe es ihr gelingt.

Theresa ist übel und sie muss sich übergeben. Buchstaben tanzen vor ihren Augen in einem unbekannten Rhythmus. „Ich muss flacher atmen, damit das Gas nicht vollends in meine Lungen dringen kann." Das ist ein sehr schwieriges Unterfangen. Sie konzentriert sich und atmet ganz bewusst ein und aus. „Schon viel besser." So gelingt es ihr, sich auf dem Boden zu bewegen. Erneut erreicht sie das Messer. Jetzt kann sie auch die Balance besser halten. Sie neigt ihren Kopf so tief es geht und zieht das Messer hoch. Emely dreht ihren Körper herum, sodass sie mit ihrem Rücken so nah wie möglich an Theresas Körper anliegt. Theresa neigt ihren Kopf und öffnet erst im letzten Moment ihre Zähne.

„Gut gemacht, Theresa. Ich glaube, ich kann es jetzt in meine Hand nehmen." Tatsächlich gelingt es ihr, das Messer in eine Hand zu nehmen. Ihre Fessel scheidet so stark in ihr Fleisch, dass sie schreien muss. Blut läuft an ihrem Handrücken herunter und tropft auf den Küchenboden. Trotzdem lässt sie das Messer nicht mehr los und schneidet ganz vorsichtig Theresas Fessel durch. Jetzt geht alles sehr schnell. Theresa befreit auch Emely und sie dreht den Gashahn zu. Sie rennen aus der Wohnung und erreichen den Vorgarten.

„Frische Luft! Ich kann es kaum glauben", keucht Emely. Beide atmen den Sauerstoff gierig ein. „Komm, wir haben keine Zeit", mahnt sie dann. Sie rennen durch mehrere Häuserblocks, bis sie erschöpft stehen bleiben. Theresa nimmt ihr Handy und ruft ihre Mutter an.

„Endlich meldest du dich. Was war denn los? Ich habe bereits mehrfach versucht, dich zu erreichen."

„Kannst du uns bitte ganz schnell abholen? Wir befinden uns in der Baker Street."

„Wie seid ihr denn dahin gekommen?"

„Ich erzähle dir im Auto, was geschehen ist. Aber jetzt komm bitte ganz schnell!"

Ashley rennt so schnell sie kann zu ihrem Fahrzeug und fährt los. An irgendwelche Geschwindigkeitsbeschränkungen ist jetzt nicht zu denken. Als sie die Mädchen erreicht, ist sie froh, dass sie keinen Unfall verursacht hat. Die beiden steigen ins Auto und informieren Ashley über das Geschehen.

„Ich fahre sofort zur Polizei, dann können wir den Mistkerl anzeigen."

So kommt es, dass sie den Beamten ihre Geschichte erzählen, und einer fragt: „Könnt ihr den Mann beschreiben?" Aufgrund der Beschreibung der beiden Mädchen wird ein Phantombild angefertigt und es beginnt eine landesweite Fahndung.

Pater Nigel ist Oberhaupt der katholischen St.-Patricks-Kirche. In den letzten Jahren sind die Besucherzahlen der Gottesdienste enorm angestiegen. Die Gemeinde überlegt, ob es sinnvoll wäre, die Kirche zu vergrößern. Es gibt bereits Vorschläge von Architekten und es wurde ein Baukonto eingerichtet, damit Spenden für den Anbau gesammelt werden können. In der letzten Sitzung des Kirchenvorstands hat Pater Nigel mitgeteilt, dass er die anstehenden Arbeiten, sowohl in der Kirche als auch im äußeren Bereich, einfach nicht mehr allein schaffen kann.

„Wir haben doch schon Angelika Kluk als Reinigungskraft eingestellt."

„Ja, das stimmt schon. Mir geht es aber um handwerkliche Aufgaben."

Nach längerer Diskussion stimmt der Kirchenvorstand schließlich zu, eine Hilfskraft einzustellen. Am übernächsten Tag erscheint in der örtlichen Presse eine Anzeige: „Die Katholische St.-Patricks-Kirche sucht eine Hilfskraft mit handwerklichem Geschick für Tätigkeiten sowohl in als auch außerhalb der Kirche. Zuschriften bitte direkt an Pater Nigel oder per Telefon unter 12131415."

Nach einigen Tagen meldet sich ein Interessent telefonisch bei Pater Nigel. „Hallo, ich bin John. Ich interessiere mich für die Stelle in Ihrer Gemeinde."

Pater Nigel fragt: „Sind Sie handwerklich geschickt?"

„Oh ja, ich habe bereits ähnliche Tätigkeiten ausgeübt. Vor allem bin ich auch ein gläubiger Katholik."

„Das ist ja super. Können Sie sich mal bei mir vorstellen?"

„Ja, gerne."

„Gut, können Sie gegen 14 Uhr hier sein?"

Es wird vereinbart, dass sich die beiden in der Wohnung von Pater Nigel treffen. Das Gespräch verläuft sehr positiv und nach Rücksprache mit dem Kirchenvorstand stellt Pater Nigel ihn ein.

Angelika Kluk arbeitet bereits seit drei Monaten für die St.-Patricks Kirche. Die Arbeit macht ihr großen Spaß. Pater Nigel ist immer sehr freundlich zu ihr und gibt ihr das Gefühl, dass ihre Arbeit wertgeschätzt wird. Als sie an diesem Morgen gegen 7 Uhr die Kirche betritt, sieht sie einen Mann, der sich an einer Lampe zu schaffen macht. Sie hört, wie John Bibelverse rezitiert. „Der Typ ist mir unheimlich", flüstert sie. „Hallo, was machen Sie hier?"

„Ich bin John. Ich bin für alle handwerklichen Tätigkeiten zuständig."

24. September 2006

Mit der Zeit hat sich Angelika an John gewöhnt, aber irgendwie ist er ihr immer noch unheimlich. Eigentlich muss sie samstags nicht arbeiten. Aber gestern hat ihre Mutter sich bei ihr gemeldet. Angelika erinnert sich voller Schmerz an den Tag vor zwei Monaten. Die örtliche Klinik teilte ihr mit, dass ihre Mutter einen Schlaganfall erlitten hat. Zum Glück war ihr Sprachzentrum nicht betroffen, so konnte sie den Notarzt anrufen. Angelika beschaffte sich Informationen über diese Krankheit und der Notarzt sagte ihr später auch, dass es absolut wichtig war, dass ihre Mutter sich so rasch gemeldet hat.

Direkt im Anschluss an die stationäre Behandlung musste ihre Mutter in die Reha. Nach und nach verschwanden die Lähmungserscheinungen. Der behandelnde Arzt empfahl ihr dringend eine andere Ernährung. Gerade in der letzten Woche stellte Angelika fest, dass ihre Mutter zunehmend vergesslicher wird. Und so kam es, dass ihre Mutter sie an diesem Freitag fragte, ob sie wichtige Einkäufe erledigen könne. Daraufhin hat Angelika Pater Nigel angesprochen, ob sie ausnahmsweise am Samstag arbeiten dürfe. Pater Nigel hat zugestimmt.

Es ist noch dunkel, als sie sich auf den Weg zur Kirche macht. Sie nimmt wie immer ihr Fahrrad und erreicht nach zehn Minuten ihren Arbeitsplatz. Sie wundert sich, weil in der Kirche bereits Licht brennt. Das kann ja wohl nicht wahr sein! Ist der Typ auch schon da, denkt sie.

Angelika geht durch das Kirchenschiff und erreicht einen Raum, in dem alle möglichen Utensilien gelagert sind: Der Talar von Pater Nigel, Kittel, die sie während ihrer Arbeit überziehen kann, Putzeimer, Staubsauger und verschiedene Lappen. Angelika kann John nirgendwo entdecken. Wo ist der nur wieder? Ob Pater Nigel weiß, dass der sich schon so früh hier herumtreibt, fragt sie sich im Stillen.

Plötzlich geht das Licht aus.

„Was ist hier los? Ist da wer?" Sie kann die aufsteigende Panik in ihrer Stimme nicht unterdrücken. Die Kirchenfenster haben abgedunkelte Scheiben und draußen zieht Nebel übers Land. Angelika hat jegliche Orientierung verloren. Dann bemerkt sie, wie zwei Hände sich wie ein Schraubstock um ihren Hals legen. Sie will schreien, aber der Laut erstirbt in ihrer Kehle. Unbarmherzig drückt John die Hände zusammen, und Angelika versucht irgendwie Sauerstoff in ihre Lungen zu bekommen. Doch auch diese Mühen sind vergeblich.

Angelika erwacht. Ihr ganzer Körper schmerzt und überall ist Blut. Sie bemerkt, dass sie nackt ist. Vorsichtig befühlt sie ihr Äußeres. Überall sind Schnitte und ihr Blut tropft auf den Boden. Sie befindet sich in einem Zustand zwischen Tod und Leben. Sie versucht sich zu bewegen, aber im gleichen Moment schließen sich ihre Augen. Das Letzte, was sie denkt ist: Wo bin ich nur? Dann wird es schwarz vor ihren Augen.

Am Montagmorgen hat Pater Nigel in der Kirche zu tun. Die Gemeinde interessiert sich für ein neues Liederbuch und er möchte sich ein altes Gesangbuch holen, um zu vergleichen, welche der Lieder auch in dem neuen Buch vorhanden sind. Nach einem guten Frühstück ist er gegen 9 Uhr bei der Kirche. Er wundert sich, dass die Tür noch nicht aufgeschlossen ist. Normalerweise beginnt Johns Arbeitstag um 7:30 Uhr. Er nimmt seinen Schlüssel aus der Tasche und schließt die schwere Holztür auf.

„Komisch, auch Angelika ist noch nicht da." Angelika ist immer zuverlässig, und wenn private Probleme bestehen, meldet sie sich bei Pater Nigel, so wie es ja letzte Woche der Fall war. Die Stunden vergehen und seine Sorge wächst. Er fragt sich, was den beiden wohl passiert ist. Um die Mittagszeit kann er es nicht mehr aushalten. Er steigt die Stufen im Pfarrhaus empor. Johns Zimmer liegt direkt neben dem Badezimmer. Pater Nigel hat dieses Zimmer früher benutzt, wenn er mal Besuch von seiner Schwester und ihrer Familie bekam. Als John seinen Dienst antrat, hat er das Zimmer kurzerhand umfunktioniert. Er klopft an. Keine Reaktion. Er klopft erneut, dieses Mal wesentlich lauter. Aber auch jetzt kommt keine Antwort. Pater Nigel öffnet die Tür und betritt das Zimmer. Das Bett ist gemacht und nichts deutet mehr daraufhin, dass hier bis vor kurzem noch jemand gewohnt hat. Er öffnet den Kleiderschrank, aber auch der ist leer.

Noch am gleichen Abend erstattet Nigel bei der örtlichen Polizei eine Vermisstenanzeige. Der lokale Radiosender und die Spätausgabe der Nachrichtensendung bringen Fotos und nähere Beschreibungen der Vermissten. In den frühen Morgenstunden des folgenden Tages beginnen die Ermittlungen der zuständigen Behörden. Doch beide Personen scheinen wie vom Erdboden verschluckt.

Tag 5 der Ermittlungen

Heute setzt die Polizei zum ersten Mal Leichenspürhunde ein. Mittags schlägt einer der Hunde in der Nähe des Beichtstuhls an. Einer der Beamten befragt Pater Nigel: „Pater, können Sie mir sagen, welche Räume es hier gibt?"

„Ja, da sind die Sakristei und ein Wirtschaftsraum, in dem einige Utensilien, wie Putzeimer und Lappen deponiert sind."

„Ist das alles? Diese Räume haben wir bereits untersucht, aber leider keine Anhaltspunkte für den Verbleib der beiden gefunden."

„Warten Sie mal. Klar, da ist noch eine Kammer unterhalb des Fußbodens." Pater Nigel hebt eine schwere Holzplatte hoch. Ein ekelhafter Geruch lässt die Beamten schaudern. Dann entdecken sie die Leiche.

„Pater Nigel, ist das Angelika?"

„Ja, eindeutig", antwortet der Pater.

„Lasst bitte die Leiche in die Gerichtsmedizin bringen, damit sie dort obduziert werden kann. Sagt dem Doc, dass es wie immer eilig ist." Timothy Wallace, der zuständige Gerichtsmediziner, steht kurz vor seiner Pensionierung. Aber er hat in seiner langjährigen Karriere noch nie eine Leiche gesehen, die derart zugerichtet war. Deshalb ist er gespannt, was die Obduktion ergibt.

Am nächsten Morgen ist Kommissar Ronny Bradshaw als Erster auf der Wache. Er macht sich gerade einen Kaffee, als das Telefon klingelt. „Ja, hier Ronny Bradshaw."

„Hallo Ronny, hier ist Timothy. Ich wollte dir gerne die Ergebnisse der Obduktion mitteilen."

„Na, da bin ich aber gespannt."

„Angelika wurde mehrfach sexuell missbraucht und ihr wurden teilweise tiefe Schnitte zugefügt. Sie hat sehr viel Blut verloren. Aber das Beste kommt noch: Als sie in dem Raum abgelegt wurde, hat sie noch gelebt."

„Bist du sicher?"

„Absolut. Es besteht kein Zweifel. Ich konnte auch einzelne Spuren von Sperma finden."

Ronny fragt: „Hätte sie überlebt, wenn sie nicht dort abgelegt worden wäre?"

„Ich bin mir nicht zu 100 % sicher, aber es ist sehr wahrscheinlich."

Um 8 Uhr summen die Stimmen in den Büros der Wache wie in einem Bienenkorb. Ronny versammelt seine Kolleginnen und Kollegen im Besprechungsraum und teilt ihnen die Ergebnisse der Obduktion mit. „Wir starten so schnell wie möglich mit der Fahndung nach John. Weiß jemand inzwischen, wie der Typ mit Nachnamen heißt?"

„Nein. Der Pater kennt ihn nur mit Vornamen."

„Habt ihr schon den Computer mit dem Phantombild und den restlichen uns vorliegenden Informationen gefüttert?"

„Wir waren gerade dabei, als du uns zur Besprechung gerufen hast."

„Wenn es etwas Neues gibt, will ich das sofort wissen."

Zwei Stunden später erhält Ronny einen Anruf: „Wir haben etwas entdeckt."

„Na, dann mal raus mit der Sprache", antwortet Ronny.

„In den Untiefen unserer Computer konnten wir anhand des Phantombilds einen Namen eruieren."

„Und? Komm, sag schon!"

„Du wirst es nicht glauben. Der Name lautet Peter Tobin."

„Bist du sicher?"

„Ja, absolut. Es passt alles. Die Orte, an denen er sich aufgehalten hat, die entsprechenden Jahreszahlen und der Abgleich mit dem Phantombild."

„Na gut, du hast mich überzeugt. Wir geben den Namen an die Medien raus."

Peter Tobin ist nach seiner Tat in der katholischen St.-Patricks-Kirche ständig auf der Flucht. Er verfolgt die Fahndung in den örtlichen Zeitungen. Ich darf mich nirgendwo länger als vier oder fünf Tage aufhalten. Dann habe ich vielleicht eine Chance, überlegt er. Schließlich landet Tobin in London. Hier kann er untertauchen. Er nimmt sich ein kleines Zimmer in einer schäbigen Pension.

Tobin erwacht aus einem unruhigen Schlaf. Wieder einmal hat er geträumt, dass er verfolgt wird. Doch dieses Mal ist alles anders: Sein Puls rast und sein Herz schlägt unregelmäßig. Das Kopfkissen und sein Schlafanzug sind durchnässt. Panik erfasst ihn. Er versucht sich zu entspannen, aber sein Puls schlägt immer schneller und unregelmäßiger. Tobin kann es einfach nicht mehr aushalten. Er wählt den Notruf.

„Hier spricht das „Royal Brompton Hospital. Was kann ich für Sie tun?"

„Hallo, hier spricht Peter. Mein Herz schlägt wie verrückt und der Rhythmus ist sehr stark gestört."

„Wann haben Sie das bemerkt?"

„So etwa vor zwei Stunden wurde ich wach. Der Schweiß perlt in meinem Gesicht, mein Kissen und mein Schlafanzug sind ebenfalls schweißnass. Außerdem habe ich Schmerzen in meinem linken Arm und in meiner linken Brust."

„Gut, wir kommen so schnell wie möglich. Bitte geben Sie mir Ihre Anschrift."

„Ich wohne in der Old Church Street 25."

„Verstanden. Wir sind in zehn Minuten da."

So kommt es, dass Peter Tobin mit Verdacht auf einen Herzinfarkt in die Klinik eingeliefert wird.

Betty arbeitet als Nachschwester auf der Intensivstation im Royal Brompton Hospital. Als Tobin eingeliefert wird, hat sie gerade ihren vierten Nachtdienst in Folge. Alle Abläufe im Hospital sind seit einiger Zeit automatisiert. So auch in diesem Fall. Sofort werden die notwendigen Untersuchungen veranlasst. Der diensthabende Arzt bittet Betty, ein EKG zu schreiben. Die Erstversorgung wird durch Infusionen als thrombolytische Behandlung unterstützt. Dann gibt der Arzt Entwarnung: „Es war zum Glück nur ein kleiner Infarkt, deshalb benötigt der Patient keinen operativen Eingriff. Wir behalten ihn aber zur Beobachtung für einige Tage hier, um das Risiko eines erneuten Infarkts zu reduzieren."

Am nächsten Morgen erfolgt im Schwesternzimmer die Übergabe für die Frühschicht. „Verdammt, irgendwie kommt der Patient mir bekannt vor. Ich habe dieses Gesicht schon einmal irgendwo gesehen. Jane, magst du mal mit mir hingehen, damit du ihn dir auch anschauen kannst?", fragt Betty.

Nach fünfzehn Minuten sitzen die beiden wieder im Schwesternzimmer. Jane meint: „Du hast recht. Ich erinnere mich an einen Fahndungsaufruf in der Tageszeitung. So ein Phantombild ist ja manchmal nicht so genau. Aber in diesem Fall bin ich mir sicher. Außerdem passt der Name. Komm, wir rufen die Polizei an."

Die örtlichen Behörden erscheinen mit einem Großaufgebot, und noch am gleichen Tag wird Peter Tobin in der Klinik festgenommen. Er wird auf die Krankenstation des nächstgelegenen Gefängnisses überführt.

Verurteilungen[57]

Nach sechswöchiger Verhandlung wird Peter Tobin wegen Mordes und Vergewaltigung zu einer lebenslangen Freiheitsstrafe verurteilt. Außerdem erhält er wegen des Verstoßes gegen Bewährungsauflagen eine weitere Freiheitsstrafe von dreißig Monaten. Die Mindesthaftdauer wird auf 21 Jahre festgelegt.

Im Juni und November des Jahres 2007 werden bei der Durchsuchung seines ehemaligen Grundstücks die sterblichen Überreste von Vicky Hamilton und Dinah McNicol entdeckt. Am 2. Dezember 2008 wird er wegen des Mordes an Vicky Hamilton erneut zu lebenslanger Haft mit einer Mindestfreiheitsstrafe von dreißig Jahren verurteilt. Wegen des Mordes an Dina McNicol wird er abschließend am 16. Dezember 2009 zu einer Haftstrafe auf Lebenszeit verurteilt. Peter Tobin wird nie mehr freikommen.

Peter Tobin wurde verdächtigt, auch „Bible John" zu sein. Dieser hatte zwischen Februar 1968 und Oktober 1969 drei junge Frauen auf dem Nachhauseweg vom Tanzclub Barrowland Ballroom in Glasgow ermordet. Diese Morde konnten ihm allerdings bisher nicht nachgewiesen werden.

---

[57] https://de.wikipedia.org/wiki/Peter_Tobin Stand 23.01.19

Kapitel 25: Die Tosa Klause in Saarbrücken-Burbach[58]

Der Fall des spurlos verschwundenen Pascal (5) ist wohl der spektakulärste Kriminalfall in Deutschland. Als ich beginne, mich mit diesem Fall zu beschäftigen, ahne ich noch nicht, in welche menschlichen Abgründe ich blicken werde. Er zeigt aber auch, wie hilflos unsere Justiz sein kann. Ich möchte ausdrücklich darauf hinweisen, dass diese Schilderungen eventuell traumatisierendes Material enthalten können.

Jedes Jahr im September findet in Saarbrücken-Burbach ein Oktoberfest statt. Diesmal steigt das Fest am 30. September 2001. Pascal Zimmer hat sich seit Wochen darauf gefreut. Es ist ein schöner Sonntag, als Pascal mit seinem blau-gelben Kinderfahrrad losfährt. Er möchte seinen Freund abholen, um zusammen mit ihm mit dem Kinderkarussell zu fahren. Doch dort kommt er nie an.

Als Pascal abends immer noch nicht zuhause ist, informiert seine Mutter die Polizei. Bereits am nächsten Tag richtet das Landeskriminalamt eine Sonderkommission ein. 140 Polizisten mit Spürhunden durchkämmen die nähere Umgebung und den Güterbahnhof. Alle Züge werden untersucht, die Polizisten kriechen unter die Züge und schauen, ob Pascal dort liegt. Dreißig Taucher suchen einen Weiher ab. Immer wieder erforschen die Ermittler den Kirmesplatz, doch sie finden keine brauchbaren Hinweise.

Der Raum ist mit Pressevertretern überfüllt. Fotoapparate klicken und Fernsehkameras surren. Eine ganze Armada von Mikrofonen steht parat. Es herrscht eine angespannte Atmosphäre. Dann betreten die Eltern von Pascal die Bühne. Alle Augen sind nach vorne gerichtet. Pascals Vater Karl-Heinz ergreift das Wort.

„Seit Sonntag wird unser kleiner Junge vermisst. Wer irgendwelche Angaben über seinen Verbleib machen kann, wendet sich bitte an die Staatsanwaltschaft. Wir sind sehr verzweifelt. Pascal ist doch erst fünf Jahre alt! Wenn er entführt wurde, dann bitten wir um ein Lebenszeichen. Wir möchten doch nur wissen, ob Pascal lebt und wie es ihm geht. Ich bitte um Erbarmen, er hat doch niemandem etwas getan." Tränen laufen Karl-Heinz die Wangen herunter, seine Worte werden von Schluchzern unterbrochen. Dann bricht er zusammen.

Pascals Mutter Sonja muss in einer Klinik psychologisch betreut werden. Verwandte setzen eine Belohnung von 10.000 € aus.

Am 14. Oktober 2001 wird Pascals Stiefschwester festgenommen, weil ihre jüngere Schwester, die zu der Zeit fünfzehn Jahre alt ist, behauptet, sie hätte Pascal im Streit erschlagen. Nur vier Tage später zieht die jüngere Schwester ihre Aussage zurück. Bis dahin sind bereits 400 Hinweise bei den Behörden eingegangen, doch es gibt keine heiße Spur.

Die Saarbrücker Kneipe „Tosa-Klause" hat schon bessere Tage gesehen. Den Bau als Ruine zu bezeichnen ist noch freundlich formuliert. Nackte Wände in einem undefinierbaren Grau. Hier wurde jahrzehntelang nicht renoviert. Und doch ist es für die Menschen im Stadtteil Burbach ihr Treffpunkt. Dort kann man Bier trinken, abhängen und quatschen. Was sich hier nach Geschäftsschluss abspielt, ahnt niemand. Christa W. hält das Zepter in der Hand.

Im Oktober 2002 meldet sich ein Freund und Spielgefährte von Pascal und sagt, dass er und Pascal hier sexuell missbraucht worden seien. Was nun folgt, sind wochenlange

---

[58] https://www.bild.de/regional/saarland/kindesmisshandlung/fall-pascal-jaehrt-sich-zum-15-mal-48033184.bild.html Stand 24.01.19

Ermittlungen. Wurde Pascal an jenem Sommertag hierhergelockt und wurde er dann, ahnungslos wie er war, sexuell missbraucht? Welches Martyrium musste er hier aushalten? Und vor allem: Wo ist er jetzt?

Die zusätzlich eingesetzte Soko „Riegel"[59] verhaftet am 19. November 2002 zwei Männer und zwei Frauen, darunter auch die ehemalige Wirtin der „Tosa-Klause", Christa W. Doch das ist noch längst nicht das Ende der Fahnenstange. Im Februar 2003 werden weitere sechs Verdächtige verhaftet. Handelt es sich vielleicht um einen Kinderporno-Ring?

Ein Mann und drei Frauen berichten, Pascal sei am Tag seines Verschwindens in die „Tausa-Klause" gelockt und missbraucht worden. Eine der Frauen ist Andrea M. Oberkommissar Walter Fuchs leitet die Vernehmungen.

„Also, Frau M., was ist damals in der Kneipe passiert? Ich will, dass Sie jetzt die Wahrheit sagen. Wo ist Pascal? Denken Sie doch auch mal an die Eltern. Welcher Schmerz ihnen zugefügt wurde. Und sie wissen immer noch nicht, wo ihr Sonnenschein ist."

M. antwortet: „Also gut. Ja, wir haben Pascal umgebracht. Er liegt in einer Kiesgrube."

Daraufhin startet die Polizei am 21. Februar 2003 eine großangelegte Suche in einer Kiesgrube, die drei Kilometer hinter der deutschen Grenze liegt. Zwei Tage später werden weitere sechs Tatverdächtige festgenommen. Am **26. Februar 2003** findet eine Pressekonferenz der Soko statt. Dort wird zum ersten Mal davon gesprochen, dass Pascal Opfer von Kinderschändern wurde.

Ein Jahr später

Im Februar 2004 beschuldigt die Staatsanwaltschaft insgesamt dreizehn Frauen und Männer, Pascal in der „Tosa-Klause" sexuell misshandelt, vergewaltigt und schließlich getötet zu haben. Am **20. September 2004** kommt das Gerichtsverfahren in Gang. Im Laufe des Prozesses werden Stimmen laut, die behaupten, dass Geständnisse der Angeklagten unter massivem Druck entstanden seien. Besonders tragisch ist, dass Pascals Mutter Sonja und sein Vater Karl-Heinz im Sommer 2005 verstarben. Im Zeitraum zwischen dem 10. Oktober 2005 und dem 12. Juni 2006 werden alle Haftbefehle gegen die Angeklagten aufgehoben. Der Zweifel an den Geständnissen steigen exorbitant an und die Richter sehen keinen dringenden Tatverdacht mehr.

Viele Saarländer empfinden dieses Urteil als Skandal: Am Freitag, dem 7. September 2007 fällt nach **147 Verhandlungstagen** die Entscheidung: Freispruch für alle Angeklagten. Es ist ein Urteil, das sich auf den Grundsatz „im Zweifel für den Angeklagten" beruft.

Bis heute wurde Pascal nicht gefunden, und die meisten der ehemaligen Angeklagten leben weiterhin im Saarland. Der Fall hat den Leiter der Soko psychisch dermaßen mitgenommen, dass er aus dem Dienst ausscheiden musste.

---

[59] Der Freund von Pascal wurde zum Schutz seiner Privatsphäre „Kevin" genannt. Er berichtete, dass Übergriffe auch in einem Haus in Riegelsberg stattfanden. Daher der Name dieser Soko.

Der Sündenbock[60]

„Peterle, komm sofort in die Küche! Essen ist fertig."

Das ist immer so. Mittagessen um Punkt zwölf. Peter hat an diesem Morgen bereits fünf Flaschen Bier konsumiert. Der Schnaps steht im Kühlschrank, schließlich braucht er ja nach dem Essen einen, damit er den Fraß seiner Mutter verdauen kann. Sein Kopf ist hochrot, die Dusche hat ihn auch schon lange nicht mehr gesehen. Um die rechte Hand trägt er einen Verband. Gestern Abend hat er sich im Vollrausch in die Hand geschossen. Darüber hat er sich gewundert, weil er doch so kleine Hände hat. Schon in der Schule wurde er dafür gehänselt. Als seine Mutter ihn dann in die Notaufnahme gebracht hat, war ihm das schon peinlich. Der diensthabende Arzt fragte, was denn da passiert sei. Unverständlich lallend hat ihm Peter eine erfundene Geschichte erzählt.

Er freut sich, weil er auch an diesem Abend die „Tosa-Klause" aufsuchen wird. Dort ist er anerkannt. Da hänselt ihn niemand, weil er so kleine Hände hat. In der Kneipe verkehren Menschen, die am Rand der Gesellschaft leben. Menschen, deren einziges Ziel es ist, so viel Alkohol wie möglich zu konsumieren.

Doch an diesem Abend ist alles anders. Spät abends erscheinen Polizeibeamte in der Kneipe. Zunächst fordern die Beamten ihre Ausweise, dann werden Peter, „der Ludy", „der Teddy" und „der Fußball-Jupp" auf der Wache als Zeugen vernommen.

„Peter, bei uns ist eine Frau aufgetaucht, die behauptet, dass ihr geistig zurückgebliebener siebenjähriger Pflegesohn über mehrere Jahre hinweg in der ‚Tosa-Klause' vergewaltigt wurde. Außerdem gab sie an, dass ihr Sohn mit Pascal befreundet ist und dass beide den Gästen als Sexobjekte dienen mussten. Sie sind Stammgast in dieser Kneipe. Was können Sie uns dazu sagen? Schließlich ist Pascal bereits seit über einem Jahr unauffindbar verschwunden. Unsere Ermittlungen haben ergeben, dass Christa W., die Wirtin der Kneipe, vorher die Vormundschaft für diesen Jungen hatte. Es wurde uns gesagt, dass wohl auch die leibliche Mutter von B., Andrea, ebenfalls dort arbeitete."

Peter antwortet: „Ach Sie meinen bestimmt den Bernhard. Ja, der war sehr oft mit seinem Freund da und es gab immer ein großes Hallo. Wenn wir Lust dazu hatten, haben wir beide geschlagen. Manchmal sind sie dann einfach auf dem kalten, nackten Boden eingeschlafen. Und Christa wollte sich gerne ein Zubrot verdienen. Die hat uns dann gefragt, ob wir es mit den Kleinen treiben wollen. Bezahlt habe ich nur 20 Mark. Na ja, ich habe ja schließlich nicht viel. Hinter der Theke ist ein kleiner Abstellraum. Da bin ich hingegangen, da wartete das Kind schon auf mich. Ich habe dem Kind die Hose ausgezogen und mich auf ihn gelegt. Als alles zu Ende war, bin ich wieder zur Theke gegangen und habe meine Flasche Bier geleert."[61]

„Wann hat das denn alles angefangen?"

„Ich erinnere mich, dass ich Bernhard auf jeden Fall schon vor 1998 missbraucht habe."

„Verstehe. Und wie oft haben Sie mit dem Kind verkehrt?"

„Ich weiß nicht mehr. Hm, ich glaube, über vier oder fünf Monate mindestens so dreimal in der Woche. Also ich ... ich ... ich - bin - nicht - sicher."

„Jetzt strengen Sie mal Ihr Gehirn an."

„Tja ... häm, wenn Sie mich so fragen ... Ich - überleg - ja - schon."

„Nun machen Sie schon hin. Wir haben schließlich nicht alle Zeit der Welt. Ich will auch mal nach Hause."

---

[60] https://www.zeit.de/2015/48/justic-saarbruecken-vergewaltigung-urteil-unschuld

[61] Peter S. schildert in drastischen, kaum erträglichen Worten klar strukturiert die Vergewaltigung eines Kindes. Dass er eigentlich nicht in der Lage ist, diese Handlung so strukturiert zu erzählen, wird sich später herausstellen.

„Na ja, also ... ich ... glaube ... so ... hm ... achtmal – in einem Monat."
„Das ist jetzt nicht Ihr Ernst! Mann, das sind doch Kinder!"
„Ja, das weiß ich. Herr ... Kommissar – ich will ... einen ... Rechtsanwalt."
„Der kommt später." Doch der Anwalt kam nie.
Max Steller ist Professor für forensische Psychologie. Die Kriminalpolizei bittet ihn, die Aussagen von Peter S. psychologisch zu bewerten. Dazu erhält er eine Video-Aufzeichnung der Vernehmungen sowie das angefertigte Protokoll. Ihm fallen gravierende Unterschiede auf. Das Video dokumentiert unklare und mehrdeutige Antworten von Peter S., teilweise stammelt er und widerruft zuvor gemachte Aussagen. Das Protokoll ist klar strukturiert, so als ob es nie unklare Aussagen gegeben hätte. Als Professor Steller eingeschaltet wird, hat Peter S. sein Geständnis bereits zurückgenommen. Peter S. sagt, er habe alles gestanden, weil er Angst vor der Polizei hatte.

Außer dem ursprünglichen Geständnis von Peter S. gab es in diesem Fall weitere vier Geständnisse. Professor Steller wurde von den ermittelnden Behörden im März 2003 gebeten, die Aussagen des kleinen Bernhard auf ihren Wahrheitsgehalt hin zu untersuchen. Außerdem sollte er eine Einschätzung über die Geständnisse abgeben. Professor Steller sagte später: *„Ich hatte allerdings sehr bald das Gefühl, dass ich hier nur funktionalisiert werden soll."* [62]
Obwohl die Aussagen teilweise verwirrend und widersprüchlich waren, seien die Beamten absolut davon überzeugt gewesen, dass sich die Taten so abgespielt hatten, wie sie in den Geständnissen beschrieben wurden. Steller sah erhebliche Probleme, sowohl was die Vorgeschichte als auch das Zustandekommen der Aussagen betraf. Bernhard hatte erst Jahre nach den angeblichen Vorfällen über das Geschehen berichtet. Warum seine Pflegemutter ihn fast täglich zu einer Aussage drängte, bleibt im Grunde nebulös. Auf jeden Fall wurden die Schilderungen von Bernhard immer abstruser. So berichtete er, dass er gezwungen wurde, mit anderen Kindern Sex zu haben.
Für mich stellt sich die Frage, wie ein kleiner Junge so instrumentalisiert werden kann, nur damit die Behörden endlich einen Schuldigen präsentieren konnten. Professor Steller stellte fest: *„Die fallrelevanten Aussagen von Bernhard weisen solche Merkmale auf, die für suggerierte Falschaussagen typisch sind, also für Aussagen von Kindern, die subjektiv als wahr erlebt werden, aber doch fremdinduzierte Pseudoerinnerungen beinhalten."*
Die ermittelnden Beamten scheinen Scheuklappen vor den Augen gehabt zu haben. Der enorme Druck der Medien hat sicherlich dazu beigetragen. Außerdem gab es doch inzwischen vier weitere Geständnisse, dann konnten die Aussagen von Bernhard doch überhaupt nicht falsch sein. Einige Arbeitskollegen gaben jedoch in einer Vernehmung an, dass Peter S. mit ihnen zusammen überhaupt das erste Mal in der „Tosa-Klause" gewesen sei. Sie datierten dieses Ereignis nach dem 30. September 2001, dem Tag, als Pascal verschwand.
Der Oberstaatsanwalt trennte das Verfahren von Peter S. von dem nun großen Verfahren gegen dreizehn andere Stammgäste der „Tosa-Klause" ab. Peter S. wurde wegen Vergewaltigung von Bernhard und Pascal angeklagt. Was in diesem Prozess folgte, ist wahrscheinlich einmalig in der deutschen Gerichtsbarkeit. Die Anklage beruhte ausschließlich auf Aussagen der Beamten, die Peter S. vernommen hatten. Es gab keine DNA, keinerlei Faserspuren, ja, Bernhard hatte Peter S. sogar auf einem Foto nicht erkannt. Der Prozess dauerte lediglich zwei Tage. Peter S. wurde zu sieben Jahren Haft verurteilt. Außerdem wurde vom Gericht die Einlieferung in die Psychiatrie angeordnet.

---

[62] Siehe Fußnote 57

Ungefähr ein Jahr später begann der Hauptprozess gegen dreizehn Personen aus dem Dunstkreis der „Tosa-Klause". Sie wurden beschuldigt, Pascal bis zum Tode vergewaltigt zu haben. Außerdem sollen sie Bernhard systematisch sexuell missbraucht haben. Während den 148 Verhandlungstagen war der Gerichtssaal brechend voll. Nachdem 249 Zeugen vernommen worden waren, fiel am 7. September 2007 das Urteil: Alle Angeklagten wurden freigesprochen.

Die Leiche von Pascal wurde nie gefunden. Auch an den angeblichen Ablageorten konnten die Ermittler keinerlei Spuren entdecken. Nachdem im Laufe des Prozesses sämtliche Geständnisse widerrufen wurden, gab das Gericht folgende Stellungnahme ab: *„Die Angaben der hinsichtlich ihrer Persönlichkeitsstruktur zumindest auffälligen Angeklagten sind oftmals erst durch massive Vorbehalte, Suggestionen und Beeinflussungen anderer Art zustande gekommen."* [63]

Nachwort:

Dieser Fall zeigt das ganze Dilemma der Rechtsprechung in Fällen von sexuellem Missbrauch. Immer wieder stellt sich die grundsätzliche Frage, ob die Schilderungen der Kinder der Realität entsprechen. Während der Verfahren werden Psychologen gebeten, ein Gutachten über Täter und Opfer zu erstellen. Hierbei ist die Frage nach Schuldunfähigkeit und Wahrheitsgehalt entscheidend. Sicherlich ist es richtig, Geständnisse ernst zu nehmen, auch, und gerade, weil den Kindern dadurch Vernehmungen im Gerichtssaal erspart bleiben. Doch – so sehr uns das bei solchen Verbrechen auch schwerfällt – der Rechtsstaat muss allen be- und entlastenden Hinweisen nachgehen, damit solche Fälle wie bei Peter S. in der Zukunft nicht mehr passieren können.

---

[63] ebd.

Kapitel 26: Dirk Schiller: Von der Stasi entführt?

Diese Geschichte ist sehr mysteriös. Sie zeigt, dass es auch heute noch ungeklärte Fälle aus der ehemaligen DDR gibt, die darauf warten, endlich aufgeklärt zu werden.

Die Behörden haben Familie Schiller für Februar einen Urlaub in einem Ferienheim genehmigt. Dann wird der Urlaub plötzlich auf März verschoben, angeblich weil das Ferienheim im Februar geschlossen sei. Am vorletzten Tag des Urlaubs geschieht es. An diesem Samstag, dem 10.03.1979, ist Familie Schiller unterwegs. Ort des Geschehens ist der Parkplatz einer Tropfsteinhöhle im Ostharz, der damals noch zum Gebiet der ehemaligen DDR gehört. Die Eltern haben gerade Gurken gekauft, die ansonsten nur selten zum Angebot gehören. Während sie die Gurken umladen, spielen die beiden Kinder ganz in der Nähe in einem Feld. Zum Areal gehört ein Bach, der gerade zugefroren ist. Nach einiger Zeit kommt das ältere Mädchen allein zu den Eltern zurück.

„Wo ist denn dein Bruder Dirk?"

„Der war doch gerade noch hinter mir."

Aber Dirk ist wie vom Erdboden verschluckt. Die Schillers haben bereits zwei Kinder durch Krankheit verloren, umso schlimmer ist nun dieses Ereignis für sie. Dirk hat zwei weiche, runde Stellen am Oberkopf, die nach der Geburt nicht zugewachsen sind. Sofort starten die Eltern eine Suchaktion. Da das Feld verschneit ist, suchen sie nach Fußspuren, doch sie können nichts Brauchbares finden. Die Eisdecke ist ungebrochen, und diese Tatsache zeigt, dass Dirk nicht ertrunken ist. Der Mutter fällt ein fremdes Fahrzeug auf, das auf dem Parkplatz der noch geschlossenen Tropfsteinhöhle hält. Sie erinnert sich später an einen blauen PKW – einen Mittelklassewagen der Marke „Moskwitsch", der nur höhergestellten Mitarbeitern der SED oder Stasi zur Verfügung stand.

Die Eltern benachrichtigen die Behörden, Feuerwehr und Polizei sollen die Ermittlungen übernehmen. Doch die Ermittler sichern keinerlei Spuren im Schnee. Aus unbekannten Gründen taucht stattdessen plötzlich ein Mitarbeiter der Stasi auf. Er zeigt seinen Ausweis vor, macht aber keine Angaben zum Grund seiner Anwesenheit.

Wieder zuhause erstattet die Mutter erneut eine Vermisstenanzeige. Doch sie wird nichts mehr von den ermittelnden Behörden hören. Als sie sich beschwert, erhält sie als Antwort: „Wir sehen keinen Grund für irgendwelche Ermittlungen." Als die Mutter wieder schwanger ist, wird ihr geraten, Dirk für tot erklären zu lassen. Zynisch sagt einer der Beamten zu ihr: „Was wollen Sie denn? Sie erwarten doch ein neues Kind."

Im Sommer 1980 erhalten beide Eltern an ihren jeweiligen Arbeitsstellen die Anweisung, sie sollten am nächsten Tag nicht zur Arbeit zu erscheinen. Stattdessen würde jemand aus Berlin kommen. Der wolle sie über Dirk aufklären.

Am nächsten Tag hält ein gelber Wartburg vor dem Haus der Schillers. Der Fahrer weist sich als Mitarbeiter der Stasi aus. In der Hand hält er die Akte „Dirk". Er sagt: „Die Polizei hat alles richtig gemacht. Wir haben auch die beiden Fremden ausfindig gemacht, die sich zum Zeitpunkt des Verschwindens auf dem Parkplatz aufhielten. Die wollen aber mit Ihnen nicht sprechen. Sie haben selbst drei Kinder und haben es deshalb nicht nötig, ein Kind zu entführen. Außerdem sind sie nach Moskau geflogen."

Die Eltern werden stutzig. Sie haben doch bisher nicht den Verdacht auf eine Entführung geäußert. Als der Mann verschwunden ist, sagt Frau Schiller zu ihrem Mann: „Verstehst du das? Wenn die wirklich drei Kinder haben, können die doch bestimmt nachvollziehen, wie es uns geht. Warum wollen sie dann nicht mit uns sprechen? Und warum sind sie ausgerechnet nach Moskau geflogen? Vielleicht deutet das tatsächlich darauf hin, dass es sich um Mitarbeiter der Stasi gehandelt hat, die in Moskau eine Weiterbildung machen wollten. Den Flug könnten wir doch überhaupt nicht bezahlen."

Später stellt die Mutter fest, dass einige Angaben in der Akte „Dirk" geändert wurden. Hier heißt es, dass Dirk im Jahr 1983 verschwand – in Ungarn, und nicht in der DDR. In der Akte befinden sich Fotos der Ermittlungen. Diese wurden jedoch Wochen nach dem Verschwinden von Dirk gemacht. Da war die Landschaft nicht mehr verschneit und der Bach nicht mehr vereist.

Im Jahr 1988 beantragt ein Verwaltungsangestellter der DDR die Löschung der Daten von Dirk aus dem Melderegister. Das ist auch deshalb ungewöhnlich, weil selbst in der DDR sonst nie eine solche Löschung versucht wurde. Die verzweifelte Mutter wendet sich schriftlich an Herrn Honecker. Erst viel später entdeckt sie einen Aktenvermerk: „Die Anfrage von Frau Schiller war arrogant." In ihrer Verzweiflung schaltet die Mutter auch verschiedene Stellen in der BRD ein, zum Beispiel das Deutsche Rote Kreuz und Amnesty International. Auch westliche Zeitungen und Zeitschriften werden von ihr informiert.

Frau Schiller steht mit ihrer älteren Tochter vor dem Kindergarten und wartet auf die jüngste Tochter. Mit einem Mal tauchen zwei Autos vor dem Kindergarten auf. In einem dieser Wagen sitzt bereits ihr Mann. Einer der Männer sagt: „Sofort mitkommen. Ihren Mann haben wir bereits festgenommen. Jetzt sind Sie dran. Wir wollen uns nur mit Ihnen unterhalten."

Ohne dass die Mutter noch einmal ihre Kinder sehen darf, landet sie in Untersuchungshaft. Die Tatsache, dass sie Kontakt zu verschiedenen Instituten im „westlichen Ausland" aufgenommen hat, wird ihr nun zum Vorwurf gemacht. Sie erhält viereinhalb Jahre Haft und kommt ins Gefängnis nach Bautzen. Nach Verbüßung von eineinhalb Jahren Haft wird sie im Jahr 1984 von der BRD freigekauft. Am Tag ihrer Freilassung wird sie zum Gefängnisdirektor einbestellt. Er rät ihr, die Geschichte mit Dirk im Westen ruhen zu lassen, wenn sie ihre Kinder wiedersehen wolle. Die Mutter geht diesen Handel ein. Es dauert zwei Monate, bis sie ihre Kinder wieder in die Arme nehmen kann. Dann beginnt sie wieder mit ihrer Suche nach Dirk.

Aus der Akte „Dirk" gehen einige ungewöhnliche Ereignisse hervor, die in ihrer Häufung nicht mehr als „zufällig" gewertet werden können:

- Eine Staatsanwältin ist Mitte vierzig, als sie sich mit dem Fall befasst. Sie stirbt überraschend.
- Ein Staatsanwalt in rüstigem Alter verstirbt sechs Wochen nachdem er die Akte „Dirk" angefordert hat.
- Ein anderer Staatsanwalt verstirbt wenige Wochen nachdem er die Akte angefordert hat.
- Ein weiterer Staatsanwalt in der DDR kümmert sich vorbildlich um die Aufklärung des Falles „Dirk". Nach der Wende ändert dieser Staatsanwalt seine Einstellung. Nun behauptet er, die Eltern müssten wohl psychische Probleme haben, wenn sie immer noch nach Dirk suchen würden.
- Ein Kollege von Dirks Vater kümmert sich um die Familie und unterstützt sie vielfältig. Als die Mutter von Dirk später Einblick in ihre Stasi-Akte nimmt, ist sie geschockt. Der „hilfsbereite Kollege" war Spitzel der Stasi mit der Aufgabe, die Familie zu denunzieren und ins Gefängnis zu bringen. Nach der Grenzöffnung wird dieser Spitzel der Stasi tot in seinem Sessel gefunden. Die Todesursache bleibt ungeklärt.
- Dirks Mutter sucht noch heute nach ihrem Sohn und will diesen mysteriösen Fall unbedingt klären.

Kapitel 27: Mordfall Li Yangjie oder: Die Rolle der Polizei

Li Yangjie hat einen großen Traum: Sie möchte in die weite Welt hinaus. Am allerliebsten nach Deutschland. Ihre Eltern sehen das eigentlich nicht so gern, aber sie wollen ihrer Tochter auch keine Steine in den Weg legen. Dann, am Tag vor ihrer Abreise, nimmt sie für ihre Eltern ein wunderschönes Lied auf. Dies soll ihnen während ihrer Abwesenheit helfen, über den größten Schmerz hinwegzukommen. Sie hat Deutschland als ihren Zielort gewählt, weil sie weiß, dass dort einige Chinesen studieren. Nun ist sie für das Fach Architektur an der Hochschule Anhalt in Dessau eingeschrieben.[64]

11. Mai 2016. An diesem Tag kauft Li nach Beendigung des Unterrichts einige Lebensmittel in einem Supermarkt in Dessau. Dann bringt sie die Einkäufe nach Hause, zieht ihre Sportkleidung an und geht etwa um 20:30 Uhr zum Joggen. Als sie durch die Johannisstraße läuft, trifft sie auf Xenia I., die vor ihrem Haus steht. Sie weiß, dass ihr Freund sehr auf Asiatinnen fliegt. Xenia deutet mit ihrem Finger auf eine Wohnung im zweiten Stock und fragt: „Können Sie mir bitte helfen? Ich muss einige schwere Kartons von oben holen und nach unten bringen."

Li ist unsicher, ob sie hier helfen soll, doch sie wurde zur Höflichkeit erzogen und willigt deshalb ein. Als sie den stockdunklen Flur betreten, spürt Li, dass zwei starke Hände sie umfassen. Sie will schreien, aber als sie ihren Mund öffnet, wird ein Knebel hineingedrückt und mit einem breiten Klebeband fixiert. Sie wehrt sich mit allem, was sie hat, aber inzwischen halten sie auch die Hände von Xenia I. fest. Unter lautem Keuchen wird sie eine Treppe nach oben geschleppt. Dann hört sie, wie sich ein Schlüssel in einem Schloss dreht. Unsanft wird sie auf einer harten Couch abgeladen.

Xenia fährt einen PC hoch und wählt das Google-Übersetzungsprogramm. Mit dessen Hilfe fragt sie Li, ob sie allein wohnt oder in einer Wohngemeinschaft, ob sie Geschlechtskrankheiten hat und ob Freunde die Polizei benachrichtigen würden. In den nächsten Stunden wird Li immer wieder missbraucht. Dann wird sie getötet. Der Täter ist Sebastian F., der einzige Sohn der Dessauer Polizistin Ramona S. Er wird bereits als Jugendlicher auffällig und deshalb in der Kinderpsychiatrie in Merseburg behandelt. Alle seine Ausbildungen bricht er ab und lebt zum Tatzeitpunkt von ALG II. Mit seiner Freundin Xenia I. hat er zwei Kinder, Xenia I. hat ein weiteres Kind mit einem anderen Mann. Später wird Xenia I. aussagen, dass Sebastian Lust empfinde, wenn er seinen Sexualpartnerinnen Schmerzen zufüge.

Nach der Tat geht Xenia I. in ihre darüberliegende Wohnung und bringt ihre Kinder ins Bett. Der Leichnam von Li ist schwer entstellt. Sebastian geht nach unten und fährt einen Müllcontainer unter das nach hinten hinausgehendem Fenster, um ihn dann zu öffnen. Danach geht er wieder nach oben, nimmt den Leichnam und wirft ihn aus dem Fenster direkt in den Müllcontainer. Nach der Tat telefoniert er 40-mal mit seiner Mutter und erzählt ihr von seiner Tat. Dann wird er festgenommen.

Einen Tag später wird Li bei der Polizei als vermisst gemeldet. Hunderte von Polizisten suchen in der Stadt nach der Vermissten. Die chinesischen Kommilitonen starten über die sozialen Netzwerke einen Aufruf, bei der Suche behilflich zu sein. Sie wenden sich auch an die chinesische Botschaft, mit der Bitte, die Ermittlungen zu unterstützen.

Am Freitag, dem 13. Mai 2016, wird im Bereich Hausmannstraße/Johannisstraße ein nackter weiblicher Körper gefunden. Der Körper weist schwere Verletzungen am Kopf und im Gesicht auf. Die Verletzungen sind so extrem, dass zunächst eine Identifizierung nicht möglich ist. Die Spurensicherung findet Hinweise auf ein Sexualdelikt, der Tod trat

---

[64] https://de.wikipedia.org/wiki/Mordfall_Li_Yangjie

nach heftigen Schlägen und Tritten ein. Nach der Festnahme von Sebastian F. wird seine Wohnung untersucht. Es finden sich noch Blutspritzer bis in eine Höhe von drei Metern. Am 16. Mai erfolgt die Obduktion und es wird klar, dass es sich bei dem Leichnam wirklich um Li Yangjie handelt. Der zuständige Mediziner entdeckt Hinweise auf fremde DNA-Spuren. Drei Tage später wird dies bestätigt und die Spuren an das Bundeskriminalamt weitergeleitet. Sofort werden die Daten in die Datenbank des BKA eingegeben. Leider ergibt sich hier keine Übereinstimmung.

Ramona S. hat die Frühschicht bei der Polizeidirektion Sachsen-Anhalt Ost um 6 Uhr angetreten. In der vergangenen Nacht konnte sie keine Ruhe finden. Immer wieder hat sie auf die roten Ziffern ihres Digitalweckers geschaut. Erst gegen Morgen ist sie übermüdet eingeschlafen. Wenn sie an die Telefonate mit Sebastian denkt, wird ihr schon wieder ganz übel.

Was hat der sich bloß gedacht? Ihre Gedanken kreisen um die Kindheit und Jugendzeit von Sebastian. Hat sie etwas falsch gemacht? Wie konnte es nur dazu kommen, dass ihr Sohn fähig ist, solch ein Verbrechen zu verüben? Sie macht sich einen Kaffee und geht vor die Tür, um eine Zigarette zu rauchen. In den nächsten zwei Stunden treffen ihre Kolleginnen und Kollegen ein. Um 8 Uhr erscheinen Sebastian F. und seine Partnerin Xenia I. auf dem Kommissariat. Ramona ruft ihren Kollegen Maik Schüler und sie gehen in eines der Verhörzimmer.

„Mein Sohn Sebastian und seine Partnerin Xenia sind gerade gekommen, um eine Aussage zu machen. Kannst du bitte mit ihnen sprechen? Ich will vermeiden, dass ihre Aussage wegen meiner Befangenheit eventuell nicht anerkannt wird.", bittet sie Maik.

„Weißt du denn, um was es geht?"

„Ich habe eine Ahnung, ja. Ich möchte ihrer Aussage aber nicht vorgreifen."

„Gut, in Ordnung, Ramona. Ich übernehme die Vernehmung."

Maik Schüler begrüßt die beiden und führt sie in das Vernehmungszimmer. „So, dann legt mal los. Um was geht es denn?"

Sebastian F. ergreift das Wort. „Wir kommen wegen dem Mord an der Chinesin Li. Wir können Hinweise geben. In den Medien war zu lesen, dass auf dem Körper von Li DNA-Material gefunden wurde. Das stammt wohl von uns."

„Und wie gelangte das Material auf den Körper von Li?", will Maik wissen.

„Wir hatten in der Nacht vor ihrem Verschwinden einvernehmlichen Sex mit ihr in unserer Wohnung."

„Und wie ging die Geschichte dann weiter?"

„Wir haben unsere Wohnung danach nicht verlassen."

„Dann sind Sie bestimmt mit einem DNA-Test einverstanden."

„Ja, natürlich."

„Gut, ich werde den Test sofort weiterleiten. Bis zu einem Ergebnis bleiben Sie bitte in der Stadt."

Am nächsten Morgen kommen Ramona und Maik zur gleichen Zeit in der Polizeidirektion an. Während Ramona den Kaffee aufsetzt, fährt Maik seinen PC hoch.

„Sind die Ergebnisse der DNA-Untersuchung schon da?"

Maik öffnet das E-Mail-Programm. „Ja, tatsächlich. Du wirst es nicht glauben. Die gefundenen Proben stimmen tatsächlich mit dem von deinem Sohn abgegebenen Material überein."

Noch am gleichen Vormittag wird Sebastian F. und Xenia I. festgenommen und dem Haftrichter vorgeführt. Die Polizeidirektion hat inzwischen die SOKO „Anhalt" gegründet. Ramona S. meldet sich freiwillig zur Mitarbeit in der SOKO „Anhalt".

Bei den nun folgenden Ermittlungen ergibt sich, dass neben der Mutter Ramona S. auch der Stiefvater Jörg S. bei der Polizei beschäftigt ist. Seit November 2012 ist er Leiter des Dessauer Polizeireviers. Beide geraten in den Verdacht, die Untersuchungen behindert zu haben und Beweismaterial unterschlagen zu haben. Beide helfen dem Paar nach der Spurensicherung, ihre Wohnung zu räumen. Sie geben an, sie hätten die Wohnung nicht betreten. Zeugen sagen aber, sie hätten beobachtet, wie die beiden einen Tag nach der Entdeckung der Leiche Tüten aus der Wohnung ihres Sohnes getragen hätten.

Dann kommt der Tag, als die Eltern von Li über das Schicksal ihrer Tochter informiert werden. Der Vater ist selbst Polizeibeamter und die beiden reisen sofort nach Deutschland. In Deutschland angekommen reicht der Vater von Li eine Dienstaufsichtsbeschwerde gegen den leitenden Oberstaatsanwalt Folker Bittmann ein. In einer Pressekonferenz erklärt dieser, es gebe keinerlei Hinweise auf eine Behinderung der Ermittlungen durch die beiden Beamten.

Das Innenministerium von Sachsen-Anhalt überträgt am 26. Mai 2016 die Ermittlungen von der Polizei in Dessau auf die Polizei in Halle (Saale), Polizeidirektion Sachsen-Anhalt Süd. Am 3. Juni 2016 – nur einen Tag nach der Trauerfeier für Li – eröffnen die Eltern von Sebastian S. mit einer Party ein Gartenlokal. Zu dieser Zeit sind beide krankgeschrieben. Innenminister Holger Stahlknecht verhängt deshalb ab dem 6. Juni 2016 für den Dienststellenleiter Jörg S. ein Verbot der Führung seiner Amtsgeschäfte. Inzwischen wird bekannt, dass gegen Sebastian S. bereits vierzig Strafverfahren anhängig sind, unter anderem wegen Brandstiftung, Beleidigung, Sachbeschädigung und Körperverletzung.

Ramona S. wird verdächtigt, sich auch vorher schon in die Ermittlungen eingeschaltet zu haben, zum Beispiel bei dem Vorwurf der Brandstiftung. Im Juni 2016 wird Jörg S. vom Innenminister an die Fachhochschule der Polizei in Aschersleben versetzt. Jörg S. kann jedoch durch einen von ihm angestrengten Prozess wieder in sein ursprüngliches Amt zurückkehren. Die Generalstaatsanwaltschaft in Naumburg stellt fest, dass die Eltern keinen Einfluss auf die Ermittlungen gegen ihren Sohn genommen haben.

Im September 2016 erhebt die Staatsanwaltschaft gegen Sebastian F. und Xenia I. Anklage wegen folgender Verbrechen: gemeinschaftlicher Mord, um den sexuellen Missbrauch zu vertuschen, und Vergewaltigung. Sebastian S. wird darüber hinaus in zwei weiteren Vergewaltigungsfällen angeklagt, die während den laufenden Ermittlungen auffielen.

Das Hauptverfahren gegen die beiden Angeklagten wird am 25. November 2016 vor dem Landgericht Dessau-Roßlau eröffnet. Die Eltern von Li treten als Nebenkläger auf. Sebastian F. bestreitet vehement die Beteiligung an der Tat. Jörg S. verliest vor dem Gericht eine Erklärung, in der er die Tat seines Stiefsohnes bedauert. Gleichzeitig beschwert er sich über die Behandlung durch die Presse.

Am 4. August 2017 fällt das Urteil: Sebastian F. wird nach dem Erwachsenenstrafrecht zu lebenslanger Haft verurteilt. Außerdem erkennt das Gericht eine besondere Schwere der Schuld. Xenia I. wird dagegen nach dem Jugendrecht zu einer Haftstrafe von fünf Jahren und sechs Monaten verurteilt. Beide müssen ein Schmerzensgeld von insgesamt 60.000 € bezahlen. Im September 2018 verwirft der Bundesgerichtshof die Revision gegen die beiden Urteile. Daher sind sie nun rechtskräftig. Im Januar 2019 berichten Fernsehen und Zeitungen, dass Xenia I. früher freikommen könnte. Zum jetzigen Zeitpunkt im Juli 2019 hat das Gericht noch keine Entscheidung getroffen.

Kapitel 28: Peggy Knobloch, oder: der Fall Ulvi Kulac[65]

In diesem Kapitel möchte ich eine veränderte Sichtweise wagen. Es kann sein, dass Sie vielleicht am Ende dieses Kapitels sagen werden: „Hier wird einseitig berichtet." Und ich sage: „Ja, das ist wohl so." Es ist der Versuch, ein Verbrechen durch die Brille eines – zu Unrecht – beschuldigten Mannes zu betrachten. Es ist aber auch die Geschichte eines bis zum heutigen Tag ungeklärten Verbrechens.

An diesem 7. Mai 2001 klingelt der Wecker von Peggy wie immer sehr früh. Als sie auf die Zeiger ihrer Uhr schaut, ist es fünf Uhr. „Oh, habe ich verschlafen?" Peggy ist sich nicht sicher, ob die Zeit ausreicht: aufstehen, waschen und Zähne putzen, Frühstück machen und das Schulbrot vorbereiten. „Ich klingle mal bei den Nachbarn. Die wissen bestimmt, ob die Zeit noch ausreicht."

Eine halbe Stunde später klingelt sie bei ihren Nachbarn. Es dauert eine längere Zeit, bevor ihr geöffnet wird.

„Mensch Peggy, was willst du denn so früh?"

„Ich wollte mal fragen, ob ich zu spät aufgestanden bin."

„Nein, Mädchen, es ist doch erst 5:30 Uhr. Du hast noch viel Zeit. Geh wieder nach Hause und mache dich in Ruhe fertig."

Peggy entscheidet sich, das nahegelegene Lebensmittelgeschäft zu besuchen. Dort kauft sie sich eine Käsestange, zwei Lutscher und eine Capri Sonne. Ein Angestellter der Sparkasse ist an diesem Morgen schon früh in der Bank, weil er noch einige organisatorische Aufgaben erledigen will. Er kennt Peggy und sieht sie mit wehenden Haaren über den Marteau-Platz laufen.

In der zweiten Pause fragt die Hausmeisterin, ob Peggy ihr nach Schulschluss helfen möchte, die Papierkörbe zu leeren.

Peggy antwortet: „Ja gerne. Ich bringe meine Freundin mit, dann geht es noch schneller." So kommt es, dass die beiden noch einige Zeit in der Schule verbringen, auch, weil Peggy ihr Portemonnaie vermisst, das sie aber doch noch findet. Etwa fünfzehn Minuten später verlassen die beiden die Schule. Sie haben es nicht eilig und werden unterwegs von einem älteren Schüler gesehen.

Beate Rosenkranz und ihre Tochter Rebecca kennen Peggy. Beide sitzen in einem Bus, der in Richtung Naila fährt. Beate sagt: „Schau mal, Rebecca, das ist doch die Peggy."

„Ja stimmt. Ich glaube sie steht vor dem Haus ihrer Freundin."

Rebecca und ihre Mutter winken Peggy im Vorbeifahren zu, und sie winkt zurück. Zwischen 13:15 Uhr und 13:30 Uhr sieht eine weitere Zeugin Peggy zweimal im Bereich Marteau-Platz.[66] Nur wenige Zeit später fährt eine Freundin von Peggy in umgekehrter Richtung, also von Naila Richtung Marteau-Platz. Sie sieht Peggy kurz vor ihrem Wohnhaus. Als der Fahrtenschreiber des Busses kontrolliert wird, kann die Zeit auf 13:30 Uhr festgelegt werden.

Mark Becker ist seit 14 Uhr unterwegs. Er liebt es, mit seinem Fahrrad durch den Ort zu düsen. Die Sonne scheint, und für Mark kann es nichts Schöneres geben, als sich an der frischen Luft zu bewegen. Er ist fünfzehn Jahre alt. „Noch fünfzehn Jahre alt", so sagt er es jedem, der ihn fragt, wie alt er ist. Schließlich wird er dieses Jahr sechzehn.

Er ist verantwortungsbewusst und hat früher als Schülerlotse fungiert. Aus dieser Zeit kennt er Peggy sehr genau. Mark sagt später aus, dass er Peggy etwa um 15:30 Uhr in der Nähe des Lichtenberger Rathauses gesehen habe. Etwa eine Stunde später wird sie von

---

[65] www.ulvi-kulac.de Stand 03.02.19
[66] Das Wohnhaus in dem Peggy wohnt steht auf „Marteau-Platz" 6.

anderen Kindern an der Bäckerei Brandler gesehen. Es scheint, dass Peggy irgendwie überhaupt nicht nach Hause will, denn gegen 18:45 Uhr wird sie von zwei Jugendlichen gesehen, als sie mit ihrem City-Roller durch den Ort fährt.

Frage: Als ihre Mutter feststellt, dass Peggy verschwunden ist, erstellt sie mit ihrem Lebensgefährten nachts ein Fahndungsplakat. Als Zeitangabe schreibt sie: „Vermisst seit 14 Uhr." Woher wissen die beiden, dass das so war? Beide waren doch zu diesem Zeitpunkt auf der Arbeit. Als Staatsanwalt Stiller einen Rechtshilfeantrag an die tschechischen Behörden stellt, gibt er an, dass Peggy nachmittags noch gesehen wurde – zuletzt sogar noch um 19 Uhr.

Frage: Peggys Mutter kann der Polizei eine exakte Beschreibung der Kleidung geben, die sie angeblich an diesem Tag getragen hat. Sogar die Farbe der Schuhsohle kann sie angeben. Demgegenüber hat Peggy in der Schule gemäß den Angaben ihrer Mitschüler eine Latzhose getragen. Bedeutet das, dass Peggy doch noch zu Hause war und sich umgezogen hat?

Peggys Mutter sagt am Abend vor ihrem Verschwinden: „Sei morgen bitte pünktlich und komm sofort nach Schulschluss nach Hause."

Frage: Warum sagt ihre Mutter das? Sowohl sie als auch ihr Lebensgefährte haben an diesem Tag Spätdienst. Um die Mittagszeit kommt ein Mann mit einem Taxi und läuft in Richtung des Wohnhauses von Peggy. Wer ist dieser Mann? Anhand eines Fotos wird er identifiziert. Warum geht die Polizei dieser Spur nicht nach? Daraus ergibt sich auch die nächste Frage: Warum ist Peggy so selten zu Hause? Ihre Schulfreundinnen berichten, sie habe Angst vor ihrem Stiefvater gehabt.

Frage: Welche Rolle spielt Holger E.? Holger E. ist der Bruder eines Nachbarn. Er ist ein im Jahr 2013 verurteilter Sexualstraftäter. Des Öfteren besucht er seinen Bruder, in den letzten Ferien sogar vierzehn Tage lang. Er hat guten Kontakt zu Peggy, geht mit ihr auf den Spielplatz und in ein nahegelegenes Waldgebiet. Dieses Foto zeigt Peggy im Arm von Holger E. Als die ersten Ermittlungen laufen, kann Peggys Mutter ganz genau sagen, wann und wo es gemacht wurde. In einer „Stern TV"-Sendung im Jahr 2013 gibt sie jedoch an, dass sie das Foto zum ersten Mal sieht.

Die BILD-Zeitung berichtet, Ulvi hätte zwischen 1996 und 2001 kleine Mädchen und Jungen in seinem Heimatort Lichtenfels „geschändet". Die Rede ist von mindestens elf Kindern, keines davon älter als zehn Jahre. Ulvi hätte sich vor ihnen entblößt und onaniert, ja, mehr noch: Er habe die Kinder verschleppt und sie missbraucht. BILD bezeichnet Ulvi als „Peggys Killer".

In Wirklichkeit erklärt der Chef der Staatsanwaltschaft in Hof am 23.10.2002, dass es sich bei dem Missbrauch eben um das Entblößen vor den Kindern handelt. Ulvi und die Kinder bestätigen diese Einlassung. Im Laufe der weiteren Ermittlungen ergibt sich, dass Ulvi keine Gewalt angewendet hat und ein Junge bestätigt, dass Ulvi ihn auch nicht angefasst hat. Ulvi begibt sich danach für drei Monate in eine psychologische Therapie.

Trotzdem entsteht ein „Hype", der die Verdächtigung von Ulvi in den Vordergrund stellt. So behaupten Susanne K. (die Mutter von Peggy) und eine Bekannte der Presse gegenüber, Ulvi habe Kinder zu sexuellen Handlungen gezwungen und ihnen Gewalt angedroht. Während der sexuellen Handlungen seien sogar Kinder verletzt worden. Die Polizei prüft, was Ulvi am Tattag, dem 7. Mai 2001, gemacht hat. Es ergibt sich ein lückenloses Bild, das beweist, dass er die Tat nicht begangen haben kann.

Ein halbes Jahr später teilen die Ermittler der Presse mit, dass Ulvi ein Alibi hat und deshalb mit dem Verschwinden von Peggy nichts zu tun hat. Wie immer, wenn ein Kind verschwindet, stehen die Ermittler unter großem Erfolgsdruck. Der damalige Innenminister von Bayern, Günter Beckstein, schaltet sich ein und zeigt sich unzufrieden mit dem Verlauf der Ermittlungen. Der Öffentlichkeit soll unbedingt ein Täter präsentiert werden. Offenbar traut er den Polizeibeamten nicht zu, den Fall Peggy final zu einem Ergebnis zu führen. Deshalb ernennt er am 25.02.2002 Kriminaldirektor Wolfgang Geier zum Chef der SOKO. Zusätzlich leitet er ab 2005 die SOKO „Bosporus", die sich um die Aufklärung der Morde durch die rechtsextremistische Terrorgruppe NSA kümmert. Geiers volle Konzentration gilt nun Ulvi Kulac. Er scheint von Anfang an davon überzeugt zu sein, dass Ulvi der Täter ist. Geier engagiert den Münchner Profiler Horn und bittet ihn, eine „Tathergangshypothese" zu erstellen. Horn ahnt nicht, dass er nur einen Teil der Voruntersuchungen erhält.

Am 30.04.2002 trifft sich Horn mit Wolfgang Geier und seinem Team der SOKO in Nürnberg. Der größte Besprechungsraum ist voll besetzt. Pünktlich um 8 Uhr erscheint Horn und wird von Geier vorgestellt. Danach ergreift Horn das Wort: „Ich gehe in meiner Hypothese davon aus, dass es eine Eskalation der Situation gegeben hat. Ulvi hat vermutlich im Vorfeld Peggy vergewaltigt. Am 07.05. trifft er Peggy noch einmal und diese versucht zu flüchten. Kulac befürchtet, dass Peggy durch Schreie auf sich aufmerksam machen will. Wahrscheinlich hat er deshalb Peggy erwürgt."

Geier schaltet sich ein: „Was können Sie uns über die bisherigen Vernehmungen sagen?"

„Nun, mir fällt auf, dass Ulvi abschweift, wenn er unter Druck gerät. Ich halte es für unabdingbar, dass wir in den weiteren Vernehmungen darauf achten, dass er zukünftig keine Möglichkeit erhält, sich auf diese Weise herauszureden."

Geier: „Haben Sie sich auch Gedanken gemacht, wie das Vernehmungsteam zukünftig zusammengesetzt sein sollte?"

Horn blättert ein voll beschriebenes Blatt auf dem Flip-Chart um, nimmt einen Stift und schreibt: „Das Team darf nur aus Männern bestehen. Dabei soll ein älterer Beamter als Vaterfigur zur Verfügung stehen, während ein jüngerer Beamter die Tatsachen vorträgt." Er legt den Stift weg und fragt: „Ist der Beamte Walter Henning hier?" Als Walter Henning sich meldet, sagt Horn: „Sie sollten als eine Art Vertrauensperson bereitstehen. Sie haben ja schon mit Ulvi gesprochen und dabei gute Erfolge gehabt."

Die nun folgenden Vernehmungen müssen für Ulvi sehr belastend gewesen sein. Immer wieder wird auf ihn eingeredet, er solle die Tat doch endlich gestehen. Unglaublich ist, dass ihm in einer Vernehmung am 2. Juli 2002 gesagt wird, man habe Blut von Peggy an seiner Arbeitskleidung gefunden. Er sagt noch einmal aus, dass er Peggy nicht berührt hat. Dann bricht er zusammen und fertigt die folgende Botschaft an:

> Anten Den Tak Wo tas
> War Miet Tem Blut War
> ich Fertik Mit Den Nerfen
> Unt Als ter SCHWEMMER
> Wek Warht ter
> Besakt tas ich ZuGeben
> Sol ts ich tie Peky um Gebracht
> hab Sonst ist er Nicht Mer Mien
> Fruint Da habeich S ZUGeben

Ulvi befindet sich nach seinen ersten Taten in der psychiatrischen Abteilung des Bezirkskrankenhauses in Bayreuth. Dort finden zum Teil auch die Verhöre statt. Die Untersuchungen in der Rechtsmedizin ergeben, dass es sich bei den „dunklen Flecken" auf der Arbeitskleidung sowie an den Arbeitsschuhen von Ulvi **nicht** um Blut handelt. Damit ist Geier so weit wie am Anfang der Ermittlungen. Er stellt fest: *„Problematisch ist allerdings, dass Ulvi Kulac sich mit Unterbringungsbeschluss im Bezirkskrankenhaus Bayreuth befindet, (Sach-) Beweise gegen ihn nicht vorhanden sind und letztlich nicht klar* *ist, ob sein Rechtsanwalt einer weiteren Beschuldigtenvernehmung in aller Konsequenz zustimmt."*

Der wirkliche Skandal ist jedoch, wie die Beamten Entlastungszeugen stundenlang verhören, sie anbrüllen und schikanieren, um damit eine Aussage gegen Ulvi zu erpressen. Zum Beispiel hatte Hilmar Klinkert erklärt, er habe Ulvi am Tag des Verschwindens von Peggy nicht gesehen. Am 17.04.2002 wird er von Ermittlern fünf Stunden lang verhört, mit dem Ziel, letzten Endes zuzugeben, dass er Ulvi eben doch gesehen habe, wie er mit seinem Roller in der Zeit zwischen 13:30 Uhr und 14 Uhr durch den Ort fuhr.

Der Tagesablauf von Ulvi hat in einer Untersuchung zur fraglichen Zeit durch Beamte folgenden Ablauf ergeben:

13:15/13.30 Uhr: Verlässt er (Ulvi) die Schlossklause und bringt Klinkert Essen vorbei.
13:40/15:30 Uhr: Hilft Ulvi Dieter T. beim Holzschlichten.

Die Rolle von Gutachtern vor Gericht

Vorbemerkung: Ich möchte nicht mit Gutachtern vor Gericht tauschen. Ich kann mir vorstellen, dass es Grenzfälle gibt, wo Gutachten unterschiedlich interpretiert werden können. Und ich möchte nicht in der Haut eines Gutachters stecken, der feststellt, dass ein Täter freigelassen werden kann, dieser aber dann zum Beispiel wieder tötet. Im Fall Peggy Knobloch / Ulvi Kulac gab es mehrere Gutachten. Ich möchte diese Gutachten zusammenfassen, weil sich einige Punkte wiederholen.

Gutachten Professor Kröber:

° Ulvi hatte im Alter von 2 Jahren eine Hirnhautentzündung, die zu einer Behinderung führte. Seine geistige Entwicklung ist zurückgeblieben. Sein IQ ist gering. Professor Kröber behauptet, diese Erkrankung sei ohne Folgen ausgeheilt.
° Professor Kröber stellt fest, dass es sich bei dem Geständnis von Ulvi um wirklich erlebte Tatsachen handelt.
° Er gibt zu Protokoll, dass er keine Hinweise dafür finden konnte, dass die Beamten Ulvi das Geständnis suggeriert hätten.

Gutachten Professor Nedopil

° Zunächst stellt Professor Nedopil fest, dass Ulvi beeinflussbar sei.
° Er gibt weiterhin an, er sei extrem von außen bestimmt, ja verführbar.
° Ulvi könne soziale Situationen kaum korrekt erfassen.
° Der Gutachter meint, dass auch das moralische Urteilsvermögen von Ulvi zurückgeblieben ist.
° Ulvis Anwalt stellt bei der Verhandlung die Frage, ob Ulvi überhaupt verhandlungsfähig sei. Daraufhin erklärt Professor Nedopil, Ulvi könne sehr wohl einer Verhandlung folgen, falschen Vorwürfen widersprechen und sich mit seinem Verteidiger beraten.

Gutachten Dr. Wolfgang Blocher & Dr. Leipziger

° Als es um die Entlassung von Ulvi aus dem Krankenhaus geht, erstellen beide eine negative Prognose.
° Die Begründung ist wirklich abenteuerlich: Da Ulvi keine Schulbildung besitze, bestehe keine Chance auf dem Arbeitsmarkt.
° Es wird die Behauptung aufgestellt, dass keine forensisch-psychiatrische Folgebehandlung existiere. Fakt ist, dass die Betreuerin von Ulvi sich bereits um einen Wohnheimplatz gekümmert hatte.
° Die angebliche Gefährlichkeit von Ulvi muss ad absurdum geführt werden. Ulvi hat niemals Gewalt angewendet oder andere angefasst.

„Pleiten, Pech und Pannen", oder: Die erste Gerichtsverhandlung

Die erste Gerichtsverhandlung gegen Ulvi strotzt nur so vor Falschaussagen und Mutmaßungen. Sie zeigt, wie Ermittler, Staatsanwaltschaft und Gericht einen unschuldigen Menschen fertigmachen können. Sie zeigt die ganze Hilflosigkeit, den öffentlichen und politischen Druck auszuhalten, doch endlich einen Schuldigen zu präsentieren. Da werden Zeugen stundenlang bedrängt, bis sie aussagen, was die Ermittler hören wollen. Es wirft aber auch einen katastrophalen Blick auf unser Rechtssystem, denn schließlich verwirft der Bundesgerichtshof die Revision nach dem ersten Urteil. Ich dokumentiere einige Beispiele im Original, die auf der Homepage www.ulvi-kulac.de/prozess.html schriftlich aufgeführt sind:

„Herr Kulac: Und dann bin ich den Schlossberg runter, den Marktplatz und habe sie nicht mehr gesehen, die Peggy, und dann habe ich am Frisör den Hilmar Klinkert getroffen und dann habe ich gesagt: ‚Ich habe dir einen Topf Essen hingestellt, vor die Tür.' Er soll sich's gut schmecken lassen. Dann bin ich weitergelaufen zum, auf die Bank, wo es Richtung Zeitelwaidt geht, hab dort eine geraucht. Wie ich die geraucht habe, fertig war, bin ich dann zum Teichmanns Dieter und hab Holz gemacht." Damit macht Ulvi deutlich, dass er nicht gegen 13:15 Uhr auf einer Bank am Marteau-Platz saß, sondern auf einer Bank, an der Peggy nach der Schule auf ihrem Heimweg überhaupt nicht vorbeikam. Keiner der 65 befragten Personen hatte ihn auf dieser Bank am Marteau-Platz gesehen.

Ein ehemaliger V-Mann der Polizei sagte im zweiten Verfahren Folgendes: *„Ich habe damals bei Gericht ausgesagt, dass Ulfi sie am Hals gepackt hat und so lange zugedrückt hat, bis sie tot war. Das war falsch. Nochmals: Man hat mir gesagt, dass ich aussagen soll, er hat sie umgebracht, gedrosselt, bis sie tot war. Am schlimmsten war der Chefermittler."*

Auffällig ist, dass es keinerlei objektive Beweise für die Tat gegeben hat. Immer wieder werden Zeugen unter Druck gesetzt und angeschrien. Dies gilt besonders für die Aussage eines Jungen, er sei Zeuge gewesen, wie Ulvi am Nachmittag des 03.05.2001 in seiner Wohnung Peggy missbraucht habe.

Ulvi wird endlich freigesprochen!

Am Donnerstag, dem 10. April 2014 um 8:30 Uhr beginnt das Wiederaufnahme-Verfahren gegen Ulvi. Nun kommen die Dinge ins Rollen. Richter Wisneth vom Amtsgericht Bayreuth gibt zu Protokoll, dass ein ehemaliger Belastungszeuge bei ihm seine Aussage widerrufen habe, Ulvi hätte ihm gesagt, dass er Peggy erdrosselt habe. Er berichtet weiter, dass es im Jahr 2007 ein Ermittlungsverfahren gegen zwei damalige Ermittler gegeben hat. Ulvi hatte berichtet, dass Beamte ihm den Daumen in die Schulter gedrückt und ihm auf diese Weise Schmerzen zugefügt hätten. Rechtsanwalt Euler, der Ulvi in diesem Verfahren vertritt, sagt: *„Die Misshandlung kann nur den Zweck gehabt haben, meinen Mandanten zu einer Aussage zu bringen, die er nicht machen wollte – und das ist Folter."* Kinder, die inzwischen zu Jugendlichen herangewachsen sind, wiederholen ihre Aussage, dass sie Peggy noch gesehen haben, als sie eigentlich dem Urteil nach schon hätte tot sein müssen.

Am zweiten Verhandlungstag fragt Ulvis Verteidiger den ehemaligen Chef der SOKO, Wolfgang Geier: *„Haben Sie etwas gefunden, was auf eine Täterschaft meines Mandanten spricht?"* – Antwort Geier: *„Nein."*

„Wurde in dem Auto des Vaters von Ulvi etwas gefunden – etwa Fasern von einer grünen Decke?" – Geier: *„Nein".*[67]

---

[67] Im ersten Prozess hatte Ulvi gesagt, sein Vater habe Peggys Leiche in eine grüne Decke eingewickelt mit seinem Wagen weggebracht.

Am dritten Verhandlungstag setzt sich das Gericht mit den Verhörmethoden der Ermittler auseinander. Skandalös ist dabei, dass vier unterschiedliche Versionen des Geständnisses von Ulvi vorliegen. Allein diese Tatsache hätte niemals dazu führen dürfen, dass Ulvi 2004 verurteilt wurde.

Ich mache einen Sprung zum sechsten Verhandlungstag, der am 7. Mai 2014 stattfand. Richter Eckstein fasst die bisherigen Ermittlungen zusammen: *„Es gibt nicht einen einzigen Sachbeweis für den Mord an Peggy. Für einen Schuldspruch müssen wir die Überzeugung gewinnen und begründen können, dass der Angeklagte die Tat begangen hat."*

Schließlich fällt am achten Verhandlungstag – es ist der 14. Mai 2014 – das Urteil: *„Das Urteil des Landgerichts Hof vom 30.04.2004 wird aufgehoben – der Angeklagte wird freigesprochen."*

Im Zusammenhang mit dem ersten Skandal-Urteil darf man fragen, ob wir unserer Gerichtsbarkeit noch trauen können. Sicher – Fehler werden überall gemacht. Aber wenn zum Beispiel ein Arzt bei einer „Routine-OP" die lebenswichtige Versorgung des Herzens zunäht und der Betroffene keine Lebensqualität mehr hat und jetzt auf ein Spenderherz wartet, ist das ebenso wie ein zu Unrecht mit „lebenslänglich" verurteilter Bürger ein tragischer Fall mit unabsehbaren Folgen. Dieser Tatsache müssen sich die Damen und Herren in den weißen Kitteln bzw. in den schwarzen Roben bewusst sein.

Am 2. Juli 2016 ist ein Pilzsammler in einem Waldstück bei Rodacherbrunn in Thürigen unterwegs. Er findet Teile eines Skeletts. Der Fundort liegt ungefähr zwanzig Kilometer von Peggys Heimatstadt Lichtenberg entfernt. Die Leichenteile werden in die Gerichtsmedizin gebracht und eine DNA-Untersuchung ergibt, dass es sich tatsächlich um Peggy Knobloch handelt. Die aufgefundenen Knochen entsprechen einem neunjährigen Kind.[68] Es fehlen die Kleidung und der Schulranzen von Peggy. Es ist auch nicht mehr feststellbar, wie lange die Knochen dort gelegen haben.

Der Fall Peggy Knobloch – und kein Ende![69]

Was inzwischen geschehen ist:
- Eine Spur am Fundort der Knochen weist plötzlich in eine ganz andere Richtung: Es könnte eine Verbindung zum NSU-Mitglied **Uwe Böhnhardt** geben. Doch auch diese Spur erweist sich als falsch.
- Ein Verdächtiger, der bereits im Jahr 2001 im Fokus der Ermittler stand, wird erneut vernommen. Ulvi hatte damals schwere Anschuldigungen gegen ihn erbracht.
- Ermittler nehmen im Garten des 41-jährigen Beschuldigten Erdproben.
- Am 21. September 2016 findet eine Pressekonferenz der Staatsanwaltschaft statt. Staatsanwalt Daniel Götz sagt: *„Die Ermittlungen schreiten voran. Der 41-jährige Manuel S. gab in seiner Vernehmung an, den leblosen Körper von Peggy Knobloch zu einem Waldstück in Thüringen gebracht zu haben."*
- Der Verdächtigte Manuel S. gibt an, er habe die Leiche von einem anderen Mann erhalten. Er habe dann noch Wiederbelebungsversuche unternommen, jedoch vergeblich. „Danach habe ich die Jacke und den Schulranzen von Peggy bei mir zu Hause verbrannt."
- Die Polizei gibt bekannt, dass sie gegen Manuel S. wegen des Verdachts des Mordes ermittelt.

---

[68] So alt war Peggy, als sie verschwand.

[69] www.merkur.de/bayern/mordfall-peggy-knobloch-beschwerde-abgelehnt-tatverdaechtiger-bleibt-auf-freiem-fuss-zr-10235839.html - Stand 02.02.19

- Am 11. Dezember nimmt die Polizei einen Verdächtigen fest. Am späten Nachmittag wird Haftbefehl wegen Mordes gegen den Verdächtigten erlassen. Die Bild-Zeitung berichtet, dass es sich um Manuel S. handele.
- Nur einen Tag später widerruft Manuel S. seine Aussage, er hätte die Leiche von einem anderen Mann erhalten und anschließend in einem Waldgebiet in Thüringen vergraben.
- Heiligabend 2018 wird Manuel S. aus der Untersuchungshaft entlassen, nachdem sein Verteidiger Beschwerde gegen diese Haft eingereicht hat.
- Am 14. Januar 2019 legt die Staatsanwaltschaft Beschwerde gegen die Entlassung von Manuel S. ein. Es bestehe weiter dringender Tatverdacht gegen den Beschuldigten.
- Am 17. Januar 2019 entscheidet das Gericht, dass Manuel S. vorerst auf freiem Fuß bleibt.
- Anwalt und Betreuerin von Ulvi klagen gegen einen der Gutachter auf einen Schadenersatz von mindestens 350.000 € wegen der zu Unrecht verhängten Unterbringung in der Psychiatrie.

Zeitfracht Medien GmbH
Ferdinand-Jühlke-Straße 7
99095 Erfurt, Deutschland
produktsicherheit@kolibri360.de